Mia B. Meyers

c/o Papyrus Autoren-Club

Pettenhofer Str. 16-18

10247 Berlin

E-Mail: mia.b.meyers@gmx.de

www.miabmeyers.com

Facebook Autorenseite: Mia B. Meyers Autorin

Covergestaltung: www.sturmmöwen.at

Covermotiv: Shutterstock.com

Lektorat und Korrektorat: www.doktor-lektor.com



Dieser Roman wurde unter Berücksichtigung der neuen deutschen Rechtschreibung korrigiert.

ISBN-13: 978-1539133865
ISBN-10: 1539133869

W0320625

# Strange memories

## Verhängnisvolle Entscheidung

Mia B. Meyers

Erstauflage September 2016

Für dich.

# VORWORT

Liebe Leserin, lieber Leser,

um einer eventuellen Enttäuschung vorzubeugen, möchte ich dich an dieser Stelle vorwarnen.

Vermutlich werden sich meine Protagonisten stellenweise sehr speziell ausdrücken. Sie lieben klare Worte, zu denen auch der ein oder andere Kraftausdruck gehört.

Und ja, dem ist – ganz unabhängig von ihrem Alter oder ihrem beruflichen Erfolg – so.

Alle meine Protagonisten sind fiktional und dürfen es somit. Darüber hinaus, wer weiß schon, wie die oberen Zehntausend wirklich miteinander reden?!

Sollte schon dieses Vorwort nicht deinem Geschmack entsprechen, wird es leider auch der Rest nicht tun. Das würde ich zwar sehr bedauern, aber Geschmäcker sind nun einmal verschieden.

In diesem Fall muss ich mich an dieser Stelle leider von dir verabschieden. Ansonsten wünsche ich dir ganz viel Spaß beim Lesen und hoffe sehr, dass es dir gefallen wird.

Deine Mia

# PROLOG

*Amber*

*Einen Tag zuvor.*

»Heather.« Schwer atmend bleibe ich stehen, stütze mich mit einer Hand auf dem Knie ab und strecke die andere nach ihr aus. »Heather halt an. Ich … Ich kann nicht mehr.«

»Was?« Sie stoppt, lässt die beiden Joggerinnen durch, die leichtfüßig an uns vorbeischweben, und kommt dann zu mir. »Amber, das ist jetzt nicht dein Ernst?«

Vollkommen aus der Puste und mit höllischen Seitenstichen sehe ich mit meinem vermutlich hochroten Kopf zu ihr hoch.

»Wirke ich so, als würde ich Witze machen? Lass uns für heute aufhören.« Ich atme einmal tief durch, um meine Lungen mit Sauerstoff zu füllen und weitersprechen zu können. »Wenn man mit dem Joggen anfängt, soll man langsam anfangen. Ein paar Minuten Laufen und Gehen im Wechsel oder so.«

»Wir sind noch nicht mal drei Minuten unterwegs.«

Skeptisch wische ich mir den Schweiß von der Stirn, der mir in die Augen zu laufen droht. Wirklich nicht?

»Offenbar konnten wir uns ja auch keinen heißeren Tag

für unsere neu entdeckte Sportlichkeit aussuchen.« Jetzt, wo ich stehe, habe ich das Gefühl, noch mehr zu schwitzen. Jede Schildkröte hat mehr Kondition als ich. Wo ist das verdammte Sauerstoffzelt, wenn man eins braucht?

»Junge, Junge, was für 'ne Sportskanone.« Irritiert richte ich mich auf und drehe mich in die Richtung, aus der die Stimme gerade gekommen ist. Eine Parkbank weiter dehnen sich zwei Typen, deren verschwitzten Shirts ich entnehme, dass sie ebenfalls mit dem Joggen durch sind, und sehen grinsend zu uns herüber. »Lauf doch nicht so weit, wenn du nicht mehr kannst«, kommt es von dem, mit dem wahnsinnig breiten Kreuz.

Provokant hebe ich eine Augenbraue in die Höhe, sehe zu Heather, die mich flehend ansieht, und wieder zurück zu dem Anabolikamutanten. Er und sein Laufkumpan, der nicht ganz so muskelbepackt ist, scheinen sich köstlich zu amüsieren. Leider stelle ich dabei ungewollt fest, dass der andere mit den dunklen Haaren, die so wirken, als wäre er eben erst aufgestanden, dem kantigen Gesicht und den nicht zu aufdringlich definierten Armen auch gut als Calvin Klein-Model durchgehen könnte. Würde er nicht gerade Shorts und ein labbriges T-Shirt tragen, versteht sich. Aber solche Gedanken haben unter den gegebenen Umständen ohnehin keinen Platz.

»Hast du mich gerade gemeint?« Dabei gehe ich einen

Schritt auf den größeren zu, bis Heather mich am Handgelenk zurückhält.

»Lass Amber. Komm, wir gehen.«

»Nein, erst will ich wissen, ob der Anabolikamutant mich gemeint hat.«

Besagter Anabolikamutant guckt seinen Freund irritiert an, als dieser mich anspricht. »Mein Freund wollte nur witzig sein. Ich entschuldige mich für ihn.«

Der Klang seiner tiefen Stimme jagt mir einen kurzen Schauer über den Rücken. Aber nur einen kurzen.

»Oh, sein Betreuer kann auch reden.« Grinsend schiele ich über meine Schulter zu Heather, die kopfschüttelnd und mit verschränkten Armen hinter mir steht.

»Was hat die gerade gesagt?« Der Anabolikamutant sieht den mit der schönen Stimme grimmig an, obwohl er sicher jedes meiner Worte verstanden hat. Ohne noch etwas zu erwidern, dreht sich der Schönling um und schiebt seinen Freund in die entgegengesetzte Richtung.

Gerade als ich noch etwas hinter ihnen herrufen will, zieht Heather mich am Arm zu sich herum und funkelt mich böse an. »Irgendwann ist es so weit und wir bekommen wegen deiner großen Klappe noch mal richtige Probleme.«

# KAPITEL 1
*Amber*

»Also bleibt es bei heute Abend?« Solange ich auf Heathers Antwort warte, halte ich mein Gesicht in den kühlen Luftzug, der aus der Lüftung im Armaturenbrett kommt.

»Aber klar, um sechs im *Peaches*. Ich freu mich.« Ehe ich noch etwas erwidern kann, hat sie bereits aufgelegt. Schulterzuckend nehme ich meine Tasche und die beiden Aktenordner, die ich am letzten Donnerstag mitgenommen habe, um sie zu Hause fertig zu bearbeiten. Ich stelle den Motor meines Smarts aus, öffne die Tür und sofort schlägt mir die stickige Luft wie eine Wand entgegen. Augenblicklich bricht mir wieder der Schweiß aus. Warum ist es im Mai eigentlich schon so entsetzlich heiß?

Nachdem ich ausgestiegen bin, gehe ich auf das graue Gebäude zu, in dem sich *Morgan Property* befindet. Auf dem Weg zupfe ich mir mit spitzen Fingern und möglichst unauffällig die Jeans von meinem schwitzigen Hintern.

Im Eingangsbereich spüre ich die Kälte der Klimaanlage und atme erleichtert aus. Ich bin definitiv kein Sommermensch. Obwohl, wenn ich es recht überlege, bin ich auch kein Wintermensch.

Wie jeden Morgen winke ich Carl zu, der hinter dem

Empfangstresen zu meiner Linken sitzt, und steuere auf die gegenüberliegenden Fahrstühle zu, vor denen bereits eine wartende Menschentraube steht. Das Gebäude erstreckt sich über zehn Stockwerke, in denen sich jeweils eine andere Firma befindet. Ich muss in die siebte Etage, in der sich *Morgan Property* befindet. Dort arbeite ich seit inzwischen vier Jahren als Empfangssekretärin.

Der Fahrstuhl scheint heute auf jeder verfluchten Etage dieses Hauses anzuhalten, bis er endlich im Erdgeschoss ankommt und sich alle Wartenden, einschließlich mir, in die kleine Kabine zwängen.

Wenn ich bis vor wenigen Minuten noch dachte, meine am Hintern klebende Hose sei mein größtes Problem, habe ich mich geirrt. Eingepfercht zwischen geschätzt zwanzig Männern und Frauen, wohlgemerkt schwitzenden Männern und Frauen, versuche ich meine 1,73 möglichst lang zu machen, um die frischere Luft über den Köpfen der anderen einzuatmen. Ein sinnloses Unterfangen, wie ich schnell feststellen muss. Noch schlimmer ist, dass sowohl meine als auch die Arme der anderen Anwesenden mit einem leichten Schweißfilm überzogen sind. Bei jeder noch so kleinen Berührung klebt die Haut von jemandem an meinem nackten Oberarm, und während ich angewidert versuche, einem Klebenden auszuweichen, backe ich auf der anderen Seite an zwei weiteren fest. Ekelhaft! Sagte ich schon, dass ich eine ausgeprägte Schweißphobie habe?

Endlich hält der Fahrstuhl auf der zweiten Etage und einige der mit mir Eingepferchten verlassen die enge Kabine, was mich befreit ausatmen lässt. Den Gesichtern der übrig gebliebenen nach zu urteilen, wohl etwas zu laut, was ich gekonnt ignoriere.

Beim zweiten Stopp komme ich endlich in meiner Etage an und sehe mich nach dem Verlassen des Aufzugs verwundert um. Normalerweise bin ich eine der Ersten, heute jedoch scheine ich die Letzte zu sein. Die beiden Aktenordner gegen meine Brust gedrückt, gehe ich auf den Empfangstresen zu, wobei ich fast von einem um die Ecke eilenden Mitarbeiter der Buchhaltung umgerannt werde. Aus etlichen Richtungen dringen Gesprächsfetzen, sämtliche Drucker scheinen zu laufen und trotz der geschlossenen Bürotür höre ich Harry, unseren Chef, rumbrüllen.

Was ist denn hier los?

Ich lege meine Tasche und die Ordner auf dem Schreibtisch ab und blättere durch die Akten, die mir mit dem Vermerk *Heute erledigen* auf den Schreibtisch gelegt wurden.

»Hey, da bist du ja. Wir sollten doch heute alle etwas eher kommen.« Ich sehe auf und registriere, wie Marissa mich mit weit aufgerissenen Augen mustert. »Und wie siehst du aus?«

Verwundert folge ich ihrem Blick und sehe auf die

schwarzen High Heels und meine bis an die Waden hochgekrempelte Destroyed Jeans. Dazu trage ich eine anthrazitfarbene, ärmellose Chiffonbluse. Meine langen, dunklen Haare habe ich wegen des Wetters zu einem lockeren Knoten gebunden, um den Nacken freizuhaben. Nichts Ungewöhnliches also.

»Ähm ja, und wie genau sehe ich aus?« Meine Frage noch nicht ganz ausgesprochen, stelle ich fest, dass Marissa ein für sie völlig untypisches schwarzes Kostüm trägt, das sie mit einer weißen Bluse kombiniert hat.

»Lorena hat dir kein Wort gesagt, oder?«

Eine böse Vorahnung überkommt mich, während ich langsam den Kopf schüttle. »Was genau soll sie mir gesagt haben?«

Ich kann nicht wirklich erklären, warum, aber gelinde gesagt mögen Lorena und ich uns nicht besonders. Was so viel heißt wie gar nicht. Was genau sie an mir nicht ausstehen kann, weiß ich nicht und es ist mir auch egal. Dafür weiß ich ziemlich genau, was ich an ihr nicht leiden kann: nämlich dass sie mir jeden Morgen aus dem Rachen meines Chefs zuwinkt, weil sie so tief in seinem Arsch steckt.

Marissa stöhnt auf und fährt sich mit der Hand durch ihre blonden, langen Haare. »Der Tsunami kommt schon einen Tag früher als geplant. Präziser ausgedrückt in einer halben Stunde. Lorena hatte die Aufgabe, alle, die Freitag nicht da waren, telefonisch darüber zu informieren.«

Scheiße …

Umgehend kommt mir mein Aufzug auch nicht mehr ganz so passend vor, aber die Zeit, noch einmal nach Hause zu fahren, habe ich nicht. Bevor ich weiter darüber nachdenken kann, wird Harrys Stimme lauter, als ich ihn auch schon dicht hinter mir höre. »Amber, das ist nicht Ihr Ernst!«

Zerknirscht und in Zeitlupe drehe ich mich zu ihm um, obwohl ich mir keiner verdammten Schuld bewusst bin. Wie schon Marissas Blick vor wenigen Minuten, wandert auch der strenge Blick meines Chefs an mir herab und auf Höhe meiner Hosenbeine zieht er reflexartig die Augenbrauen nach oben.

Aus reinem Selbsterhaltungstrieb bin ich ganz kurz verleitet zu petzen. Sicher würde er aber nur wieder sagen, dass Lorena und ich uns endlich arrangieren sollen, damit Ruhe in der Firma einkehrt. Aller Voraussicht nach ist er von den Nebenwirkungen des Lorena-Zäpfchens benebelt und sieht deswegen nicht mehr klar.

Wo wir gerade dabei sind, steht sie natürlich direkt neben ihm und kratzt aufs Neue an seinem Hintereingang. Dabei versucht sie nicht einmal, ihr schadenfrohes Grinsen zu unterdrücken.

Harry streckt seinen Arm aus und sieht auf seine Rolex,

die unter dem Jackettärmel zum Vorschein kommt. »Wir haben keine Zeit mehr. Alle in den Konferenzraum!« Bevor er vorangeht, sieht er abermals in meine Richtung und lächelt mich an. »Na kommen Sie.«

Nach und nach folgen ihm alle Kollegen, was mir kurz Zeit gibt, mich noch einmal zu sammeln. Tief ein- und ausatmen und los gehts, dann werden wir dem Tsunami mal gegenübertreten.

Im Türrahmen zum Konferenzraum staut es sich, da alle dreiunddreißig Mitarbeiter sich an den Tisch für ursprünglich nur zehn Leute quetschen wollen.

»Lasst uns noch mal durch!« Debra, Harrys zierliche Chefsekretärin, rammt sich mit dem Stuhl in ihren Händen den Weg frei. Seth, der Teamleiter unserer Immobilienmakler, folgt ihr mit zwei weiteren Stühlen. Geschätzte zehn Minuten später betrete auch ich endlich den Raum und suche nach einem freien Stuhl. In der hintersten Reihe sitzt Marissa, die mich zu sich winkt und auf den freien Platz rechts neben sich deutet.

Eine Entschuldigung nach der anderen murmelnd, drängele ich mich zwischen den sitzenden und stehenden Kollegen zu ihr durch und lasse mich erschöpft auf den Stuhl fallen. Haarsträhnen kleben an meiner Stirn und trotz Klimaanlage könnte ich mich jetzt ohne Weiteres schon wieder umziehen. Debra, Seth und Luca sitzen vorne am

Tisch und blättern hektisch in ihren Unterlagen. Bis auf das Rascheln ihres Papiers und ein leises Flüstern der Kollegen ist es im Raum unheimlich ruhig geworden.

Marissa lehnt sich flüsternd zu mir rüber. »Und was meinst du, ob der Tsunami wirklich so schlimm ist, wie sein Ruf?«

Mir mit der Hand Luft zufächelnd, zucke ich mit den Achseln und sehe nach vorne in Richtung Tür. Natürlich reden wir von keinem echten Tsunami, sondern von Mason McLean, einem Unternehmensberater. Mr. Morgan, der Inhaber von *Morgan Property*, ist schon seit geraumer Zeit nicht mehr mit den Zahlen unserer Zweigstelle zufrieden. Dementsprechend hat er Harry vor einer Woche darüber informiert, dass er die Unternehmensberater *Donovan & Company* engagiert hat.

Noch am selben Tag hat Harry eine Teambesprechung einberufen, um uns darauf vorzubereiten. Laut seinem Vortrag besteht die Firma *Donovan & Company* bereits in der zweiten Generation und ist eine der führenden Unternehmensberatungen in New York. Besagter Tsunami, auf den wir gerade warten, arbeitet in dieser Firma. Seinen Spitznamen hat er Angestellten zu verdanken, deren Arbeitgebern er wieder auf die Beine geholfen hat. Wobei seine Erfolgsquote bei unglaublichen einhundert Prozent liegt. Wenn man dem Gerede glauben kann, soll er mit einer eiskalten Skrupellosigkeit vorgehen, da ihm alles, bis auf seinen Auftrag, die Firma zu retten, völlig gleichgültig ist. Wie ein Tsunami zerstört er alles, was seiner Meinung nach den Erfolg einer Firma beeinträchtigt, und das sind nicht selten Arbeitsplätze. Selbst führende Angestellte wie Harry können sich ihrer Stelle nicht mehr sicher sein. Daher ist es nur allzu verständlich, dass die Anspannung im Raum fast greifbar ist – und ich sitze hier mit einer löchrigen Jeans.

Die Zimmertür geht auf und Harry betritt den Konferenzraum. Er stellt sich mit dem Rücken vor das Türblatt, blickt einmal in die Runde und dreht dabei ohne Unterlass an seinem Ehering. Fast könnte man meinen, dass er wirklich genauso unsicher ist wie wir. Gespannt sehe ich in Richtung Türrahmen, durch den wir jeden Moment das Hindurchtreten des Tsunamis erwarten. Als er endlich den Raum betritt, vergesse ich, weiter mit meiner Hand zu fächeln. Das ist er?

Irgendwo ganz weit hinten in meinem Kopf höre ich Heathers mahnende Worte. »Irgendwann ist es so weit und wir bekommen wegen deiner großen Klappe noch mal richtige Probleme.«

Scheiße …

# KAPITEL 2

*Amber*

Möglichst unauffällig rutsche ich auf meinem Stuhl so weit wie möglich nach unten und hoffe, dass er mich nicht erkennt. Natürlich erkennt er mich nicht. Ich glaube nicht, dass er sich heute noch an die ambitionierte Sportlerin von gestern erinnern wird. Ich hingegen kann mich leider nur allzu gut erinnern. Vor allem an das, was ich zu ihm und seinem dusseligen Freund gesagt habe.

»Wow.« Marissa stiert mit leuchtenden Augen nach vorne und ein Blick in die Runde zeigt mir, dass es den anderen Frauen nicht anders geht als ihr.

»Guten Morgen, mein Name ist Mason McLean«, erfüllt seine tiefe Stimme den Raum und ich fühle mich förmlich gezwungen, meine ganze Aufmerksamkeit wieder auf ihn zu richten. Harry ist mit seiner stattlichen Größe von geschätzten 1,85 schon recht groß, doch dieser McLean überragt ihn locker um einen halben Kopf.

Okay. Wenn ich meine gestrigen Erfahrungen und damit den Schluss, dass er vermutlich ein Arschloch ist, mal außer Acht lasse, ihn also rein objektiv betrachte, würde ich vielleicht auch das Sabbern anfangen. Durch das perfekt sitzende Jackett lassen sich auch ohne viel Fantasie seine breiten Schultern und die schmalen Hüften erkennen. Seine Nase ist gerade und der Mund sinnlich geschwungen, dennoch ist sein Gesicht nicht im typischen Sinne schön. Dafür sind seine Gesichtszüge zu rau und sein Blick zu hart. Doch gerade das ist es, was ihn so einnehmend wirken lässt. Alle Kollegen, selbst die Männer, scheinen genau wie ich geradezu an seinen Lippen zu hängen. Nur dass ich nicht eins der Worte höre, die seinen Mund verlassen. Langsam lässt er seinen Blick kreisen und sieht jedem meiner Kollegen für einen kurzen Moment direkt ins Gesicht. Als er bei mir angelangt ist, setzt mein Herz einen Schlag lang aus. Bitte erkenne mich nicht. Nur Sekunden vergehen, bis er den Blick wieder von mir nimmt und sich auf seine Unterlagen konzentriert, die vor ihm auf dem Tisch liegen. Ich weiß, es ist vollkommen irrational, und doch spüre ich einen Anflug von Enttäuschung. Er scheint mich wirklich nicht wiederzuerkennen und damit war mein Eindruck bei ihm wohl nicht im Ansatz so bleibend wie seiner bei mir.

»Haben Sie dazu noch irgendwelche Fragen?«

Wie jetzt? Ist er schon fertig mit seiner Rede? Mist, was hat er denn gesagt?

Marissa beugt sich in meine Richtung und flüstert mir hinter vorgehaltener Hand zu: »Meinst du, ich darf ihn fragen, ob er eine Freundin hat?«

Unsanft stoße ich ihr meinen Ellenbogen in die Seite, um

sie ruhig zu stellen, obwohl ich genau das auch gerne wüsste.

War ja klar. Lorena meldet sich wie in der ersten Klasse und stellt ihre Frage, nachdem der Tsunami ihr auffordernd zugenickt hat. »Wie Sie sich vielleicht vorstellen können, machen wir alle uns große Sorgen um unsere Jobs. Können Sie uns sagen, ob diese berechtigt sind?« Dabei dreht sie wie eine Geisteskranke in ihren Haaren. Warum machen Frauen das? Vielleicht sollte sie auch ihre Bluse noch einen Knopf weiter öffnen? Dann müsste sie nicht so krumm sitzen, um ihm ihre anatomischen Abrissbirnen zu präsentieren.

»Auch wenn ich Ihre Befürchtungen diesbezüglich gut verstehe, kann ich Ihnen dazu noch nichts sagen. Noch weitere Fragen?« Wieder sieht er uns direkt an, was fast den Anschein macht, als möchte er, dass wir Vertrauen zu ihm aufbauen. Nur sein harter Blick verrät, dass es ihm streng genommen egal ist, ob wir ihn mögen oder nicht. Nicht einmal die Andeutung eines Lächelns umspielt seine Lippen und die steile Falte zwischen seinen Augenbrauen deutet daraufhin, dass sein Gesichtsausdruck nur selten anders ist.

»Gut, dann werde ich mir jetzt einen ersten Überblick verschaffen. Danke für Ihre Aufmerksamkeit.« Er greift nach den Papieren vor sich, nickt Harry zu, als wolle er ihm bedeuten, fertig zu sein, und verlässt vor ihm den Raum.

Sofort beginnen die männlichen Kollegen eine wilde Diskussion, ob er auch bei uns Leute entlassen wird, und die

Frauen tuscheln doch tatsächlich über seinen Hintern.

»Meine Güte ist der heiß. Von dem Tsunami würde ich mich auch gerne mal mitreißen lassen. Hast du diese Augen gesehen?«

»Marissa.« Lachend schüttle ich meinen Kopf. »Hast du auch noch was anderes im Kopf?«

»Ich bin mir ziemlich sicher, dass er den Blickkontakt zu mir länger aufrechterhalten hat als zu allen anderen. Das hat was zu bedeuten, wart's ab.« Sie zwinkert mir grinsend zu, springt vom Stuhl auf und geht aus dem Raum.

Lächelnd folge ich ihr, gehe aber, bevor ich den Empfangstresen ansteuere, noch einmal zur Kaffeemaschine. Scheiße, wer hat hier Muffins hingestellt? Was soll das immer?

Genau heute hatte ich vor, eine Diät zu beginnen. Die sechste in diesem Monat, um genau zu sein. An diesem Tag hatte ich es im Gespür, es hat Klick gemacht. Obwohl … wenn ich morgen anfange, würde es vermutlich auch noch reichen. Ich meine, was ist schon ein Tag, oder?

Ich wähle einen Latte macchiato auf dem Bedienfeld der Kaffeemaschine aus und nehme mir einen Muffin mit Schokoladenüberzug. Wenn ich meine Diät beginne, trinke ich natürlich nur noch schwarzen Kaffee. Vielleicht mit einem kleinen Schuss Milch, weil er sonst einfach gar nicht schmeckt. Aber da ich ja beschlossen habe, erst morgen anzufangen, kann ich es heute auch noch mal krachen lassen.

Bei dem Geklacker von Pfennigabsätzen, die irgendwo hinter meinem Rücken über den Fliesenboden stöckeln, stellen sich mir auf unangenehme Weise die Nackenhaare auf.

»Habe ich gestern etwa vergessen, dich anzurufen?«

Und da ist sie schon. Ich nehme mein Glas Latte macchiato und drehe mich übertrieben lächelnd zu ihr um. »Lorena. Aber das macht doch nichts. Ich bin mir sicher, du hast es nicht mit Absicht vergessen.«

»Aber natürlich nicht. Und deine Hose … oder was auch immer das darstellen soll, wird bestimmt Eindruck bei Mr. McLean machen.« Süffisant hebt sie eine ihrer perfekt in Form gebrachten Augenbrauen und lächelt mich ebenso falsch an wie ich sie.

»Das hoffe ich doch. Wenn du mich jetzt bitte entschuldigst.« Damit gehe ich an ihr vorbei in Richtung Empfangstresen.

»Ach und Amber. Vielleicht solltest du das mit den Muffins langsam lassen. Du siehst bald selbst aus wie einer.«

Abrupt bleibe ich stehen und spüre das Brodeln in mir aufsteigen. Eben jene Eigenschaft von mir, die meine Eltern so mögen und viele nicht ausstehen können. Bewusst langsam atme ich durch den Mund aus und drehe mich mit einem breiten Grinsen zu ihr um. Inzwischen tut mir schon das ganze Gesicht weh.

»Du hast natürlich recht. Danke, dass du so ehrlich bist.« Dabei gehe ich auf sie zu und drücke ihr den Muffin mit seiner leckeren Schokoladenglasur direkt auf ihre rechte Brust. So, schön verreiben und noch mal fest andrücken.

Lorenas Gesichtsausdruck ist dermaßen schockiert, dass mein unnatürliches Lachen zu einem ehrlichen wird.

»Hubs.« Gespielt erschrocken halte ich mir die Hand vor den Mund, woraufhin der Muffin zu Boden fällt. »Deine gefleckte Bluse … oder was auch immer das darstellen soll, wird bestimmt Eindruck bei Mr. McLean machen.«

Lorenas braunen Augen funkeln vor Wut, bekommen aber innerhalb von Sekunden einen traurigen Ausdruck. Das ist nicht gut, das ist gar nicht gut.

Die Spiegelung der Deckenstrahler verschwindet von der Kaffeemaschine, irgendjemand steht sprichwörtlich in der Sonne.

»Harry, haben Sie das gesehen?«

Dieses Biest ist wirklich gut. Ihre Stimme hat sogar einen weinerlichen Ton angenommen.

»Amber!«

Schon zum zweiten Mal an diesem Morgen drehe ich mich schuldbewusst um. McLean steht neben ihm, und obwohl ich ihn gerne mal aus nächster Nähe betrachten würde, konzentriere ich mich auf Harry.

»Können Sie uns erklären, was da gerade passiert ist?«

»Ähm.« Mir das Hirn zermarternd nehme ich meinen Kaffee in Augenschein, so als würde ich darin eine passable Antwort finden. »Ich … bin gestolpert?«

Von Harry, der mir kein Wort glaubt, blicke ich zu dem Tsunami, der überheblich auf seine Armbanduhr sieht. Für solche Nebensächlichkeiten hat er sicher keine Zeit. Hoffentlich habe ich mich mit dem Auftritt nicht freiwillig auf die Liste seiner ersten Entlassungen gesetzt.

»Kommen Sie, Mr. McLean, ich zeige Ihnen noch die Büros der Immobilienmakler und dann können wir in die Buchhaltung gehen.« Ohne ein weiteres Wort in meine oder Lorenas Richtung, dreht Harry sich um und geht McLean vorweg.

Bravo Amber, das hast du wieder mal ganz toll hinbekommen.

»Danke Miststück, der Punkt geht dann wohl an mich«, flötet Lorena mir ins Ohr, bevor sie mit erhobenem Kinn an mir vorbei stöckelt.

Wie nicht anders zu erwarten, ziehen sich die folgenden Stunden wie Kaugummi, sodass ich den Computer schon fünf Minuten vor Feierabend herunterfahre und die Firma fluchtartig verlasse.

***

Mit wenigen Minuten Verspätung betrete ich das *Peaches* und kann Heather bereits an unserem Stammplatz sitzen sehen. Das *Peaches* ist eigentlich eine Cocktailbar. Aufgrund des Flairs kommen wir aber auch, oder besser gesagt ausschließlich, zum Kaffeetrinken her. Und natürlich wegen der Salzstangen und Erdnüsse auf den Tischen. Heute darf ich schließlich noch, ab morgen ist das ja vorbei.

»Und wie ist er?«

»Oh danke der Nachfrage, Heather, und wie war dein Tag?«

Sie verdreht die Augen. »Also Amber, wie war dein Tag?«

»Frag nicht.« Erschöpft lasse ich mich neben sie auf die Bank fallen, und lehne meinen Kopf mit geschlossenen Augen gegen die Rückenlehne. In der Mittagspause habe ich Heather vorsorglich eine Nachricht geschrieben, dass es heute Abend eventuell später werden könnte, da der Tsunami schon früher in die Firma gekommen ist.

»Der Betreuer ist der Tsunami und er wird mich rausschmeißen.«

»Was für ein Betreuer?«, fragt sie, wobei ihr eine Erdnuss wieder aus dem Mund fällt.

»Die Typen aus dem Central Park gestern.«

»*Nein.*« Sie sieht mich genauso dämlich an, wie ich vermutlich heute Morgen ausgesehen habe.

»Ich fürchte doch. Aber er scheint mich nicht erkannt zu

haben.« Bevor keine mehr da sind, schütte ich mir welche von den Erdnüssen in die Handfläche.

»Bist du sicher? Und wie ist er als Tsunami? So wie du erwartet hast?«

Das ist eine ziemlich gute Frage, ist er so, wie ich es erwartet habe?

»Ja und nein. Er ist irgendwie … Ach keine Ahnung, ich habe ihn heute ja kaum gesehen. Nur heute Morgen, als er sich in der Firma vorgestellt hat, und dann einmal an der Kaffeemaschine … Apropos Kaffee. Danke, dass du schon bestellt hast.« In der Hoffnung, sie damit abzulenken, greife ich nach dem Latte macchiato, der vor mir auf dem Tisch steht.

»An der Kaffeemaschine? Und war da was Besonderes?«

Ich schürze die Lippen und sehe zur Decke, als würde ich nachdenken. Diese kleinen Lichter, die den Anschein erwecken, als wären sie Sterne, sind wirklich hübsch.

»Nein, da war nichts.«

Heather grinst mich an, greift sich noch eine Handvoll Erdnüsse und winkt Susan, der Bedienung, mit dem leeren Schälchen zu. »Okay, dann lassen wir das erst mal so stehen. Und wie sieht er aus?«

»Du hast ihn doch gestern gesehen.«

»Nein habe ich nicht. Ich hatte eine Panikattacke, weil ich Angst hatte, dass Rambo uns was auf die Nuss gibt.«

»Er sieht aus wie … ein fleischgewordener Feuchte-Höschen-Traum.«

Heathers Augen beginnen zu leuchten und sie saugt verträumt an ihrem Strohhalm. »Erzähl mir mehr!«

»Mehr gibt's da leider nicht zu erzählen«, erwidere ich lachend.

»Mensch Amber, gib mir mal ein paar Details.«

»Was willst du denn hören? Er hat dunkle Haare, oben etwas länger als an den Seiten. Er ist ziemlich groß, und wenn ich seine Figur unter dem Anzug richtig gedeutet habe, treibt er noch mehr Sport als nur zu Joggen.« Verträumt blicke ich an Heather vorbei. »Und er hat dunkelblaue Augen, mit so einer Art … Pixelfehler.«

»Nein, erzähl mir mehr von seinem Körper. Wen interessieren seine Augen?«

Grinsend wende ich mich wieder ihrem Gesicht zu. »Das war es leider schon. Wie gesagt, ich habe ihn nur kurz gesehen. Und du weißt ja, von einem schönen Teller isst man nie allein.«

»Ehrlich jetzt? Fängst du wieder mit diesem Langweiler an?«

»Frag mal unsere damalige Nachbarin, die fand ihn gar nicht so öde.«

Besagter Langweiler heißt eigentlich Luca und ist mein Exfreund, mit dem ich drei Jahre zusammen gewesen bin.

Zwei Jahre davon haben wir zusammengewohnt, bis ich ihn mit unserer Nachbarin in unserem gemeinsamen Bett erwischt habe. Ich habe heute noch sein »Es ist nicht so, wie es aussieht« im Ohr. Schlimmer geht's doch wohl nicht, oder?!

Heute, zwei Jahre danach, kann ich darüber lachen, doch zu der Zeit hat es mich wahnsinnig verletzt. Mittlerweile weiß ich nicht, ob er wirklich die große Liebe für mich war, oder ob ich das vielleicht einfach nur glauben wollte. Fakt ist, sein Betrug hat nicht mein Herz gebrochen, dazu hatte er nicht die Macht. Aber er hat mein Vertrauen missbraucht und es hat mich tief enttäuscht, dass er offenbar so wenig Achtung vor mir hatte.

»Er ist laaangweilig und deswegen war er dir auch nicht gewachsen. So einfach ist das. Aber mal was anderes, gehst du übermorgen mit mir zu den Weight Watchers?«

»Was?« Lachend greife ich nach meinem Latte macchiato. »Was willst du denn da?«

»Abnehmen?!«

Heather ist wie ich nicht gerade das, was dem allgemeinen Idealbild einer Frau entspricht. Im Gegensatz zu mir finde ich sie aber genau so, wie sie ist, wunderschön. Sie ist etwas kleiner als ich, hat weibliche Hüften und eben die Oberweite, die ich gerne hätte. Ihre Haare sind von Natur aus hellblond, und obwohl sie ansonsten keine Schminke trägt, sind ihre

Lippen fast immer knallrot geschminkt. Bei jeder anderen würde das vielleicht angemalt wirken, doch zu Heather passt es. Nicht nur das, es irritiert mich sogar, wenn sie den Lippenstift einmal nicht aufgetragen hat.

»Das ist mir schon klar. Aber das ist doch Geldverschwendung, wir schaffen das auch allein.«

»Tun wir das, ja?« Sie sieht anklagend auf unseren Kaffee, die Erdnüsse in meiner Hand und die Muffins, die noch vor uns stehen.

Augenrollend kapituliere ich und verspreche ihr, sie zu begleiten. Anschließend beiße ich genüsslich von meinem Muffin ab und verabschiede mich kurze Zeit später von ihr. Morgen wird der Tsunami Personalgespräche führen und nach meinem heutigen Auftritt sollte ich wohl besser ausgeschlafen sein.

# KAPITEL 3

*Amber*

Gerade eben komme ich in der Firma an, als Debra mich auch schon zu Harry ins Büro zitiert. Wirklich überrascht bin ich deswegen nicht. Mir war bereits gestern klar, dass er die Muffin-Geschichte nicht einfach auf sich beruhen lassen wird.

Ohne meine Handtasche vorher an meinen Platz zu bringen, gehe ich also direkt zu ihm durch, damit ich es hinter mir habe.

Für sein Alter ist Harry ein recht attraktiver Mann. Er ist schlank, aber nicht dürr und die grauen Schläfen lassen ihn irgendwie interessant wirken. Er hat eine sehr autoritäre Ausstrahlung, was vielleicht auch der Grund ist, weshalb wir alle ihn trotz seines freundlichen Gemüts respektieren.

»Hallo Harry.«

Ganz und gar in Gedanken versunken blickt er von seinem Schreibtisch auf und lächelt mich an. Dabei steht er auf, umrundet den Schreibtisch, der direkt vor der großen Fensterfront steht, und kommt auf mich zu. »Guten Morgen, Amber. Kommen Sie.« Er deutet auf die Sitzgruppe zu meiner Rechten. So förmlich heute?

Erst als ich genauer hinsehe, bemerke ich den

sorgenvollen Ausdruck auf seinem Gesicht. Unsicher streiche ich meinen Bleistiftrock über dem Hintern glatt und setze mich auf einen der Sessel. »Ist alles in Ordnung? Falls es wegen gestern ist …«

»Nein. Na ja, doch. Ein wenig.« Er sieht mich aus seinen blaugrauen Augen warm an. »Amber, ich weiß, dass Sie ihre Schwierigkeiten haben. Aber so lange Mason McLean hier ist, bitte ich Sie inständig, jedem Streit aus dem Weg zu gehen.«

Bitter lache ich auf. »Haben Sie Lorena das Gleiche gesagt? Oder bin ich mal wied…«

»Mit Lorena habe ich bereits gesprochen.« Stöhnend lässt er sich gegen die Lehne fallen. »Mr. Morgan hat diesem verdammten Kerl sämtliche Vollmachten erteilt. Wenn McLean jemanden feuern will, egal wen, macht er es einfach. Ein weiteres Einverständnis von Morgan ist dafür nicht nötig.«

»Ist das denn so üblich? Ich dachte, seine Aufgabe wäre lediglich, Verbesserungsmöglichkeiten aufzuzeigen.«

»Für gewöhnlich ist das auch so. Morgan hätte aber wohl allem zugestimmt, um ihn zu bekommen.«

Das Wissen, dass Harry sich so viele Gedanken macht, ja fast Angst zu haben scheint, bereitet auch mir langsam Sorgen.

»Hier fällt der Apfel wohl leider weit vom Stamm.«

»Wie bitte?« Verwundert sehe ich Harry an.

»McLeans Vater war ein Headhunter. Er hat den Menschen Jobs und damit eine Perspektive gegeben. Sein Sohn hingegen macht das komplette Gegenteil davon. Er nimmt den Leuten all das, ohne an die Folgen für diejenigen zu denken, die durch ihn ihre Existenz verlieren.«

»War?«

Kurz sieht Harry mich verwundert an und scheint zu überlegen, worauf meine Frage anspielt.

»Sie sagten, er *war* Headhunter.«

»Er hatte vor elf Jahren einen Unfall.« Harry steht auf und geht an seinen Schreibtisch zurück. »Er war ein herausragender Headhunter. Ich selbst habe nie persönlich mit ihm zu tun gehabt, aber wie heute seinem Sohn, eilte auch ihm ein Ruf voraus. Demzufolge lag sein Augenmerk immer darauf, den Menschen zu helfen. Vielleicht war seine Erfolgsquote nicht ganz so hoch wie die seines Sohnes, aber zumindest konnte er sich morgens mit ruhigem Gewissen im Spiegel ansehen. Ich wage zu bezweifeln, dass der junge McLean das auch kann.«

Wie alt ist McLean eigentlich? Und wie alt war er vor elf Jahren? Harry redet in der Vergangenheitsform. Lebt McLeans Vater womöglich nicht mehr?

»Amber.« Erschrocken zucke ich zusammen. »Lassen Sie diesen Mutter-Theresa-Blick.«

Hä?

»Mutter-Theresa-Blick? Was soll das denn sein?«

Wieder lächelt er. »Dieser Gesichtsausdruck, der mir sagt, dass Sie sich Gedanken über das machen, was ich Ihnen gerade erzählt habe. Sie können nicht die ganze Welt retten, Amber. Und ich bin mir ziemlich sicher, das McLean weder Ihr Mitleid noch Ihre Rettung braucht.«

***

Lorena stolziert an meinem Schreibtisch vorbei und geht in Richtung des Büros, das extra für McLeans Aufenthalt hier eingerichtet wurde. Nach ihr bin ich an der Reihe und muss zum Tsunami, um ihm Rede und Antwort zu stehen. Was fragt so ein Unternehmensberater überhaupt das Personal?

Auf die Annonce, die ich eigentlich schalten muss, kann ich mich jetzt ohnehin nicht mehr konzentrieren und so gehe ich noch einmal auf die Toilette, um mich frisch zu machen.

Das Wetter ist wie schon gestern kaum zu ertragen und doch habe ich mich heute für einen schwarzen Rock und eine rote, langärmlige Chiffonbluse entschieden. Trägertop und Shorts wären aber sicher die bessere Wahl gewesen. Ganze dreimal habe ich mich umgezogen, bis ich es als McLean-tauglich befunden habe. Ganz kurz frage ich mich, warum ich diesen Aufwand betreibe, schließlich war auch schon mein erstes Outfit businesstauglich. Bevor ich aber weiter darüber nachdenken kann, schüttle ich den Gedanken ab. Wie alle anderen auch, mache ich mir einfach Sorgen um meinen Job. Nichts weiter.

Ich sprühe etwas von dem Deo, das für die Angestellten auf dem Waschtisch steht, unter meine Achseln und drehe mich danach seitlich vor den Spiegel. Mit einer Hand flach auf meinem Bauch und einer im Rücken stelle ich fest, dass dieser bis an die Taille reichende Rock wirklich sehr vorteilhaft ist.

Meine Taille ist das Einzige an meinem Körper, das ich uneingeschränkt mag. Sie ist schmal wie die sprichwörtliche Sanduhr, nur dass meine Sanduhr ein klitzekleines Ungleichgewicht hat. Meine Brüste könnten einen Tick größer sein. Nicht viel, nur ein bisschen. Dafür dürften meine ausladenden Hüften gut und gerne zwanzig Zentimeter weniger Umfang haben.

Ich stelle mich auf die Zehenspitzen, um auch meinen Hintern im Spiegelbild sehen zu können, aber der verdammte Spiegel hängt einfach zu hoch. Mit geschürzten Lippen sehe ich zur Tür … Ach egal. Eilig ziehe ich den Rock bis zu den Oberschenkeln nach oben und versuche mich umständlich auf den Waschtisch zu hieven. Hoffentlich kommt jetzt keiner rein und sieht die bis zu den Knien reichende Shaping-Hose.

Beim dritten Anlauf komme ich endlich rauf und knie mich seitlich vor den Spiegel. Aua, ist der Marmor hart, das tut ja richtig weh. Schluss jetzt Amber, reiß dich zusammen und konzentriere dich auf das Wesentliche. Ach du scheiße … der Rock ist doch nicht vorteilhaft. Ist das mein Arsch? Ich bin eine gigantische Wurstfee.

Erschrocken zucke ich zusammen, als die Tür schwungvoll nach innen aufgeworfen wird und laut knallend gegen die Wand kracht. Lorena steht im Türrahmen und sieht mich mit hochgezogenen Augenbrauen an, wie ich noch immer auf dem Waschtisch hocke. Meinen Hintern habe ich gegen den Spiegel gedrückt und sie hat freie Sicht auf meine beigefarbene Quetschunterhose, die unter dem Rock hervorguckt. Ich bin mir ziemlich sicher, dass ihr ein fieser Kommentar auf der Zunge liegt. Trotzdem schließt sie die Tür und geht auf eine der Toilettenkabinen zu. »Jetzt darfst du zu dem Arschloch. Viel Spaß.« Und schon knallt sie die nächste Tür zu, was mich erneut zusammenzucken lässt.

Dieser Rock ist aber auch sowas von eng, dass es ziemlich umständlich ist, damit wieder hier runter zu steigen. Ein letztes Mal blicke ich in den Spiegel, richte meine Bluse und streiche den Rock herunter. Dann mal los.

Leise klopfe ich an die Bürotür und überlege, ob ich einfach eintreten soll oder doch lieber auf eine Antwort warte. Diese Entscheidung nimmt er mir glücklicherweise ab und ich höre ein »Ja« durch die noch geschlossene Tür. Zögerlich betrete ich das spartanisch eingerichtete Büro. Bis auf einen Schreibtisch neben dem Fenster und fünf Stühlen, auf denen sich Akten türmen, ist der Raum leer. Natürlich weiß ich, dass dieses Büro nur für einen gewissen Zeitraum benötigt wird und dennoch hätte man es etwas gemütlicher gestalten können. Augenblicklich empfinde ich Mitleid für McLean, besonders willkommen wird er sich so sicher nicht fühlen. Wenn ich Harry glauben kann, und das tue ich für gewöhnlich, hat er sich aber genau das selbst zuzuschreiben.

Seit ich den Raum betreten habe, hat er mich noch kein einziges Mal angesehen, was auch nicht gerade für ihn spricht. Schon legt sich mein Mitleid etwas und fast muss ich lächeln, als ich an das denke, was Harry vorhin zu mir gesagt hat. Ich habe wohl wirklich ein Mutter-Theresa-Syndrom. Es stimmt, ich neige dazu, schnell Mitgefühl zu empfinden, aber wer möchte nicht gerne helfen, wo er kann?

Langsam komme ich mir dann aber doch dämlich vor, wie ich hier so hinter dem Besucherstuhl stehe und darauf warte, dass er mir den Platz anbietet. Was bildet der sich eigentlich ein?

Vielleicht etwas zu energisch ziehe ich den Stuhl zwei Meter zurück, was ein fieses Quietschen auf dem Fliesenboden verursacht. Ist mir egal, Hauptsache ich sitze weit genug von ihm weg, und zumindest habe ich jetzt seine ganze Aufmerksamkeit. Gar nicht ladylike lasse ich mich auf den Stuhl plumpsen, verschränke die Arme vor der Brust und sehe ihn abwartend an. Irre ich mich oder sind seine Augen eben kurzzeitig geweitet gewesen? Ich bin mir nicht sicher. Zum einen war der Moment, wenn denn überhaupt vorhanden, viel zu kurz und dann bin ich auch noch abgelenkt. Marissa hat recht, das sind wirklich wahnsinnig schöne Augen. Es ist das erste Mal, dass ich ihm relativ dicht gegenüber sitze und da er mich prüfend mustert, habe auch ich die Zeit, ihn anzusehen. Das dunkle Blau seines rechten Auges wird durch einen braunen Strich von der Pupille bis an den Rand der Iris unterbrochen. Ich kann mich nicht erinnern, so etwas schon einmal gesehen zu haben. Wunderschön und irgendwie … traurig. Bestimmt wegen des Horror-Büros. Oder, und bitte lass es nicht so sein, er erinnert sich doch.

Er richtet seinen Blick wieder auf die Papiere, die vor ihm auf dem Schreibtisch liegen. »Miss West, richtig?«

»Richtig.« Um meine Antwort zu unterstützen, nicke ich zeitgleich.

»Ihrer Personalakte entnehme ich, dass Sie seit vier Jahren für *Morgan Property* arbeiten, ist das korrekt?«

Wenn es da steht, wird es wohl stimmen. »Ja, das ist richtig.«

»Ihr Verdienst als Empfangssekretärin in dieser Branche ist nicht sonderlich hoch. Hatten Sie nie die Absicht, in der Firma aufzusteigen?«

»Nein, ich bin sehr zufrieden mit dem, was ich mache.«

»Und darf ich fragen, was genau Sie machen? Wie sieht Ihr Aufgabenbereich aus?«

Warum zum Teufel will er das wissen, kann er das nicht aus dieser heiligen Akte vor sich entnehmen?

»Ich übernehme alles, was anfällt. Von Terminvereinbarungen über Annoncen für neu hereingekommene Immobilien, bis hin zu den Vorarbeiten für die Buchhaltung.«

»Und das füllt Sie aus?«

Ganz ruhig Amber. »Ja, das tut es. Wie Sie gerade eben so schön aus meiner Akte vorgelesen haben, arbeite ich seit vier Jahren hier. Das würde ich wohl kaum tun, wenn es mich nicht ausfüllen würde.«

Da! Da war es wieder. Dieses Mal bin ich mir fast sicher, dass seine Augen kurz gezuckt haben. Möglicherweise war mein Ton doch etwas schnippischer als geplant, aber ich denke, es war noch im Rahmen.

Er lehnt sich in dem Stuhl zurück, stützt die Ellenbogen auf den Armlehnen ab und legt sich die Zeigefinger vor den Mund. Dieser Mund. Jedes Mal wenn er seine Finger erneut gegen die Lippen drückt, glaube ich zu erkennen, wie weich sie sein müssen.

»Darf ich fragen, welche Spannungen es da zwischen Ihnen und Miss Hernandez gibt?«

Natürlich, ich hätte mich wundern müssen, wenn er das Thema nicht anspricht. »Da gibt es keine Spannungen. Ich bin unglücklich gestolpert.«

Ich versuche, in seinem Gesicht zu lesen, ob er meine Lüge schluckt oder nicht. Doch da ist nichts, rein gar nichts. Vielleicht hatte er nach dem Sonntag im Park, wo er sehr wohl lachen konnte, einen Botox-Unfall? Das wird's sein. Das ganze wunderschöne Gesicht mit diesem Müll vollgespritzt und jetzt kann er nicht mehr lachen. Offenbar kann er nicht mal die Stirn in Falten legen.

Er lehnt sich vor und stützt seine Arme auf dem Schreibtisch ab. »Und warum sind Sie unglücklich gestolpert?«

Scheiße. Verzweifelt suche ich in dem Fußbodenmuster nach einer Ausrede, entscheide mich dann aber für die Wahrheit. »Sie hat etwas Verletzendes zu mir gesagt und da …« Seufzend sehe zu ihm auf.

»Das hier ist Ihr Arbeitsplatz. Sie sind nicht hier, um Freundschaften zu knüpfen, oder sich mit Muffins auf Ihre Kollegen zu stürzen.«

»So wie Sie das sagen, hört es sich irgendwie besch… sonderbar an.«

»Es hört sich nicht nur so an, es ist sonderbar. Sie sollten Ihre Gefühlsregungen besser unter Kontrolle bekommen, Miss West. Sonst wird Ihnen Ihre impulsive Art noch mal zum Verhängnis.« Ohne auf eine Reaktion meinerseits zu warten, wendet er sich wieder seinen Papieren auf dem Schreibtisch zu. »Sie können dann Miss White reinschicken.«

Soll das jetzt das Ende unseres Gespräches sein? Verdutzt gehe ich zur Tür. Den Türgriff schon in der Hand drehe ich mich noch einmal zu ihm um. »Nein.«

Er sieht zu mir und scheint sich zu wundern, dass ich noch immer da bin. »Nein?«

»Nein. Sie sind nicht der Erste, der mir sagt, ich soll mich mehr unter Kontrolle haben. Dass ich mich ändern soll. Vielleicht bin ich auch sonderbar, aber genau diese Gefühlsregungen machen mich aus, so bin ich nun mal. Ohne sie wäre ich nur eine seelenlose Hülle. Und wenn das der Grund sein soll, der mich den Job kostet, dann werde ich damit leben.« Ich warte noch einige Sekunden auf eine Reaktion, die jedoch nicht kommt, und so verlasse ich sein Büro. Plötzlich kommen mir der einsame Schreibtisch und die Stühle als Aktenablage doch nicht mehr so falsch vor. Die Einrichtung ist genauso wie er – kalt und leer.

# KAPITEL 4

*Mason*

Kennst du eine, kennst du alle.

In jeder Firma gibt es zweierlei Mitarbeiter. Einmal die, die mich, sobald sie mich bemerken, fragen, wie es mir geht, mir Kaffee bringen oder andere Gefallen tun wollen. Die andere Fraktion unterbricht ihre Unterhaltung, sobald ich den Raum betrete, und nimmt ihre Gespräche erst wieder auf, wenn ich außer Reichweite bin. Es ist immer dasselbe Phänomen.

Die Empfangssekretärin gehört zu der ersten Gruppe und begrüßt mich wie jeden Morgen freundlich, während sie mir einen Kaffee reicht, den ich mit in mein vorübergehendes Büro nehme.

Ich lege meinen Laptop auf dem kleinen Schreibtisch ab und trete an das Fenster, unter dem sich der Parkplatz der Firma befindet. Jemand versucht, seinen Smart in eine der wenigen freien Parklücken zu manövrieren, gibt aber auf und sucht nach der nächsten. Gerade als ich mich abwenden will, fährt der Smart rückwärts auf den Gehweg, der zum Eingang des Gebäudes führt. Offenbar will er oder sie wenden, fährt dabei jedoch gegen die Skulptur, die den Weg ziert und stößt sie um. Nebenbei bemerkt, eine ziemlich hässliche. Keine

Ahnung, warum, aber ich schiebe die Hände in die Hosentaschen und beobachte das Szenario weiter. Ungerührt fährt der Smart wieder davon und in die nächstbeste Parklücke.

Warum wundert es mich jetzt nicht, dass eine Frau aus dem Wagen steigt?

Ich gehe noch einen Schritt näher an die Scheibe und kneife die Augen zusammen, als könnte ich dadurch besser sehen. Das ist doch die Kleine aus dem Park, die mit Muffins auf ihre Kollegin stolpert. Nummer acht, wenn ich mich nicht irre. Wie war noch mal ihr Name?

Da ich in der Regel nur für einen überschaubaren Zeitraum in den Firmen bin, habe ich es aufgegeben, mir sämtliche Namen zu merken und teile sie in Nummern ein. Das vereinfacht das Ganze enorm.

Als Nummer acht die am Boden liegende Skulptur erreicht hat, fährt sie sich fahrig mit der Hand durch ihre langen Haare und sieht sich Hilfe suchend auf dem Parkplatz um. Oder überprüft sie nur, ob sie jemand beobachtet hat? Sie legt ihre Handtasche ab und beugt sich zu der Skulptur herunter, um ihren Kopf zu umfassen. Den Bewegungen ihres Körpers entnehme ich, dass sie versucht, die Figur anzuheben. Nach wenigen Versuchen gibt sie jedoch auf, greift nach ihrer Tasche und geht in Richtung Eingangstür. Als sie schon einige Schritte entfernt ist, wirbelt sie plötzlich herum, holt mit ihrer Handtasche aus und prügelt auf die Skulptur ein. Ungläubig beobachte ich sie, wie sie noch einmal auf die Figur einschlägt, und muss lachen. Diese Frau ist komplett irre.

Ihre Wut scheint verflogen zu sein, zumindest streicht sie ihren Rock glatt, sieht sich noch einmal um und geht wieder auf den Eingang zu. Ich sag's ja, komplett irre.

Kopfschüttelnd mache ich mich an die Arbeit, bevor in weniger als einer Stunde das Meeting beginnt, das ich einberufen habe.

Mit großen Schritten gehe ich durch den Flur und betrete den Konferenzraum, wo ich schon erwartet werde.

»Guten Morgen zusammen. Sie haben alle zu tun, daher werde ich mich kurzfassen. Ich habe mir inzwischen einen ersten Eindruck über Ihre Geschäftsstelle machen können, jedoch ist es noch zu früh, um Ihnen genaues sagen zu können.

»Mr. McLean?«

Mein erster Impuls ist es, die Augen zu verdrehen. Solche Exemplare gibt es leider auch in jeder Firma, egal welcher Größe. Irgendwer hat immer eine Frage, egal wie bescheuert sie auch sein mag. Gerade ist mir auch ihr Name entfallen, aber es ist die mit dem Muffin auf der Oberweite. Nummer achtzehn. Ich müsste lügen, würde ich behaupten, dass sie mit ihrer olivfarbenen Haut und dem recht stattlichen Vorbau nicht attraktiv ist. Genau Coles Typ. Spanische Vorfahren würde ich sagen. Aber sie geht mir auf die Eier und das schon am dritten Tag.

»Ja bitte.« Ich nicke in ihre Richtung.

»Können Sie uns schon etwas zu unseren Jobs sagen?«

So wie sie ihre Möpse auf den Tisch legt und sich in den Haaren spielt, wette ich, dass sie die Antwort auf diese Frage überhaupt nicht interessiert. »Nein Miss …«

»Hernandez.« Dümmlich grinst sie mich an.

»Nein, Miss Hernandez, leider kann ich Ihnen dazu noch immer nichts sagen.« Ich lasse meinen Blick durch die Stuhlreihen gleiten, um abzuschätzen, wie die anderen auf diese Antwort reagieren. Bei der *Irren* bleibe ich hängen. Sie leckt sich gerade genüsslich Schokolade von den Fingern, was mich hart schlucken lässt. Sie scheint rein gar nichts von diesem Gespräch mitzubekommen. Stattdessen konzentriert sie sich voll und ganz auf das Tablett mit Muffins, das in der Mitte des Tisches steht. Mit geschürzten Lippen beugt sie sich der Länge nach über den Tisch und greift nach dem nächsten.

»Mr. McLean, ich habe mir gedacht, dass ich Ihnen eine Mitarbeiterin zur Seite stelle. Diese könnte Sie dabei unterstützen, die benötigten Unterlagen zusammenzustellen, und Ihnen beschaffen, was immer Sie sonst brauchen.«

Harry Thompson sieht mich freundlich an und doch weiß er genauso gut wie ich, dass das kein Akt der Hilfsbereitschaft ist. Er will mich einfach nur so schnell wie möglich wieder loswerden.

»Vielen Dank Mr. Thompson, das würde mir wirklich sehr helfen und meinen Aufenthalt hier verkürzen.«

»Ich würde das gerne machen.« Die Latino-Schönheit grinst mich an. Aber allein beim Gedanken daran, sie den ganzen Tag um mich zu haben, bekomme ich Kopfschmerzen. Ein kurzer Blick zu der Irren, die sich noch immer nur für diesen ekelhaften Muffin zu interessieren scheint. Irgendwie passt sie in keine meiner besagten Fraktionen. Weder ist sie besonders distanziert noch überaus freundlich. Genau genommen scheint es ihr rundweg egal zu sein, ob ich hier bin oder nicht. »Ich möchte, dass sie mir hilft.«

Thompson folgt meinem Blick. »Amber?«

Als sie ihren Namen hört, hebt sie tatsächlich den Kopf und sieht uns fragend an.

»Ist das ein Problem?«

Thompson schüttelt den Kopf. »Nein, natürlich nicht.«

»Sehr gut. Dann war es das von meiner Seite. Wenn es ansonsten keine Fragen gibt, machen wir uns wieder an die Arbeit.«

Das Klopfen an der Tür ist so leise, dass ich es fast nicht gehört hätte. Ich warte, doch die Tür öffnet sich nicht, sodass ich genervt schnaufe. »Herein.«

Mit einem Aktenberg im Arm kommt Miss West – so heißt die Irre – in den Raum und sieht sich suchend um.

»Ihre *Tische* sind alle voll, wo darf ich die Akten hinlegen?« Dabei betont sie das Wort Tische und spielt auf die Stühle an, die mir als Ablage dienen.

Schnell springe ich auf und räume einen der Stühle frei, woraufhin sie die Akten aus ihren Händen einfach auf den Stuhl krachen lässt.

»Kann ich sonst noch etwas für Sie tun?«

Ich weiß nicht, ob ihre pampige Art mich irritieren soll oder ob mir eben genau das gefällt. Definitiv ist sie eine erfrischende Abwechslung zu den anderen Mitarbeitern, die mir ihre Freundlichkeit nur vorheucheln.

»Stellen Sie mir bitte bis morgen eine Liste aller Mitarbeiter zusammen, die in den letzten beiden Jahren einen Firmenwagen hatten, oder immer noch haben.«

Sie nickt und verlässt ohne ein weiteres Wort das Büro.

Sieben Stunden später lehne ich mich in meinem Bürostuhl zurück und reibe mir über die Augen, als mein Handy klingelt. Ohne auf das Display zu achten, nehme ich das Gespräch entgegen. »McLean.«

»Du wolltest vor einer halben Stunde hier sein. Lässt dein Arschloch von Chef dich wieder Überstunden machen?«

Grinsend wippe ich mit dem Bürostuhl nach vorne und blicke auf die Uhr am Bildschirmrand meines Laptops. »Scheiße, ich habe die Zeit verpennt. Ich mach mich gleich auf den Weg.«

»Sieh zu.« Und schon legt er auf. Das Arschloch von Chef, von dem er eben gesprochen hat, ist mehr oder weniger er selbst.

Logan und ich haben uns während des Studiums kennengelernt. Noch gehört die Firma *Donovan & Company*, für die ich arbeite, seinem Vater Darell, aber früher oder später wird sie an ihn übergehen. Logan ist auch der Grund, warum ich Unternehmensberater geworden bin. Dank ihm hat sein Vater mir gleich nach Beendigung des Studiums einen Job in dessen Unternehmen angeboten. Für viele ist es selbst nach Jahren schwer, einen Fuß in eine solch erfolgreiche Firma zu bekommen, also habe ich nicht lange nachgedacht. Inzwischen bin ich Partner und das Ende der Fahnenstange ist erreicht. Über mir stehen nur noch Logan und sein Vater. Ich arbeite hart und viel, richte meinen Fokus immer auf die Ziele der Firmen, die mich beauftragen. Im Allgemeinen kann man sagen, dass diese Firmen alle das Gleiche verfolgen: Sie wollen bessere Zahlen. Und ich sorge dafür, dass sie sie bekommen. Natürlich kenne ich den Ruf, der mir vorauseilt. Ich gelte als Tsunami, der nichts als Verwüstung und Zerstörung zurücklässt. Jemand, dem die Schicksale der Menschen, die er entlässt, egal sind. Früher habe ich noch versucht, mich zu rechtfertigen, habe mich bemüht zu erklären, dass dem ganz bestimmt nicht so ist. Mittlerweile habe ich es aufgegeben. Die Rechnung ist ganz einfach: Je mehr Firmen ich vor der Insolvenz bewahre, desto höher ist mein Marktwert und desto eher kann ich mit Darell in Gehaltsverhandlungen gehen.

Wenn ich es so sage, könnte man meinen, ich würde für Geld über Leichen gehen. Aber nicht nur die von mir entlassenen Menschen haben ein Schicksal, auch ich hab eins und dafür brauche ich Geld. Und soll ich das wirklich jedem Einzelnen erklären? Soll ich vor jedem einen Seelenstriptease hinlegen und auf dessen Verständnis hoffen? Nein!

Vielleicht liegt es auch daran, dass mir inzwischen egal ist, welche Meinung die Leute von mir haben. Wenn dich alle als Arschloch sehen, bist du irgendwann wirklich eins.

Ich lasse den Laptop herunterfahren und gehe noch einmal zum Faxgerät hinter dem Empfangstresen, um Darell meinen bisherigen Bericht zu schicken. Logan und ich haben ihm schon hundertmal gesagt, dass eine E-Mail den gleichen Zweck erfüllt, aber er besteht weiterhin auf ein Fax. Wenn das Ding denn funktionieren würde.

Ein weiteres Mal gebe ich die Nummer ein und es

passiert nichts.

»Scheiß-Teil.« Als würde es dann besser funktionieren, schlage ich mit der Faust auf den Deckel.

»Kann ich Ihnen helfen?«

Na bravo, die Irre hat mir gerade noch gefehlt. Vorsorglich trete ich einen Schritt an die Seite, um ihr Platz zu machen. »Das Faxgerät scheint nicht zu funktionieren.«

Sie stellt sich neben mich und beugt sich über das Gerät, wodurch mir ihr Geruch nach Vanille und irgendwas Blumigem in die Nase steigt. Ganz nebenbei stelle ich fest, dass sie wirklich heiß aussieht. Sie hat eine ordentliche Kiste, genauso wie ich es mag. Ich habe keine Lust mir irgendwelche Splitter einzufangen, wenn ich den knöcherigen Arsch einer Frau anfasse. Ich brauche was Handfestes und das hier vor mir ist definitiv handfest. Dazu die schmale Taille. Wenn sie jetzt noch Brüste hat, die in meine Handfläche passen, perfekt. Was ich hinten gerne mehr habe, darf vorne ruhig etwas weniger sein. Schließlich will ich nicht von dem Vorbau einer Frau K.O. geschlagen werden, wenn sie oben ist.

»So.« Mit hochrotem Kopf stellt sie sich wieder auf und sieht mich an. »Jetzt sollte es gehen. Das Kabel hat manchmal einen Wackelkontakt.«

Erneut gebe ich die Nummer ein und tatsächlich zieht das Faxgerät meinen Zettel durch.

»Danke.« Ich nicke ihr zu, woraufhin sie ihre Handtasche von einem der beiden Schreibtische nimmt und in Richtung Treppenhaus geht.

»Ach und Mr. McLean?« Überrascht, dass sie mich noch mal anspricht, sehe ich zu ihr. »Sie sollten Ihre Gefühlsregungen besser unter Kontrolle bekommen. Sonst wird Ihnen Ihre impulsive Art noch mal zum Verhängnis.« Dabei grinst sie mich auf unverschämte Weise an, und, noch bevor ich etwas entgegnen kann, ist sie durch die Tür verschwunden.

Was war das denn bitte? Was nimmt die sich eigentlich raus? Hat bei der Arbeit schon mal irgendjemand so mit mir gesprochen?

Keine Ahnung und doch kann ich in diesem Moment nur an eins denken: Die Irre hat eine Handvoll Brüste. Laut Augenmaß *meine* Handvoll.

# KAPITEL 5

*Amber*

»Scheiße, scheiße, scheiße.« Während Heather aufpassen muss, dass sie sich vor Lachen nicht vollpinkelt, könnte ich heulen.

»Das hast du nicht gesagt?«

»Ich fürchte doch.« Schuldbewusst senke ich den Blick auf meine Finger. Was ist da vorhin nur in mich gefahren? Natürlich ist mir mehr als jedem anderen bewusst, dass ich oft zu schnell und ohne nachzudenken drauflosplappere. Aber ausgerechnet bei ihm? »Wie soll ich ihm denn morgen gegenübertreten?«

»Ach wie schön, zwei neue Gesichter.« Eine Frau etwa Mitte vierzig steht uns gegenüber und lächelt uns freundlich an. »Schön, dass ihr hergefunden habt. Ich bin Kate, die Gruppenleiterin.«

Da sie hier die Gruppenleiterin ist, sehe ich sie mir genauer an. Schließlich hat sie dadurch ja auch eine Art Vorbildfunktion inne. Oder sehe ich das falsch? Da kann ich jedoch gucken, so viel ich will, es gibt nichts zu bemängeln. Das leichte Sommerkleid betont ihre tolle Figur, und ihr sportlicher Bob lässt sie vermutlich jünger aussehen, als sie tatsächlich ist.

»Hallo, ich bin Heather und das ist Amber.« Heather grinst, als hätte sie allein vom Hiersein schon zwanzig Kilo abgenommen.

»Dann wollen wir euch zuerst einmal eine Kartei anlegen.« Kate faltet ein Kärtchen, das sie ihrer Mitarbeiterin gibt, die hinter einer halbhohen Sichtsperre aus Pappe sitzt. Was ist das denn für eine? Hat sie irgendwelche Komplexe, weshalb sie sich verstecken muss? Bevor ich das genauer beurteilen kann, spricht Heather mich an.

»Ich denke, den sollten wir uns gleich mitnehmen, oder?«

»Hmm?«

»Diesen Einkaufsführer.«

Ich blättere einmal kurz durch das Buch und sehe den Preis auf der Rückseite. »Vierzig Dollar?«

Na toll. Jetzt weiß ich auch, warum ich abnehme. Weil ich kein Geld mehr habe, um mir essen zu kaufen. Trotzdem nicke ich und behalte das Buch.

»So, wie es weitergeht, erklärt euch jetzt Lyn.« Kate zeigt auf die hinter der Pappe. »Sie wird euch wiegen und das Gewicht auf eurem Wiegekärtchen notieren.«

»Was?«, entfährt es mir ungewollt laut. Kate, Heather und Lyn hinter der Pappe sehen mich erschrocken an, sodass ich mich räuspere und leiser weiterspreche. »Ich meine, wiegen? Warum das denn? Ich kenne doch mein Gewicht.«

»Du wirst dich jetzt bei jedem Treffen wiegen und Lyn

wird deine Fortschritte in deinem persönlichen Wiegekärtchen festhalten. Das wird dir eine Motivation sein.« Kate lächelt so nett, dass ich kurz davor bin einzuknicken. »Außerdem wird hier niemand öffentlich gewogen, alles ist ganz diskret. Die Anzeige der Waage ist hier hinter diesem Sichtschutz und nur Lyn kann dein Gewicht sehen.«

Na großartig, das erklärt dann auch die Pappe. Ich fange Heathers flehenden Blick auf und so gebe ich klein bei und gehe die paar Schritte zur Personenwaage weiter. Heather wird gewogen, bekommt ihr Kärtchen und tritt zur Seite, damit ich auf die Waage steigen kann. Schon komisch, sich zu wiegen und das Ergebnis nicht selbst sehen zu können.

»Schon fertig.« Wie auch Kate lächelt Lyn mich freundlich an und ich nehme mein Wiegekärtchen entgegen. Nachdem Heather und ich uns hingesetzt haben, falte ich es auseinander. 73,9 Kilogramm.

»Die Waage ist doch kaputt oder was?«, platzt es schockiert aus mir heraus.

»Psst! Mensch Amber, jetzt reiß dich mal zusammen.« Peinlich berührt lässt Heather ihren Blick zwischen den anderen Gruppenmitgliedern kreisen und lächelt entschuldigend. Den Mund schon zu einer Erwiderung geöffnet, kommt Kate mir zuvor, sodass ich den Mund wieder schließe.

»Die Waagen bei uns werden regelmäßig geeicht, liebe Amber.«

Na dann kann es jawohl nur einen Gegenspieler geben: Lyn. Während ich versuche, ihr möglichst böse Blicke zuzuwerfen, ist Heather hin und weg von den vielen Erfolgsgeschichten der anderen.

Eine knappe Stunde später ist das Ganze vorbei und ich trete mit Heather auf die Straße. »Das war wirklich grausam. Ich könnte jetzt gut einen Latte mit viel Milchschaum gebrauchen.«

»Amber!«

»Schon gut, schon gut. Die Diät verdirbt mir schon nach einer Stunde die Laune.«

Wir verabschieden uns und ich steige in meinen Smart, um nach Hause zu fahren. Einen Vorteil hatte dieses Treffen ja, ich habe nicht an McLean gedacht. Er hat recht, ich sollte mich wirklich besser unter Kontrolle bekommen, weil mir meine Art sonst irgendwann einmal zum Verhängnis werden könnte. Ich hoffe nur, dieses Irgendwann ist nicht schon morgen.

***

Mit einer Tasse Kaffee stehe ich vor McLeans Tür und gehe zum wiederholten Mal die Worte durch, die ich einstudiert habe. Angriff ist die beste Verteidigung oder? Daher habe ich mir überlegt, mich einfach für den gestrigen Ausrutscher zu entschuldigen. Ich nicke noch einmal wie zur eigenen Bestätigung, das Richtige zu tun, und klopfe an die Tür.

»Herein.« Täusche ich mich oder hört er sich heute irgendwie genervt an?

Für einen Rückzug ist es jetzt zu spät und so öffne ich die Bürotür und trete ein.

»Guten Morgen, Mr. McLean.« Es fällt mir schwer, ihn freundlich anzulächeln, wenn als Reaktion nur der üblich undurchsichtige Gesichtsausdruck kommt. Dadurch, dass er so gut wie keine Mimik zeigt, wirkt sein Auftreten beängstigend perfekt, fast unmenschlich.

»Guten Morgen, Miss West.«

»Ich habe Ihnen Kaffee mitgebracht.« Weiterhin lächelnd stelle ich die Tasse vor ihm ab.

Er scheint einen kurzen Augenblick lang verwirrt zu sein, fängt sich aber genauso schnell wieder. »Danke. Leider trinke ich meinen Kaffee nicht mit Milch.«

»Oh.« Wer trinkt denn bitte seinen Kaffee schwarz? Das bringt meinen ganzen einstudierten Ablauf durcheinander. Soll ich diesem Fatzke jetzt etwa einen neuen holen?

»Ein bisschen Milch wird mich schon nicht umbringen.«

Wie bitte? Blinzelnd sehe ich zu ihm auf, als er sich die Tasse zum Mund führt. Und tatsächlich, ein kleines Zucken umspielt seine Mundwinkel. Himmel, räumt mal jemand einen Stuhl frei, damit ich mich setzen kann.

Er setzt die Tasse wieder ab und ich starre ihn immer noch an. Kopfschüttelnd konzentriere ich mich auf meine eigentliche Mission.

»Mr. McLean, ich wollte mit Ihnen …« Ich unterbreche mich selbst und lasse ihn nicht aus den Augen, als er aufsteht und einen der Stühle freiräumt.

»Setzen Sie sich doch bitte.« Schon wieder dieses kleine Lächeln. Verwirrt von dieser nahezu netten Geste, klammere ich mich an die Stuhllehne und setze mich erst, als auch er wieder sitzt und mich auffordernd ansieht.

»Also ähm«, nachdenklich reibe ich mir mit den Fingern über die Stirn und überlege, wo ich gedanklich stehen geblieben bin, »wegen gestern. Es tut mir leid, was ich da gesagt habe. Ich habe mal wieder nicht nachgedacht und hoffe, dass Sie den Vorfall vergessen können.« Ich knete meine im Schoß liegenden Finger und warte auf eine Antwort, die nicht kommt. Als ich den Kopf hebe, treffen sich unsere Blicke und ich halte kurzzeitig den Atem an. Ob aus Angst vor seiner Reaktion oder aus anderen Gründen will ich jetzt gerade nicht analysieren. Sein intensiver Blick macht mich nervös, sodass ich auf dem Stuhl umherrutsche und den Blick abwende. »Sie haben wohl recht, ich sollte mich mehr unter Kontrolle bekommen und nachdenken, bevor ich den Mund aufmache.«

Nun sag doch endlich was.

»Nein, Miss West.«

Erschrocken reiße ich meinen Kopf herum und sehe ihn wieder an. »Nein?«

»Wie Sie selbst gesagt haben, macht Sie genau das aus. Also lassen Sie sich von niemandem einreden, dass Sie sich ändern müssen. Auch nicht von mir.«

Irritiert betrachte ich ihn, wie er die Kaffeetasse in einem Zug leert und sein Adamsapfel sich beim Schlucken bewegt.

»Aber ich …« Ich gebe zu, ich bin verwirrt, extrem verwirrt. Zum einen von seiner Aussage, zum anderen davon, dass ich mich für das kaum vorhandene Grübchen an seiner Wange und den Adamsapfel interessiere. »Heißt das jetzt, Sie vergessen meinen Aussetzer von gestern Abend?«

»Welchen Aussetzer?«

Er weiß genau, wovon ich spreche, und so lache ich ihn erleichtert an. »Dann hole ich Ihnen jetzt die Liste mit den Firmenwagen.«

»Tun Sie das.« Er öffnet seinen Laptop. »Ach und Frau West, bitte kommen Sie zukünftig einfach herein. Sie brauchen nicht jedes Mal anzuklopfen.«

Als ich die Bürotür von außen zuziehe, lehne ich mich erleichtert dagegen und schließe für einen Moment die Augen.

»Na, so schlimm?« Auch ohne hinzusehen weiß ich, dass Marissa vor mir steht. »Debra wollte ihm gestern eine Blume ins Büro stellen, damit es nicht ganz so ungemütlich ist. Und was macht er? Schmeißt sie und die Pflanze umgehend wieder raus.« Ich öffne die Augen und blicke in Marissas grinsendes Gesicht. »Geh doch zu Harry und sag ihm, du willst nicht McLeans Helferlein sein. Lorena übernimmt das bestimmt wahnsinnig gerne für dich.«

»Warum sollte ich das tun?«

»Na ja, ich dachte, du stehst hier so, weil er dich langsam mürbe macht? Mal ehrlich, sein Anblick lässt in mir ja ganz wilde Gedanken aufkommen. Aber wenn man an dem leckt, klebt die Zunge wahrscheinlich dran fest wie an einer Straßenlampe bei Minusgraden. Ist er überhaupt ein Mensch?«

Bei ihren Worten zucke ich unwillkürlich zusammen, da ich vorhin noch dasselbe gedacht habe. Keine Ahnung, warum, aber ich bekomme Mitleid mit ihm. Vielleicht ist es wieder das Mutter-Theresa-Syndrom, aber ich bin mir sicher, dass er nicht immer so ist, wie er sich hier darstellt. Außerdem gefällt mir der Gedanke, dass Lorena ihm zuarbeitet, so ganz und gar nicht. Über das Warum möchte ich jetzt nicht weiter nachdenken.

»Nein, alles bestens. Ich habe gestern nur … na ja, den Mund wieder ein bisschen zu weit aufgerissen und hatte

Angst, welche Konsequenzen er jetzt daraus zieht.«

»Und?«

»Nichts, alles bestens.«

Wenige Minuten später betrete ich sein Büro, ohne zu klopfen, und lege ihm die Liste auf den Tisch. »Ich habe die Liste auch noch in einen Ordner in der Datenbank abgelegt, soll ich Ihnen zeigen, wo?«

»Das wäre gut, danke.« Er rollt mit seinem Stuhl zur Seite und ich stelle mich neben ihn. Weil ich ihm so nah bin, kann ich, wie schon gestern am Faxgerät, seinen ganz eigenen Geruch vermischt mit einem herben Aftershave wahrnehmen. Er schiebt mir die Computermaus zu, wobei mir die hellen Härchen an der Seite seiner Hand auffallen. Ohne dass ich es beeinflussen kann, lecke ich mir nervös über die Unterlippe. Amber, mach keinen Scheiß. Dieser Mann kann dich deinen Job kosten.

Unwillentlich stelle ich mir vor, wie er aufsteht und seine großen Hände über meine Hüften nach oben wandern lässt, um meine Brüste zu umfassen. Seine tiefe Stimme flüstert mir ins Ohr, dass er mich schon auf diesem kargen Tisch vögeln wollte, seit wir uns das erste Mal begegnet sind. Mit einem Streich fegt er alles, was sich darauf befindet, zu Boden und drückt meinen Oberkörper auf die freigeräumte Fläche. Ohne viel Zeit zu verlieren, klimpert seine

Gürtelschnalle, bevor er meinen Rock nach oben schiebt. In Gedanken trage ich statt der Shape-Hose nur einen hauchdünnen Spitzenstring, den er stürmisch zerreißt und dann ruckartig in mich eindringt.

»Miss West?« Eine Hand schiebt sich vor meine Augen. »Miss West, ist alles in Ordnung?«

Zwinkernd komme ich wieder ins Hier und Jetzt und sehe McLean an, der unglaublich aber wahr, mit einem breiten Grinsen neben mir sitzt. Augenblicklich spüre ich, wie ich rot werde, und wende mich dem Computer zu. Zeitgleich gehe ich vor dem Schreibtisch in die Hocke. Zum einen kann ich so besser auf den Bildschirm sehen. Zum anderen – und das ist weitaus wichtiger – kann ich so meine Nippel verbergen, die sich verräterisch gegen den dünnen Stoff der Bluse drücken. Gott ist das peinlich. Hoffentlich habe ich keine eindeutigen Geräusche von mir gegeben.

»Hier habe ich alle Firmenwagen der letzten Jahre eingetragen.« Ich fahre mit dem Finger über den Bildschirm. »Das sind die festen Wagen von Mitarbeitern, die immer einen haben. Und das hier sind die Wagen, die in der Firma stehen und nur bei Bedarf genutzt werden.«

Weil mir langsam die Knie wehtun, richte ich mich wieder auf und sehe zu ihm herunter. »Soll ich Ihnen noch etwas zusammenstellen?«

»Eine Auflistung der in den letzten zwei Jahren

geflossenen Prämien wäre gut.«

»Das sollte ich heute noch fertig haben.« Damit will ich gerade das Büro verlassen, als er mich noch einmal anspricht.

»Es wäre einfacher, wenn Sie für die Zeit meines Aufenthalts auch in diesem Büro arbeiten würden.«

Wie bitte? Hier? Den ganzen Tag an seiner Seite? Mir meiner Feuchtigkeit, die sich unter diesem krankhaften Tagtraum zwischen meinen Beinen gesammelt hat, nur allzu bewusst, suche ich nach einer Ausrede, warum das keinesfalls geht.

»Das ist natürlich kein Muss. Es wäre nur einfacher, falls Fragen aufkommen.«

Scheiß verficktes Mutter-Theresa-Syndrom. »Natürlich, ich werde veranlassen, dass ein zweiter Schreibtisch hergebracht wird.«

Keine Stunde später sitze ich McLean vis-à-vis an einem voll eingerichteten Schreibtisch gegenüber. Wo ich schon einmal dabei war, habe ich auch noch einen zusätzlichen Tisch herbringen lassen, damit die ganzen Akten vernünftig abgelegt werden können. Welche Firma hat heutzutage eigentlich noch so viele Akten in Papierform? Aber Mr. Morgan besteht neben der Digitalisierung nun einmal darauf.

Als ich mich gerade daran mache, die Tabelle mit den Prämien zusammenzustellen, unterbricht McLean mich.

»Machen Sie erst einmal Ihre Mittagspause.«

Und tatsächlich, ein Blick auf die Uhr sagt mir, dass ich um diese Zeit für gewöhnlich schon von der Pause zurück bin. »Machen Sie keine Pause?«

Ohne aufzusehen, antwortet er mir. »Ich brauche keine Pause.«

»War ja klar.«

Jetzt habe ich seine Aufmerksamkeit unerwünschterweise doch. »Wie bitte?«

»Äh … Na ja, ein paar Leute in der Firma, zu denen ich selbstverständlich nicht gehöre, fragen sich, ob Sie überhaupt menschliche Bedürfnisse haben. Und Sie lachen nie, obwohl das stimmt nicht ganz.« Ich lächle ihn kurz an, woraufhin wieder keine Reaktion kommt. »Sie scheinen nie genervt, ärgerlich oder müde zu sein. Eine Pause brauchen Sie offenbar auch nicht, was wohl heißt, Sie haben auch nie Hunger. Und Sie trinken schwarzen Kaffee. Jedenfalls fragen sich einige, ob Sie bei diesem Pensum überhaupt ein Mensch sind.«

»Wer fragt sich, ob ich überhaupt ein Mensch bin? Dem mache ich gleich die Papiere fertig.«

»Was?« Vor Schreck reiße ich meine Augen so weit auf, dass sie fast wehtun.

»Das war ein Witz.«

Ich spüre förmlich, wie ich in mir zusammensacke und die Anspannung wieder nachlässt. »Vielleicht sollten Sie sich angewöhnen, witzig zu gucken, wenn Sie einen Witz machen.«

»Wie guckt man denn witzig?«

Kopfschüttelnd stehe ich auf und nehme meine Tasche, als auch er sich erhebt.

»Also Miss West, wo gehen wir was essen?«

So sehr ich es auch versuche, mein dümmliches Grinsen lässt sich nicht unterdrücken. Die leise Stimme in mir, die mich erinnert, dass er eigentlich der Feind ist, blende ich rigoros aus.

Als wir am Fahrstuhl stehen und darauf warten, dass er auf der Etage ankommt, spüre ich Marissas Blicke, die sich in meinen Rücken bohren.

Endlich öffnen sich die Türen und wir betreten den Fahrstuhl, wobei ich mich umdrehe und in Richtung Empfangstresen blicke. Marissa gafft uns aus großen Augen an, dreht sich um und schlingt ihre eigenen Arme um den Oberkörper, um sich damit über den Rücken zu streichen. Ihre Bewegungen dabei sollen eindeutig ein wild knutschendes, fummelndes Pärchen imitieren. Fast muss ich lachen, bis McLean sich ebenfalls umdreht. Und noch bevor die Türen sich schließen, kann er einen Blick auf Marissa werfen. Ich möchte sterben.

Er hebt eine Augenbraue und sieht zu mir herunter. Eigentlich müsste ich jetzt irgendeine dumme Ausrede erfinden, um die Situation zu entschärfen, doch ich bin viel zu gefesselt von ihm. Offenbar hatte er doch keinen Botoxunfall und seine Mimik funktioniert bestens. Er benutzt sie nur nie.

Wir gehen die zwei Blocks bis ins *Peaches*, wobei wir kaum ein Wort miteinander wechseln. Trotzdem fühlt sich unser Schweigen nicht unangenehm an. Nicht wie in diesen Situationen, wo man beschämt mit den Füßen schart, weil die Stille einen zu erdrücken scheint.

Im *Peaches* steuere ich automatisch den Tisch am Ende der Bar an und setze mich hin. Hier sitzen Heather und ich immer, weil es die ruhigste Ecke der Bar ist. Hoffentlich denkt McLean jetzt nicht, ich zerre ihn in diese Ecke, damit uns keiner der Kollegen sieht. Oder noch schlimmer, damit ich über ihn herfallen kann.

Bei dem Rückblick an meine verdorbenen Gedanken von vorhin werden gleich wieder meine Wangen warm. Er jedoch scheint sich gar nicht an der Platzwahl zu stören und sieht sich in der Bar um. Tagsüber ist es nur eine unscheinbare Bar, mit einem überdimensionalen runden Tresen in der Mitte und vielen Stehtischen drumrum. Um einen Sitzplatz zu bekommen so wie wir, muss man etwas weiter nach hinten durchgehen. Erst am Abend erwacht die eigentliche Cocktailbar. Dann sind der Raum und vor allem der Tresen mit blauem Neonlicht beleuchtet und es wird laute Musik gespielt. Auch dann ist hier hinten der einzige Platz, an dem man sich normal unterhalten kann, ohne sich anzuschreien.

McLean setzt sich ebenfalls, wobei sein Knie unter dem Tisch meines berührt. Sofort beginnt meine Haut an der Stelle zu kribbeln, was mich kurz verleitet, zur Seite zu zucken. Mensch Amber, jetzt krieg dich mal wieder ein.

Er scheint es nicht mal zu merken und studiert stattdessen die Karte. »Welchen der Muffins empfehlen Sie mir?«

»Sie wollen einen Muffin zum Mittagessen?« Ich denke an Heather und daran, dass ich heute eigentlich einen Salat mit zehn Gramm Hähnchenbruststreifen essen wollte. Wie viele Punkte wohl ein Nugatmuffin hat? Und wenn ich einen Blaubeermuffin nehme? Das ist doch Obst, also viel besser als Nugat. Oder?

»Sie nicht?«

Na ja, auf den einen Tag kommt's ja auch nicht mehr an, oder? »Die Nugatmuffins sind ein Traum.«

Susan kommt zu uns an den Tisch und nimmt unsere Bestellung auf. Wenn ich jetzt einen Muffin esse, ist der Tag ohnehin gelaufen, dann kann ich auch gleich noch mal richtig über die Stränge schlagen und einen Latte macchiato trinken. McLean bestellt sich schwarzen Kaffee.

Wenig später stellt sie den Kaffee und die Muffins vor uns ab. Bevor sie wieder geht, nickt sie mir hinter McLeans

Rücken anerkennend zu, wobei sie ihren Daumen nach oben hält. Stirnrunzelnd schaue ich ihr nach, bevor ich beginne, meinen Muffin aus dem Papierförmchen zu schälen. »Darf ich Sie etwas Persönliches fragen?«

»Sicher.«

Ich versuche abzuschätzen, ob es ihm wirklich nichts ausmacht, scheitere aber wieder einmal an seiner fehlenden Mimik.

»Warum sind Sie bei der Arbeit so … mechanisch? Mein Chef sagt, Sie sind verdammt gut in ihrem Job, auch wenn Sie dabei …« Oh, oh Amber, da war der Mund wieder schneller als das Gehirn. »Na ja, Sie sollen sehr rigoros sein. Warum sind Sie dann auch noch so unnahbar?«

Ich sehe ihn an und warte auf eine Antwort, die jedoch nicht kommt. Stattdessen bricht er ein weiteres Stück seines Muffins ab und steckt es sich in den Mund. Bravo. Vermutlich bin ich wieder übers Ziel hinausgeschossen.

»Entschuldigen Sie, ich bin zu weit gegangen.« Es kommt wirklich nicht oft vor, besser gesagt nie, und doch ist mir der Appetit gerade vergangen.

»Ich glaube, dass die Jahre in diesem Job genau das aus einem machen.« Überrascht sehe ich zu ihm auf. »Wenn ein Unternehmensberater in die Firma kommt, sind die Mitarbeiter in der Regel verunsichert. Sie haben Angst vor den möglichen Veränderungen und ja, oftmals verlieren auch welche ihren Job. Dementsprechend wird man meistens nicht gerade herzlich empfangen.« Er lächelt und beinahe sieht es entschuldigend aus.

»Und das macht Ihnen Spaß?« Mir fällt ein, dass er mir in unserem ersten Gespräch eine ähnliche Frage gestellt hat.

»Manches davon.«

»Und was genau?«

»Zum Beispiel, dass ich nicht nur Arbeitsplätze wegrationalisiere, sondern auch welche sichere. Außenstehende erkennen immer nur das Negative, aber was, wenn die Firmen so weiterlaufen wie bisher? Dann gehen sie in ein, vielleicht auch zwei Jahren insolvent. Oder müssen, wie zum Beispiel *Morgan Property*, gegebenenfalls die Zweigstelle schließen. Dann verlieren nicht nur zwei oder drei Mitarbeiter ihren Job, sondern alle. Das hilft denen, die ihren Job verloren haben, natürlich reichlich wenig, aber ich bin dafür da, das große Ganze zu sehen.«

Erst jetzt registriere ich, dass ich mit meiner Haarsträhne spiele, und unterbreche es sofort. Nein. Ich verbiete es mir, zu einem dieser Hühner zu werden, die nichts anderes können, als schmachtend zu ihrem Gockel aufzusehen.

»Sind Sie darum Unternehmensberater geworden?«

Für den Bruchteil einer Sekunde blitzt etwas in seinen Augen auf und die entstandene Pause ist eigentlich schon zu groß, um noch zu antworten, als er es doch tut. »*Donovan &*

*Company* gehört dem Vater eines Freundes, den ich im Studium kennengelernt habe. Es war nicht die Traumvorstellung eines Berufs, aber so konnte ich schnell gutes Geld verdienen. Alles andere war zweitrangig.«

Mein Kauen unterbrechend ziehe ich eine Augenbraue hoch. Er hat diesen Job nur angenommen, damit er möglichst schnell viel Geld verdient? Ich kann nichts dagegen tun, aber alle Sympathiepunkte, die er eben noch gewonnen hatte, sind jetzt wieder dahin. »Schade, so hätte ich Sie gar nicht eingeschätzt.«

Beinahe wirkt er so, als ringe er mit sich, noch etwas zu sagen, doch vielleicht täusche ich mich auch. Stattdessen steht er bestimmend auf und sieht missbilligend zu mir herunter. »Ich zahle. Die Pause ist zu Ende.«

# KAPITEL 6

*Amber*

Fast bin ich erleichtert, als wir endlich wieder in der Firma ankommen. Auf dem Weg vom *Peaches* zurück zum *Morgan Property* haben McLean und ich kein einziges Wort miteinander gewechselt. Wie es scheint, hat nicht nur er seine Sympathiepunkte verloren, sondern ich auch meine. So angenehm unser Schweigen auf dem Hinweg auch war, so unangenehm ist es jetzt.

Ich weiß, dass meine Bemerkung schuld daran ist. Ich habe ihn indirekt als geldgeil hingestellt, auch wenn ich es nicht ganz so ausgedrückt habe. Irgendwie habe ich wohl gedacht, dass ich aufrichtig sein kann. Jetzt, wo wir schon die Mittagspause miteinander verbringen. Aber wie sagt meine Mom immer so schön: Mit Ehrlichkeit gewinnt man keine Freunde und wenn doch, bleiben sie für immer. Irgendetwas sagt mir, dass McLean dann wohl nicht mein Freund wird.

Wir betreten den Fahrstuhl, als uns mit einer, in meinen Ohren viel zu schrillen Stimme hinterhergerufen wird: »Warten Sie, ich komme mit.«

McLean hält seine Hand gerade noch rechtzeitig zwischen die zusammengleitenden Türen, sodass sie sich wieder öffnen und ich Lorena in ihren Mörderabsätzen auf uns zustürmen sehe. Bis vor wenigen Minuten hätte ich nie geglaubt, einmal für ihre Anwesenheit dankbar zu sein. Kurz vor dem Fahrstuhl bremst sie ab und betritt mit eleganten Schritten die Kabine, wo sie sich zwischen uns stellt.

»Vielen Dank Mr. McLean.« Haucht sie ihm die Worte zu und klimpert mit ihren falschen Wimpern zu ihm hoch. Zumindest nehme ich an, dass sie künstlich sind. Solche langen und dichten Wimpern können einfach nicht natürlich sein. Selbstverständlich steht auch ihre Bluse wieder einen Knopf zu weit auf und McLean sollte einen ungehinderten Einblick haben. Ich möchte, dass es mir nichts ausmacht, und doch stelle ich mir vor, wie ich sie zu Boden reiße. Ich setze mich rittlings auf ihren Rücken, kralle mich in ihre verfluchten dunklen, welligen Haare und ditsche ihre zuckersüße Stupsnase ein- bis achtmal auf den Fußboden.

Gedankenverloren grinse ich vor mich hin, bis ich McLeans prüfenden Blick auf mir spüre. Räuspernd schiebe ich meine Lorena-verseuchten Gedanken an die Seite, verschränke die Arme vor der Brust und konzentriere mich auf das Display, das uns die Etagenzahl anzeigt. Reiß dich mal zusammen, Amber, so ein kranker Auftritt wäre selbst für dich eine Spur zu verrückt.

Endlich öffnen sich die Türen und ich gehe schnellen Schrittes direkt auf die Toilettenräume zu. Wo soll ich auch sonst hin?

Am Empfang würde Marissa mich sofort mit Fragen überhäufen und an meinem derzeitigen Arbeitsplatz würde ich McLean gegenübersitzen. Dabei kann ich nicht einmal genau benennen, warum ich das gerade nicht möchte. Irgendwie bringt er mich durcheinander. Er ist so undurchsichtig, und das ist etwas, was mich einerseits abstößt und anderseits meine Neugierde weckt. Und aus einem mir unerfindlichen Grund möchte ich ihn kennenlernen. Nicht den Tsunami, sondern den Menschen dahinter.

Mich im Spiegel angrinsend, erinnere ich mich an die Gedanken, die er in mir auslöst. Okay, ich gebe zu, dass seine optischen Vorzüge vielleicht auch eine klitzekleine Rolle spielen.

Wenn ich schon einmal hier bin, kann ich auch gleich noch mal auf die Toilette gehen. Dabei stelle ich fest, dass meine Schlankmacherhose nicht nur schlank macht, sondern auch rote Streifen verursacht. An der Taille und den Bündchen über den Knien haben sich fiese rote Striemen gebildet. Am liebsten möchte ich sie ausziehen, aber dann würde McLean sich wundern, wo das plötzliche Wackelfleisch herkommt. Vorne die Hühnerbrust und hinten der Entenarsch.

Also im wahrsten Sinne des Wortes die Arschbacken zusammenkneifen und die blöde Hose wieder in ihre Kerben legen.

Ich will gerade um die Ecke auf den Flur abbiegen, als ich McLeans unvergleichliche Stimme höre. Offenbar steht er an der Kaffeemaschine und ich bleibe reflexartig stehen.

»Miss Hernandez, haben Sie schon mal was vom defensiven peripersonalen Raum gehört?«

»Äh … wie bitte?« Ich kann mir bildlich vorstellen, wie sie, um Zeit zu schinden, in ihren Zotteln rumdreht.

»So nennt man die persönliche Wohlfühlzone eines Menschen und Sie dringen immer wieder in meine ein. Ich wäre Ihnen dankbar, wenn Sie das unterlassen könnten.« Kaum ausgesprochen entfernen sich Schritte und ich gehe um die Ecke, wo Lorena noch immer steht. Sie sieht ihm hinterher, wirft sich aber die Haare über die Schulter, als sie mich bemerkt, und dreht sich zur Kaffeemaschine. »Was glotzt du so, hast du nichts zu tun?«

Oha, jetzt ist sie wieder zickig, weil sie nicht in seinen peridefensioalen Raum oder was auch immer eindringen darf. Keinen Schimmer, wo genau der anfängt, aber ich weiß, dass wir uns heute und auch gestern am Faxgerät schon sehr nahe waren und darüber hat er sich nicht beschwert. Mir ist klar, dass ich manchmal hoffnungslos naiv bin, aber mit einem breiten, vermutlich ziemlich dümmlichen Grinsen gehe ich in unser gemeinsames Büro.

Wie üblich blickt er nicht einmal zu mir auf, als ich die

Bürotür öffne und wieder schließe, obwohl ich sie absichtlich laut zuknallen lasse. Resigniert werfe ich meine Tasche neben den Schreibtisch und entdecke einen Muffin und einen Latte macchiato von unserer Kaffeetheke neben meiner Computertastatur. Verwundert sehe ich zu McLean, der mich mit einem kleinen Lächeln ansieht.

»Weil ich Sie Ihren Muffin vorhin nicht habe aufessen lassen.«

Ich werde ihm jetzt nicht sagen, dass ich eben den wild in mich reingestopft habe, als er zum Bezahlen gegangen ist. »Dankeschön.«

Lächelnd setze ich mich und beobachte ihn weiterhin, während ich den Kuchen aus seinem Förmchen schäle. Ab morgen muss ich aber wirklich mal anfangen, diese komischen Weight Watchers Punkte zu zählen. Heather bringt mich sonst um, und innerlich höre ich Kate, die Gruppenleiterin, missbilligend mit der Zunge schnalzen.

Vermutlich bilde ich es mir nur ein, aber offenbar mache ich ihn mit meinem Angestarre nervös. Immer wieder streicht er sich eine nicht vorhandene Haarsträhne aus der Stirn, sieht zu mir auf und wendet sich wieder seinem Laptop zu. Gerade als auch ich mich meinem Computer zuwenden will, spricht er mich ein weiteres Mal an. »Hätten Sie trotzdem Lust, morgen noch einmal die Mittagspause mit mir zu verbringen? Ich verspreche auch, dass Sie dieses Mal aufessen dürfen.«

Scheiße, ich wollte doch morgen Punkte zählen. Na ja, das eine schließt das andere ja nicht aus, ich könnte auch ein Salatblatt mit Kräuter-Öl-Dressing essen. Noch bevor ich weitere Pros und Kontras zusammentragen kann, höre ich mich schon antworten. »Sehr gerne.«

***

Die restlichen Arbeitsstunden des gestrigen Tages sind kaum merklich an mir vorbeigezogen. McLean sagt mir, was er aufgelistet haben möchte, und ich mache es. Er wirkt nicht mehr ganz so kühl wie am Anfang und doch scheint er seine Pläne, die Mittagspause mit mir zu verbringen, und die Arbeit strikt zu trennen. Trotzdem ertappe ich mich dabei, dass ich heute noch penibler nach einem Outfit für die Arbeit suche. Schlussendlich entscheide ich mich für eine schwarze Marlenehose mit breitem Bund bis hoch zur Taille und eine rote Bluse, deren Ärmel ich hochkrempele. Das sieht nicht nur ganz annehmbar aus, sondern ist auch noch praktisch. Ich kann und will das Folterinstrument von Shape-Hose heute nicht anziehen und unter dieser Hose werden alle unansehnlichen Kilos wunderbar kaschiert.

Natürlich sitzt er schon an seinem Platz, als ich in die Firma komme, und oh Wunder, er kann mich sogar ansehen, als ich mich setzen will. Sogar mehr als das. Sein Blick wandert langsam an meinem Körper herab, der wie auf Kommando anfängt zu kribbeln. An meinen Brüsten bleibt er länger als angemessen hängen und meine Nippel werden hart. Auch, ohne hinzusehen, weiß ich, dass sie durch den Stoff der Bluse zu erkennen sind. Hart schluckend stehe ich wie angewurzelt da, bis sein Blick erneut auf meinen trifft. Einen Moment lang glaube ich, dass ich pure Lust in seinen Augen erkennen kann, als er sich auch schon wieder seiner Arbeit zuwendet.

Unsicher überlege ich, ob meine Fantasie mit mir durchgeht und mir Dinge vorgaukelt, die ich mir wünsche. Aber nein, ich habe es genau gesehen. Ich löse in ihm das gleiche Gefühl aus wie er in mir. Ohne dass ich es steuern kann, setze ich mich grinsend hin.

Die Zeit bis zur Mittagspause vergeht wie im Flug, weil Mason, wie ich ihn jetzt heimlich nenne, mich mit Arbeit überhäuft. Mason … Wie es sich wohl anhören würde, wenn ich das unter ihm liegend stöhnen würde? Kopfschüttelnd rufe ich mich zur Ordnung. Meine Güte, Amber, du benimmst dich ja wie eine läufige Hündin.

»Kommen Sie?« Oh ja, ich denke, das würde ich, wenn du dich nur ein bisschen ins Zeug legst. »Miss West?«

»Was?« Oh Gott, ich starre ihm auf die Lippen. Wie lange mache ich das schon?

Er kommt auf mich zu, dreht meinen Stuhl in seine Richtung und stützt sich links und rechts von mir auf den Stuhllehnen ab. Sein Gesicht ist jetzt definitiv in meinem defensionalen Raum. Hieß das so? Ach, ist ja auch völlig egal, er ist in meiner persönlichen Wohlfühlzone, und anstatt dass es mir unangenehm ist, will ich, dass er noch näher kommt. Ich fixiere seine Lippen, die zu einem atemberaubenden Lachen verzogen sind, und muss mich zwingen, zu seinen Augen aufzublicken. Mein Atem beschleunigt sich wie von selbst und ich beiße mir auf die Unterlippe, um ihn wenigstens nicht mit offenem Mund anzustarren. Was passiert hier gerade?

»Können wir jetzt unsere Mittagspause machen? Je eher wir gehen, desto eher sind wir zurück und desto schneller kann ich die Arbeit bei *Morgan Property* abschließen.«

So muss es sich anfühlen, wenn sich beim Fallschirmsprung der Schirm nicht öffnet. Ich habe es deutlich gespürt, da war eine enorme Spannung zwischen uns. Eigentlich müssten mir die Haare in alle Richtungen abstehen und er will einfach nur schnell hier weg? Weg von mir?

»Was?« Leider klingt meine Stimme nicht ganz so beherrscht, wie ich es mir wünschen würde. Überrascht zieht er seine Augenbrauen nach oben, nimmt sich aber die Frechheit heraus, mich weiter anzugrinsen. Gut, dass mit dem Botox nehme ich zurück, sowohl Stirn als auch Wangenmuskeln scheinen tadellos zu funktionieren.

»Ich möchte mit dir ausgehen.«

Hä? Langsam wird er mir unheimlich und seit wann duzen wir uns? Vielleicht ist er doch ein armer Geisteskranker und ich möchte sein durchgeknalltes wahres Ich lieber doch nicht kennenlernen. Wie war das mit der Wohlfühlzone? Ich denke, jetzt ist der richtige Zeitpunkt, um wieder auf Abstand zu gehen.

»Aber ich gehe nie mit Angestellten unserer Auftraggeber aus. Das heißt, ich sollte hier schnell fertig werden.« Damit stößt er sich vom Stuhl ab und geht in Richtung Tür. »Also, kommst du?«

Ich kann nicht anders, als grinsend meine Tasche zu nehmen und an ihm vorbeizulaufen. »Was macht dich denn so sicher, dass ich mit dir ausgehen würde?«

# KAPITEL 7

*Mason*

Als ich ihr vorhin gesagt habe, dass ich den Auftrag bei *Morgan Property* schnell abschließen will, hatte ich kurzzeitig Angst, sie könnte mir eins mit ihrer Handtasche überbraten. Beim Gedanken an die hilflose Skulptur auf dem Parkplatz muss ich lachen. Ja, ich kann zweifellos sagen, dass Amber anders ist als andere. Ihr Temperament ist unkontrollierbar und sie trägt ihr Herz definitiv auf der Zunge. Was mir aber am meisten gefällt, ist, dass man ihrem Gesicht jede Gefühlsregung ablesen kann. Ich weiß nicht, ob es ihr bewusst ist, aber obwohl ich sie kaum kenne, kann ich Freude, Erregung, ob nun positiv oder negativ, und auch Enttäuschung erkennen.

Gestern in der Mittagspause war es Enttäuschung. Nachdem ich gesagt habe, dass es mir damals nach dem Studium nur wichtig war, möglichst schnell gutes Geld zu verdienen, habe ich es ihr sofort angesehen. Die Enttäuschung, dass ich nur ein materialistisches Arschloch bin. Für den Bruchteil einer Sekunde hatte ich den Drang, ihr zu erzählen, dass ich genau das nicht bin. Aber dann konnte und wollte ich es doch nicht. Vielleicht erzähle oder besser zeige ich ihr irgendwann den wahren Grund.

Ich will nicht, dass meine Gedanken in diese Richtung abdriften, also denke ich an ihren Blick, als sie heute vor mir in ihrem Bürostuhl gesessen hat. Ihr Gesicht nur eine Handbreit von meinem entfernt. Ihr süßlicher Atem, der abgehackt kam, ihre Brust, die sich im gleichen Rhythmus hob und senkte. Und erst ihr flehender Blick auf meinen Mund. Okay, auch in diese Richtung sollten meine Gedanken nicht abdriften, wenn ich nicht gleich mit einem Ständer bei Logan, Riley und Cole auftauchen will.

In der Halle vom *high inch* riecht es wie immer nach Eisen, Öl und Gummi und irgendwo klappert ein Schraubenschlüssel. Vor nunmehr sieben Jahren hat Riley diese kurz vor dem Konkurs stehende Motorradwerkstatt übernommen. Ein Jahr später benannte er sie in *high inch* um und spezialisierte sich auf das Veredeln von Motorrädern. Zugegebenermaßen haben Logan und ich ihm davon abgeraten, was zeigt, dass auch wir uns irren können. Inzwischen ist das *high inch* einer der angesagtesten Motorrad-Veredler New Yorks und obwohl Riley schon lange nicht mehr selbst die Motorräder aufbereiten müsste, legt er bei jedem Einzelnen persönlich mit Hand an.

»Hey, Mason.« Riley sieht über das Motorrad auf der Hebebühne hinweg zu mir und deutet mit dem Schraubenschlüssel in die Richtung seines Büros. »Logan und Cole sind schon da. Ich komme auch gleich.«

Irgendwie hat es sich ergeben, dass wir uns einmal die Woche in Rileys Büro treffen, um den Stuss von uns zu geben, den im Alltag keiner von uns hören will. Und auch besser nicht hören sollte.

»Ah da kommt ja unser Tsunami. Na, wie viele arme Seelen mussten heute dran glauben.« Cole, der neben der Tür auf einer Sessellehne sitzt, schlägt mir auf die Schulter und greift zeitgleich zu einer Flasche alkoholfreiem Bud, die er mir reicht.

»Sehr witzig.« Ich lasse mich neben Logan auf das Zweiersofa fallen und öffne die Flasche. Jetzt frag schon Logan.

»Wie kommst du voran?«

Na bitte.

»Ich denke, dass ich nächste Woche durch bin.«

»Ich habe dich heute Mittag nicht erreicht, also habe ich bei *Morgan Property* angerufen und weißt du was? Du warst nicht da. Du bist in der *Mittagspause* gewesen.« Dabei betont er das Wort Mittagspause abfällig. Genauso, wie ich es sonst immer tue.

»Alter, was ist denn mit dir los?« Cole sieht mich abwartend an und auch Logan scheint weiterhin auf eine Antwort zu warten.

»Ja, dann habe ich halt eine Pause gemacht, was ist dabei? Cole macht den ganzen Tag nichts anderes.«

»Hm, wo du recht ha…«

»Klappe! Von uns allen habe ich wohl den verantwortungsvollsten Job. Und nur weil ich darin so verdammt gut bin, kann ich so viel Pause machen. Klar?!«

»Selbstverständlich.« Logan grinst mich an und ich nehme einen Zug aus der Flasche.

Cole ist Sergeant im Dezernat für Ermittlungen beim NYPD. Von uns vieren ist er der mit der größten Klappe, was wohl daran liegt, dass seine Gesprächspartner überwiegend aus Kriminellen bestehen. Trotzdem ist er derjenige, dem ich mich am nächsten fühle. Wir kennen uns seit etwa zwanzig Jahren und so hat er damals alles hautnah miterlebt.

Die Tür geht auf und Riley kommt mit ölverschmierten Fingern ins Büro. Er wischt sie oberflächlich an seiner Jeans ab und greift nach einer Flasche Budweiser. »Bleibt's bei Sonntag?«

Ach Scheiße, das hatte ich ganz vergessen. Am Sonntag wollen wir eine Tour machen.

»Klar.« Logan hebt seine Flasche in Rileys Richtung.

»Was ist mit dir? Kommt David wieder mit?«, spricht Cole mich an. Stirnrunzelnd denke ich an das letzte Mal, als ich meinen Dad auf eine Tour mitgenommen habe. Er konnte danach tagelang nicht sitzen. Natürlich hat er mir das nicht selbst gesagt, sondern ich habe es von meiner Mom erfahren.

»Nein, er kommt nicht noch mal mit.«

Cole lehnt sich zu mir vor. »Ist alles in Ordnung mit ihm?«

»Das lange Sitzen auf dem Motorrad ist offenbar nicht so gut für ihn.«

Cole versteht mich auch ohne weitere Erklärungen und ich bin ihm dankbar, dass er das Thema auf sich beruhen lässt. Sie alle sagen mir immer wieder, dass mich keine Schuld an dem Unfall trifft, aber ich weiß es besser. Ich sollte an seiner Stelle nicht mehr auf dem Scheiß-Bock sitzen können.

»Mason?« Riley sieht mich fragend an. »Bist du trotzdem dabei?«

»Ja, sicher.«

»Ich hab Lilly versprochen, sie beim nächsten Mal mitzunehmen. Ist das okay für euch?« Lilly ist Coles kleine Schwester. Obwohl es klein für eine Sechsundzwanzigjährige wohl auch nicht mehr trifft. Dementsprechend kenne ich sie ebenso lange wie Cole, und obwohl sie in den letzten Jahren zu einer wunderschönen jungen Frau herangewachsen ist, ist sie immer noch die kleine Schwester für mich, die ich nie hatte. Automatisch sehe ich zu Logan, der sich direkt aufgerichtet hat und Cole mit einem Nicken wissen lässt, dass es ihn überhaupt nicht stören würde. Irgendwas sagt mir, dass das irgendwann noch mal zu ganz großen Problemen führen wird.

»Ach nee. Eine Tusse allein nervt doch nur.« Wirft Riley missmutig ein. »Dann will sie ewig mit uns reden. Und wer von uns soll mit ihr aufs Klo gehen? Das können die Weiber doch nur zu zweit.«

»Pass auf, was du sagst.« Cole wirkt äußerlich ruhig, doch ich weiß, dass ihn Rileys Worte wirklich wütend machen.

»Ich könnte noch jemanden mitbringen.« Scheiße, habe ich das jetzt laut gesagt?

Ich sehe in die verblüfften Gesichter der anderen und schiebe schnell noch etwas hinterher, um meine Aussage hoffentlich abzuschwächen. »Dann hätte sie jemanden, mit dem sie aufs Klo gehen kann.«

Logan rückt ein Stück von mir ab. »Alter, sag mal, was ist denn mit dir los? Erst fängst du an, Mittagspausen einzulegen, und jetzt willst du jemanden mitbringen? Geht's dir nicht gut?«

Wie war das? Mit der Wahrheit kann man nur schwer umgehen? Das kann ich unterschreiben und werde jetzt einfach gar nichts mehr sagen.

»Gute Idee, danke Mason.« Cole zwinkert mir zu, was mich grinsen lässt.

Riley nimmt den letzten Zug aus seiner Flasche und stellt sie zurück in die Kiste. »Alles klar, Mädels, dann trinkt aus und raus hier. Ich hab noch was zu tun.«

***

Das hast du jetzt davon, du Waschlappen. Gestern noch eine große Fresse, dass du jemanden mitbringst und heute die Zähne nicht auseinanderbekommen. Warum ist das bei ihr so schwer? Es ist ja nicht so, dass ich vor ihr noch nie eine Frau zu irgendetwas eingeladen hätte. Aber bei ihr würde es mich stören, wenn sie ablehnt. Das ist das Problem.

Wie ein geisteskranker Stalker glotze ich immer wieder zu ihr rüber und geile mich an ihr auf. Solange ich in der Firma bin, müssen die Angestellten auch samstags arbeiten, was ihr gar nichts auszumachen scheint. Sie ist vollkommen auf die Arbeit konzentriert, die ich ihr aufgetragen habe, und wickelt sich verträumt eine Haarsträhne um den Zeigefinger. Ihre langen Wimpern werfen Schatten auf ihre Wangen, und auch ohne dass sie zu mir aufsieht, weiß ich, dass ihre Augen fast schwarz sind. Ein Detail, das mir noch nie bei einer Frau aufgefallen ist.

Ambers Augenfarbe ist von so einem tiefen Braun, dass man sie kaum von der schwarzen Pupille unterscheiden kann. Trotz der dunklen Augen und ihrem ebenso dunklen Haar ist ihre Haut verhältnismäßig blass. Als ich an ihrem schlanken Hals weiter nach unten sehe, muss ich schlucken.

Wie ihre Haut wohl schmeckt? Ganz sicher ist sie genauso weich, wie ich es mir vorstelle. Welche Farbe wohl ihre Nippel haben?

Innerlich kopfschüttelnd rufe ich mich zu Räson. Los Mann, komm mal zur Sache. Jetzt oder nie. »Ein paar Freunde und ich machen morgen einen Ausflug. Hättest du Lust mitzukommen?«

Sie unterbricht das Gefummel in ihren Haaren und sieht überrascht zu mir auf. Sofort strahlt sie mich an, wobei dies ihre Augen mit einschließt. »Ich dachte, du verabredest dich nicht mit Angestellten eurer Auftraggeber?«

Ich verschränke die Arme auf dem Schreibtisch. Warum kann diese Frau nicht einfach mal antworten, statt immer Gegenfragen zu stellen? Ich kann Menschen, die immer das letzte Wort haben müssen, nicht ausstehen. Eigentlich …

»Irgendwann braucht jeder mal eine Ausnahme seiner Regel.«

»Und ich bin deine Ausnahme?«

»Das hoffe ich zumindest.«

Ihr Lachen wird noch strahlender. »Wann holst du mich ab?«

# KAPITEL 8

*Amber*

Ich weiß wirklich nicht, ob ich schon jemals so aufgeregt gewesen bin wie heute. Jeden Moment müsste Mason klingeln und mich zu dem Ausflug mit seinen Freunden abholen. Ganz genau, mit seinen Freunden. Als wäre es noch nicht genug, dass ich *ihn* heute zum ersten Mal außerhalb der Arbeit treffe, werde ich auch noch sie kennenlernen. Dabei kenne ich, um genau zu sein, noch nicht einmal ihn.

Über das Ausflugsziel selbst habe ich gar nichts mehr herausgefunden. Alles, was er mir noch verraten hat, war, dass ich mir praktische Sachen und feste Schuhe anziehen soll. Was für eine präzise Aussage. Nach langem Hin und Her habe ich mich für Jeansshorts entschieden. Dazu trage ich schwarze Chelseaboots und ein leichtes weißes Shirt.

Nur mit einer kleinen Tasche, in der ich mein Handy, das Portemonnaie und den Haustürschlüssel verstaut habe, stehe ich bereits startklar vor meiner Wohnungstür, als es endlich klingelt. Hoffentlich bin ich passend angezogen. Verdammt, ich hätte wirklich besser nachfragen sollen.

Ich kann mich nicht mehr genau an das Gefühl von Schmetterlingen im Bauch erinnern, aber das Gefühl jetzt ist es sicher nicht. Oder? Mein Herz rast so sehr, dass ich jeden

Schlag in meinem Hals fühlen kann, und meine Bauchschmerzen sind wie die vor einer wichtigen Prüfung. Solche, bei denen man weiß, dass sie ein schlechtes Omen sind.

Ich nehme mir vor, zuerst seine Freunde zu begrüßen, aber als ich die Haustür öffne, kann ich nicht anders, als ihn anzustarren. Würde ich ihm so auf der Straße begegnen, ich hätte ihn wohl nicht wiedererkannt. Wo ist der verbissene Typ im Anzug hin und wer zur Hölle ist dieser Leder-Adonis?

Mason trägt eine schwarze Motorradjacke, eine dazu passende Hose und schwarze Boots. Ganz offensichtlich hat er sich heute Morgen nicht rasiert, denn ein dunkler Bartschatten bedeckt sein kantiges Kinn. Selbst seine Haare sind unfrisierter als sonst und stehen in alle Himmelsrichtungen ab. Was auch daran liegen könnte, dass er den Motorradhelm, der jetzt locker in seiner Hand baumelt, vor wenigen Minuten noch getragen hat.

Lederklamotten? Motorradhelm?

Ruckartig werfe ich meinen Kopf nach links und sehe zur Straße, auf der vier Motorräder stehen. Das ist nicht wahr?!

»Ich hätte dir wohl sagen sollen, dass wir die Tour auf Motorrädern machen?«

Mit offenstehendem Mund sehe ich wieder zu ihm und verliere mich für einen kurzen Moment in seinen leuchtenden Augen. Ich habe ihn jetzt eine Woche lang jeden Tag gesehen und könnte schwören, dass er noch nie so entspannt ausgesehen hat. Und so verdammt heiß.

»Das wäre in der Tat nicht schlecht gewesen.« Erneut sehe ich zu den Motorrädern und den vier ebenfalls in Leder gehüllten Gestalten, die zwischen den Maschinen stehen und zu fachsimpeln scheinen. Es sind drei Männer und eine Frau. Eine ziemlich hübsche Frau würde ich auf die Entfernung vermuten.

Ich finde es toll, wenn Motorräder mich auf dem Highway überholen. Ich sehe ihnen jedes Mal bewundernd hinterher und mag das mächtige Geräusch, das sie dabei machen. Aber ich hatte noch nie das Bedürfnis, selbst auf einem zu sitzen.

»Ich setze mich auf keinen Fall auf eine dieser Höllenmaschinen.«

Mason sieht ehrlich enttäuscht aus und augenblicklich tut er mir schon wieder leid. Hallo Mutter-Theresa-Syndrom, da bist du ja wieder.

»Schade.«

Ich will schreien. Manipulativer Mistkerl. Obwohl ihm sicherlich nicht einmal bewusst ist, dass er manipulativ ist.

»Kannst du damit überhaupt umgehen? Ich meine, du sitzt den ganzen Tag am Schreibtisch, muss man dafür nicht irgendwie mehr … Mann sein oder so was?«

»Du denkst ich, bin kein richtiger Mann, weil ich am Schreibtisch sitze?« Er grinst mich spöttisch an, was ich, ohne es steuern zu können, erwidere.

Verdammt, verdammt, verdammt.

Was denken denn seine Freunde, wenn ich gleich bei unserem ersten Treffen das Zicken anfange und mit ihrem offensichtlichen Hobby nichts anzufangen weiß?

»Wie lange fährst du denn schon Motorrad?«

»Amber, wenn du mitkommst, versichere ich dir, dass ich dich heil wieder zu Hause abliefere und nichts tun werde, was dich oder irgendeinen anderen Verkehrsteilnehmer in Gefahr bringt. Wenn du aber absolut nicht auf ein Motorrad steigen willst, werde ich das natürlich akzeptieren. Dann verschieben wir unsere Verabredung.«

Ein winselnder Hundewelpe an der Straßenecke könnte nicht trauriger aussehen. Oh ja, er ist gut, verteufelt gut.

»Hast du auch einen Helm für mich?«

Er lacht, wobei er mir seine makellosen Zähne präsentiert, und hält den Helm in seiner Hand hoch. »Der hier ist für dich.«

»Aber ich hab nichts anzuziehen.«

»Lilly, kommst du?«

Als hätte sie nur auf sein Zeichen gewartet, kommt die Hübsche mit einer Tasche in der Hand auf uns zugeschlendert. Dabei schüttelt sie ihr blondes, lockiges Haar und sieht aus wie ein verdammtes Bond Girl, das gerade aus dem Meer steigt. Wer ist das?

»Hallo, ich bin Lilian, aber nenn mich bitte Lilly. Ich bin Coles Schwester.« Sie zeigt auf den Größten in der Runde, der mit seinem breiten Rücken zu uns steht.

»Dann lasse ich euch mal allein. Aber nicht so lange.«

»Ja, ja.« Lilly verdreht die Augen und sieht wieder zu mir. »Ich habe hier zwei Lederhosen und eine Jacke für dich. Mason meint, wir haben in etwa die gleiche Größe. Willst du sie einmal anprobieren?« Dabei lacht sie mich so ehrlich an, dass sie es mir wirklich schwer macht, sie nicht auf Anhieb zu mögen. Also drehe ich mich wieder um, öffne die Haustür und gehe mit ihr in meine Wohnung.

»Ich denke nicht, dass ich in deine Hosen passen werde.« Was ich durch ihre erkennen kann, sieht eher nach der typischen Wunschvorstellung eines Mannes aus.

»Doch ich glaube, das passt.« Sie hält mir zwei schwarze Hosen und eine rotschwarze Jacke hin, woraufhin ich sie zweifelnd ansehe, die Sachen dann aber nehme und ins Schlafzimmer verschwinde.

Ich steige gerade ins erste Hosenbein, als Lilly mir vom Wohnzimmer aus zuruft. »Cole sagt, du hast Mason auf der Arbeit kennengelernt?«

Scheiße ist das Teil hart, ich schwitze jetzt schon wie ein Schwein. »Ja, das stimmt.«

»Und trotzdem verbringst du auch noch das Wochenende mit ihm? Respekt. Nach allem was ich gehört habe, soll er bei der Arbeit recht kaltherzig sein.«

Oh Gott ist das heiß, ich brauche Wasser. Steif wie ein Brett lasse ich mich nach hinten aufs Bett fallen und ziehe das enge Ding über meine Jeans. Hätte ich die vorher ausziehen müssen? Aber dann könnte ich die Lederhose ja nirgendwo ausziehen.

»Cole ist schon ganz gespannt auf dich. Du bist die erste Frau, die Mason zu einer Tour mitnimmt.«

Augenblicklich unterbreche ich den Kampf mit den Hosenbeinen. Ehrlich?

Na großartig. Und ich bin zu fett für die Hose und kann deswegen nicht mitkommen. Scheiße, scheiße, scheiße.

»Bist du so weit?«

»Nein.« Meine Stimme hört sich an wie die einer Fünfjährigen, die kurz vorm Heulen ist. »Sie passt nicht.«

Lilly kommt um die Ecke, lacht auf und betritt das Schlafzimmer.

»Kann ich nicht einfach in Jeans und der Lederjacke mitkommen?«

Wieder lächelt sie. »Das wird Mason niemals erlauben. Sicherheit im Verkehr ist ihm sehr wichtig. Was glaubst du, warum wir anderen uns in diesen blöden Dingern kaputtschwitzen? Ich würde auch lieber in Jeans fahren.« Sie winkt mich zu sich. »Komm mal hoch, ich helfe dir.«

Ich kann jetzt nicht sagen, dass die Hose mir zu groß ist, aber unglaublicherweise passt sie. Die Lederjacke sitzt überraschenderweise perfekt und so gehen wir kurz danach auf die wartenden Männer zu. Wobei Lilly immer noch aussieht wie das Bond Girl und ich einen hochroten Kopf kurz vorm Hitzschlag habe. Dabei knirsche ich, oder besser gesagt meine Sachen. Lilly knirscht auch, aber bei ihr gefällt es mir irgendwie besser. Warum sind die Frauen um mich herum immer so attraktiv? Ich sollte mir eine hässliche beste Freundin suchen. Irgendwo habe ich mal gehört, dass man daneben dann gleich viel hübscher wirkt.

Als Mason uns sieht, kommt er sofort auf mich zu und legt seine Hand in meinen Rücken, was mich kurz zusammenzucken lässt.

»Amber, das ist Riley, das hier ist Logan, mein Boss, und das ist Cole.«

Oh scheiße, ich hab's geahnt. Als ich ihn vorhin von hinten gesehen habe, habe ich es schon geahnt, aber verdrängt.

»Die?« Besagter Cole, auch genannt Anabolikamutant, sieht Mason fassungslos an.

Riley lässt seinen Blick kreisen. »Kennt ihr euch schon?«

»Das ist die psychotische Spaßbremse aus dem Park.«

Bitte? Wie es wohl wäre, wenn ich Masons Kumpel

schon beim ersten Treffen ins Gesicht springe?

»Cole.« Masons Ton lässt selbst mich zusammenzucken. »*Die* heißt Amber und ich erlaube selbst dir nicht, so mit ihr zu reden. Hast du das verstanden?«

Cole und Mason sehen sich einen kurzen Moment schweigend an, als würden sie sich auch ohne Worte verstehen, bis Cole nickt und mir wortlos die Hand gibt. Na toll, schlechter hätte der Start nicht werden können. Ich fühle mich unwohl und möchte Mason am liebsten sagen, dass ich doch nicht mitkomme, aber das wäre nicht ich. Gut, dann habe ich Cole im Park nicht ganz korrekt behandelt, aber er mich schließlich auch nicht. Viel schlimmer ist, dass Mason unser erstes Aufeinandertreffen offenbar doch nicht vergessen hat.

Riley und Logan geben mir freundlich, wenn auch noch etwas zurückhaltend, die Hand. Alles andere wäre für den ersten Kontakt auch etwas seltsam.

Ich bin mir der neugierigen Blicke durchaus bewusst, und bevor ich zu sehr darüber nachdenken kann, ob die Hose meinen Hintern zu dick macht, prüfe auch ich die Truppe genauer.

Das Erste, was mir zu Riley einfällt, ist Sonnyboy. Obwohl er mich noch überragt, ist er der Kleinste von ihnen und rein objektiv würde ich sagen, dass er auch der Jüngste ist. Leuchtend blaue Augen strahlen mich aus seinem gebräunten Gesicht an und seine Haarspitzen sind von der Sonne gebleicht.

Logan stehen ähnlich wie Mason die Haare wirr in alle Richtungen ab und er trägt einen Dreitagebart. Irgendwie passt dieses Bild nicht zu dem Nachfolger von *Donovan & Company*. Doch ich bin nicht enttäuscht. Im Gegenteil, ich bin positiv überrascht, dass auch er offenbar nur ein normaler Mensch ist.

Cole, der mich noch immer mit skeptischem Blick ansieht, ist von allen vieren definitiv der mit dem breitesten Kreuz. Wobei ich davon ausgehe, dass nicht ein Gramm Fett zu viel an ihm hängt. Dazu hat er als einziger kurz geschorene Haare. Lilly wirkt neben ihm geradezu zerbrechlich.

Alles in allem werde ich langsam ruhiger und meine Aufregung lässt nach. Bis auf Cole gibt mir keiner in irgendeiner Weise das Gefühl, nicht willkommen zu sein, und so entwickle ich allmählich tatsächlich etwas Vorfreude auf den heutigen Tag.

Während die anderen sich noch unterhalten, nimmt Mason den Helm von seinem Motorrad und deutet mir an, ihn aufzusetzen.

»Ich habe gehofft, du würdest dich nicht an meinen Auftritt im Park erinnern.« Schnell setze ich den Helm auf, damit er nicht sieht, wie ich erröte.

Mason kommt ganz nah an mich heran und stellt den Riemen an meinem Hals ein, wobei seine Finger ein paarmal meine Haut streifen. Trotz der wahnsinnigen Hitze merke ich, wie eine Gänsehaut von den Stellen, die er berührt, über meine Brüste krabbelt.

»Ich habe mich von dem Kampfhamster um Leib und Leben bedroht gefühlt. Wie könnte ich das vergessen?«

»Kampfhamster?« Gespielt ärgerlich boxe ich ihm leicht in die Seite, woraufhin er stöhnend zusammensackt und so tut, als hätte er ernsthafte Schmerzen.

Die anderen Jungs setzen sich auf die Motorräder, und so leichtfüßig, wie Lilly sich hinter Cole schwingt, macht sie das heute nicht zum ersten Mal. Eine Sekunde lang habe ich Angst, ich könnte mich vor den anderen lächerlich machen, wenn ich mich wie eine Lawine auf das Motorrad rolle. Das Wissen, gleich so dicht hinter Mason zu sitzen, dass keine Hand mehr zwischen uns passt, lässt mich jedoch alles andere vergessen.

Er setzt sich ebenfalls auf diesen schwarzen Koloss namens Motorrad, richtet es auf und klappt mit seinem linken Fuß den Seitenständer ein. Oh … mein … Gott. In diesem Moment sieht er aus wie ein himmlisches Geschenk an die Frauenwelt.

Jetzt gibt es wohl kein Zurück mehr und so gehe ich zu ihm. »Was soll ich jetzt machen?« Durch den Helm hört sich meine Stimme seltsam gedämpft an, sodass ich die Frage noch einmal lauter wiederhole.

»Stütz dich auf meinen Schultern ab. Dann mit dem linken Fuß auf die Fußraste.« Er zeigt auf ein kleines Teilchen. Und das soll mich tragen können? »Dein rechter Fuß kommt dann auf die Fußraste der anderen Seite.«

Na dann … Obwohl ich nur das dicke Leder seiner Jacke berühre, fangen meine Hände an zu kribbeln. Himmel, wie lange soll ich das bitte aushalten? Trotz der steifen Hose schwinge ich einfacher als gedacht mein Bein über den Sitz und lasse mich hinter Mason darauf nieder.

»Halt dich an mir fest.«

Das nun auch noch, ich halt's nicht aus. Ich lege meine Hände um seinen Bauch und rutsche unabsichtlich etwas dichter an ihn heran. In diesem Moment bin ich dankbar für den Helm, da die anderen sonst sehen könnten, dass ich rot werde. Zumindest glaube ich das, denn meine Wangen glühen. Vielleicht kommt das aber auch von der fast unerträglichen Hitze unter diesem Helm und den langen Klamotten.

Cole rollt mit seinem Motorrad neben uns und brüllt mir zu: »Wenn was ist, gib ein Handzeichen, wir werden die ganze Zeit hinter euch fahren.«

Dankbar nicke ich ihm zu und sehe noch einmal in die lachenden Augen von Lilly, bevor sie ihr Visier herunterschiebt. Ich blicke vor mich auf Masons schwarzen Helm. »Wo fahren wir eigentlich hin?«

»Lass dich überraschen.« Und nur mit Mühe kann ich einen kleinen Aufschrei unterdrücken, als das Motorrad sich in Gang setzt.

Ich weiß nicht, wie lange wir schon unterwegs sind, aber nach und nach entspanne ich mich und finde tatsächlich so etwas wie Gefallen am Motorradfahren. Nach einiger Zeit fahren wir auf den Belt Parkway und Mason ruft mir etwas zu, das ich nicht hören kann. Im gleichen Moment beschleunigt das Motorrad und ich werde ruckartig nach hinten und wieder nach vorne katapultiert, wobei mein Helm unsanft gegen Masons ditscht.

»Festhalten«, ruft er von vorne. Jetzt habe ich ihn verstanden, hätte aber ohnehin keine weitere Anweisung gebraucht, da ich ihm bestimmt schon die komplette Luftzufuhr abdrücke. Sagte ich gerade, dass ich langsam Gefallen am Motorradfahren finde?

Doch ohne dass es mir bewusst ist, begeistert mich die Geschwindigkeit, und ich fange an zu grinsen. Die Autos scheinen zu stehen, so schießen wir an ihnen vorbei. Selbst von der wahnsinnigen Hitze ist nichts mehr zu spüren. Im Gegenteil, jetzt bin ich froh um die langen Ärmel und um Masons Rücken, der mich zusätzlich wärmt. Es ist ein unbeschreibliches Gefühl, wie wir über die Straße gleiten.

Das Vibrieren der Maschine unter uns, das Gefühl, wie der Wind an meinen Haaren zieht, die nicht unter dem Helm verschwunden sind. Selbst das Wissen, Mason vollkommen ausgeliefert zu sein, befriedigt mich auf eine befremdliche Weise.

Genau wie die Zeit fliegt die Gegend an uns vorbei, und als wir auf den Sunrise Highway auffahren, habe ich trotz meines fürchterlichen Orientierungssinns eine Ahnung, was unser Ziel ist. Wir fahren doch nicht etwa nach Montauk? Obwohl ich schon immer einmal ebendahin wollte, habe ich es in all den Jahren nie geschafft hinzufahren, dabei soll es wunderschön sein.

In einiger Entfernung lässt sich bereits ein Stau erkennen und so verlangsamen wir unser Tempo. Riley fährt vorweg und zeichnet mit dem Motorrad Schlangenlinien auf die Straße, lässt sich neben uns zurückfallen und macht irgendwelche Handzeichen in Masons Richtung. Kurz danach stehen wir auch schon und nur Sekunden später spüre ich den Schweiß zwischen meinen Brüsten und an den Schläfen herunterlaufen. Wenn man die Sonne unter dem Fahrtwind auch kaum wahrnimmt, scheint sie uns jetzt grillen zu wollen. Wir versuchen, uns auf dem Seitenstreifen zumindest ein wenig vorwärts zu bewegen, um nicht auf einem Fleck stehen bleiben zu müssen. Bis auf ein paar hupende und schimpfende Autofahrer bringt es uns jedoch kaum etwas.

»Wenn es nicht gleich weitergeht, fahren wir erst mal rechts ran.« Cole rollt neben uns her und deutet auf einen ausgeschilderten Parkplatz, der in einer halben Meile kommen soll. Plötzlich scheint der Stau jedoch aufgehoben und wir können zügig weiterfahren.

Je weiter wir fahren, desto entfernter erscheint mir New York, und das nicht nur wegen der Meilen. Die Straße wird nicht mehr von einem Haus neben dem anderen gesäumt, stattdessen wird es grün. Kaum zu glauben, dass es so viel Natur in der unmittelbaren Nähe von New York gibt. Statt Straßen voller hupender Autos und Sirenengeheule liegt einfach nur die unberührte Landschaft vor uns. Es scheint keine Geräusche, außer denen unserer Motoren, zu geben. Wir durchfahren einige kleine Dörfer, in denen ich die Ruhe geradezu sehen kann.

Wenig später fahren wir in die Hamptons ein und wieder könnte der Kontrast zu den zuletzt gesehenen Dörfern nicht größer sein. Hier kann offensichtlich nur wohnen, wer Geld hat. Viel Geld. Grund genug für mich, hier nicht leben zu wollen. Geschweige denn leben zu können. Aber natürlich bewundere ich trotzdem die Villen, an denen wir vorbeifahren. Eine größer als die andere. Das Gleiche gilt für die Autos, die uns entgegenkommen. Keine Ahnung, welche Marken das sind, aber sie sehen teuer aus. Wenn gerade einmal keine Villen zu sehen sind, füllen Felder die Umgebung. Richtige Felder, die von Farmern und ihren Traktoren bewirtschaftet werden. Ich weiß nicht, wo ich zuerst hinsehen soll, und als Mason mir zuruft, ob alles in Ordnung ist, kann ich nur abwesend nicken. Auch wenn er das natürlich nicht sehen kann.

Inmitten der Hamptons fahren wir von dieser Straße ab und kommen auf den Montauk Highway. Hier fahren wir so nah am Wasser vorbei, dass ich wette, ich könnte es hören, wenn ich den Helm nicht tragen würde.

Langsam tut mir dann aber doch mein Hintern weh, und wenn mir eine Toilette begegnen würde, hätte ich sicher auch nichts dagegen. Gerne möchte ich mich einmal hinstellen, um meinen Hintern zu entlasten, traue mich aber nicht. Nachher werfe ich noch das ganze Motorrad mitsamt Mason um. Cole könnte nicht rechtzeitig bremsen und würde über uns rüberrollen. Vielleicht würde er noch mit Absicht direkt auf der psychotischen Spaßbremse in die Eisen gehen. Okay, ich gebe zu, meine Fantasie geht mal wieder mit mir durch, aber ich bleibe lieber trotzdem sitzen.

Als ich gerade noch mit mir hadere, ob ich Cole ein Zeichen geben soll, dass ich anhalten möchte, biegen wir ab und werden langsamer. Kurze Zeit später fahren wir auf einen Strandparkplatz, auf dem von jedem Motorradfahrer erst einmal zwanzig Dollar abkassiert werden. Und dann halten wir endlich an. Jetzt wird es aber auch höchste Zeit.

Was machen eigentlich Formel 1 Fahrer, wenn sie ganz dringend auf die Toilette müssen? Beim Boxenstopp kurz aussteigen und ein WC aufsuchen, ist jawohl nicht drin. Nicht dass ich ein passionierter Formel 1 Gucker wäre. Aber wenn ich ein Rennen im Fersehen gesehen habe, habe ich mir schon öfter diese Frage gestellt. Ob die einfach laufen lassen? Ähh igitt. Manchmal ist es besser, wenn man nicht alles weiß.

In diesem Moment ist es mir auch egal, ob ich elegant wirke, als ich vom Motorrad steige. Sich selbst vollpinkeln ist ja auch nichts, was erstrebenswert ist. Als ich mein Bein über das Motorrad schwinge, drückt das harte Leder so sehr, das ich wirklich das schlimmste befürchte.

»Musst du auch mal auf Toilette?« Lilly steht mit zusammengekniffenen Beinen und einer kleinen Tasche vor mir und wird mir unmittelbar noch sympathischer.

»Unbedingt.«

Wir gehen schon auf das an den Parkplatz grenzende Hotel zu, als ich Riley lachen höre und Cole ihm kurz darauf irgendwas an den Kopf wirft, was sich nicht wirklich nett anhört.

Pinkeln hat sich noch nie so erlösend angefühlt wie in diesem Moment und nur unter größter Aufbringung meiner

Selbstbeherrschung kann ich ein erleichtertes Stöhnen unterdrücken. Als Lilly und ich danach vor dem Waschtisch stehen, zupfe ich an meinem Shirt, das mir klamm am Körper klebt.

»Wir ziehen die Sachen aus und lassen sie hier im Hotel in einem Schließfach«, sagt sie und zieht dabei ihre Hose bereits aus. »Die Jungs sind regelmäßig hier, und weil sie zum Abschluss einer Tour immer hier essen, hat der Hotelbetreiber nichts dagegen.« Sie nebelt den Raum mit Deo ein und stellt die Dose vor mich auf den Waschtisch.

Es ist eine wahre Wohltat, sich aus der engen Hose zu pellen und sich endlich wieder normal bewegen zu können. Auch meine Beine sind feucht vom Schweiß und die Jeans klebt daran, aber zumindest hat sie keine nassen Flecken wie das Oberteil. Bevor wir gehen, lasse ich mir eiskaltes Wasser über die Unterarme laufen und fahre mir mit kalten Fingern über den Nacken, um mich etwas abzukühlen. Schnell versuche ich noch, das Desaster auf meinem Kopf zu retten, als Lilly schon lachend die Tür aufhält.

»Vergiss es, das bringt nichts. Aber mach dir nichts draus, wir sehen alle gleich scheiße aus.«

Erst jetzt nehme ich Lilly bewusst ohne die Lederklamotten wahr und tatsächlich hat sie einen sehr weiblichen Körper, der meinem nicht unähnlich ist. Im Gegensatz zu mir scheint sie damit aber keinerlei Probleme zu haben. Ihre Jeansshorts sind in meinen Augen vielleicht etwas zu kurz und das Tanktop zeigt jedes verbotene Gramm Winkfleisch an ihrem Oberarm. Eben das, was ich an mir peinlich genau verstecke. Trotz alledem hat sie eine unglaubliche Ausstrahlung.

Mit dem Helm und den schweren Ledersachen unterm Arm wollen wir gerade das Hotel verlassen, als die anderen in unsere Richtung kommen, doch ich sehe nur einen.

Mason hält seine Jacke in der einen und den Helm in der anderen Hand, während er mit großen Schritten auf mich, ähm das Hotel, zugeht. Seine nassen Haare kleben ihm auf der Stirn und das Shirt hat auf Höhe der Brust sowie unter den Armen Schweißränder. Für mich eigentlich ein Grund angewidert wegzulaufen, bevor mir dieser schwitzige Körper zu nahe kommt und doch kann ich ihn einfach nur anstarren. Zwar habe ich bereits durch den Anzug auf der Arbeit erkennen können, dass er offensichtlich Sport macht, aber dieses Shirt verheimlicht gar nichts mehr. Allzu deutlich kann ich seine wohldefinierte breite Brust und den flachen Bauch erahnen. Oh heilige Scheiße und diese hervortretenden Venen auf seinen Oberarmen …

»Wisch dir den Sabberfaden weg, sie sind gleich hier.«

Reflexartig wische ich mir über den Mund, an dem natürlich rein gar nichts hängt, und drehe mich zu Lilly um, die laut auflacht.

»Na, fertig mit Pipi machen?« Offensichtlich eine rein rhetorische Frage, denn Riley geht unbeirrt an uns vorbei in Richtung der Toiletten.

»Hey, alles in Ordnung?« Ich wirble herum und stoße beinahe mit dem Gesicht gegen Masons Brust. Oh Gott hilf mir. Ich, die mit der Schweiß-Phobie, möchte ihm auf der Stelle das nasse Shirt vom Körper reißen und mit den Fingern über seine feuchte Haut fahren. Ach was rede ich da, ich will ihn am liebsten ablecken … Lassen wir das.

»Amber?«

»Hm?« Ich hebe meinen Blick und treffe direkt auf Masons leuchtende Augen. Wenn ich das jemandem bei der Arbeit erzählen würde, sie könnten es nicht glauben. Der McLean dort und der Mason, der hier vor mir steht, können unmöglich ein und dieselbe Person sein.

»Äh ja, alles bestens.« Oh Gott und sein ekelhafter Schweiß, der nicht ekelhaft ist, riecht auch noch gut. Was ist bloß los mit mir?

»Geht's dir nicht gut? Willst du was trinken?« Jetzt fasst er mich auch noch an und seine schwitzige Hand klebt an meinem nicht weniger schwitzenden Oberarm. Und was mache ich? Ich wünsche mir nichts mehr, als dass noch viel mehr von ihm an mir klebt. Hilfe, ich mutiere zur vaginagesteuerten Nymphomanin.

»Ja bitte. Ich glaube, was zu trinken wäre gut.«

Er reicht mir eine Wasserflasche aus einer der Taschen, die neben uns stehen, und ich leere sie fast in einem Zug. Ja das tut wirklich gut und ich hoffe, dass mein Gehirn unter der Flüssigkeitszufuhr wieder anfängt zu arbeiten. Mason ist in der Zwischenzeit mit Riley und Cole auf den Toiletten verschwunden. Ich drehe mich zu Lilly herum und will mich gerade zu ihr auf die Couch in der Hotellobby setzen, als ich ihrem bewundernden Blick folge, der auf Logan gerichtet ist. Sind die beiden vielleicht ein Paar? Aber dann wäre sie doch sicher bei ihm und nicht bei Cole mitgefahren.

»Wisch dir den Sabberfaden weg, sonst sieht er ihn noch.« Erschrocken blickt sie zu mir auf und wird tatsächlich rot. Ich kann nichts dafür, aber damit hat sie meine krankhafte Neugier geweckt. Also setze ich mich neben sie auf die Couch und beobachte ebenfalls, wie Logan in der Tasche wühlt.

»Geht es zu weit, wenn ich frage, ob ihr euch nahe steht?«

Lilly sieht auf ihre verschränkt im Schoß liegenden Finger und lacht bitter auf. »Logan und ich? Nein, er steht mir nicht näher als Riley und Mason.« Den Blick wieder auf Logan gerichtet, spricht sie weiter. »Ich glaube nicht, dass Logan irgendein Interesse für Coles nervige kleine Schwester hat. Mehr bin ich für die Jungs nämlich nicht. Und selbst wenn, würde Cole ihm vermutlich jeden einzelnen Knochen brechen.«

»Ausgeprägtes Großer-Bruder-Syndrom?«

Wir tauschen einen Blick und endlich lächelt sie wieder. »Extrem ausgeprägt.«

»Wie war deine erste Tour? War alles in Ordnung?« Ein breiter Schatten baut sich vor mir auf und Cole sieht zu mir herunter. Auch sein Shirt ist leicht nass. Widerlich. Aber ich freue mich, dass er, trotz unserer kleinen Vorgeschichte, respektiert, dass ich dabei bin.

»Ja alles bestens. Ich hätte nur nicht gedacht, dass es so wahnsinnig heiß sein würde.«

»Wenn die Prinzessinnen da drin gleich fertig sind, sich gegenseitig zu bespielen, gehen wir zum Strand.« Er grinst mich tatsächlich an und geht zu Logan, während ich ihm sprachlos hinterher starre und seine Worte leise wiederhole.

»Sich gegenseitig zu bespielen?«

Lilly lacht lauthals los und rammt mir ihren Ellenbogen in die Rippen, sodass ich zusammensacke und mir die Seite halte. »Mensch Amber, das war ein Witz.«

Sie springt vom Sofa auf und zieht mich zu sich hoch. »Komm, wir gehen schon vor.«

Noch immer lachend stolziert sie wieder in Bond-Girl-Manier auf den Hotelausgang zu und zieht mit ihren schwingenden Hüften die Aufmerksamkeit sämtlicher Männer in der Lobby auf sich. Wenn ich sie jetzt nicht schon mögen würde, könnte ich sie ganz bestimmt nicht leiden. Ich sehe noch einmal zu der pochenden Stelle herunter, gegen die sie gestoßen hat, und folge ihr dann.

Wir gehen über den Parkplatz zu den Dünen, hinter denen sich das Meer befindet. Bis hier ist zu hören, wie sich die Wellen am Strand brechen und in das Meer zurückspülen. Eilig laufen wir eine der Dünen hinauf, und als wir oben ankommen, bin ich sprachlos. Der Wind, der vom Meer her zu uns hoch weht, peitscht mir meine Haarspitzen unangenehm ins Gesicht und doch kann ich nur dümmlich grinsen. Strand und Meer so weit das Auge reicht.

Lilly zieht ihre Boots und die Socken aus und läuft los. »Komm.«

Ohne nachzudenken, tue ich es ihr gleich und renne auf das Wasser zu, wobei wir hüpfend ein paar anderen Strandbesuchern ausweichen. Kurz davor lassen wir unsere Schuhe fallen und laufen, ohne zu stoppen, in das Wasser. Es spritzt mir hoch bis ins Gesicht und das Salz beißt mir in die Haut und färbt sie rot, dennoch ist es eine wahre Wohltat.

Ich weiß nicht, wie lange wir so durch das Wasser streifen, aber als wir zurückgehen, sitzen die anderen bereits auf ausgebreiteten Decken am Strand. Oben ohne …

Solange wir auf sie zugehen, kann ich meinen Blick kaum von Mason nehmen. Das enge Shirt vorhin hat nicht zu viel versprochen. Sein Bauch ist flach mit einem leichten Sixpack, genauso wie ich es immer auf irgendwelchen Fotos anhimmele. Seine Brustmuskulatur hebt sich deutlich ab und auf seinem Brustkorb ist eine große Tätowierung zu sehen, die ich von hier noch nicht erkennen kann. Als ich mich neben ihn setze, komme ich mir vor wie eine Vierzehnjährige, die noch nie dicht bei einem Mann mit freiem Oberkörper gesessen hat. Mit Sicherheit kann ich sagen, dass Mason Gefühle in mir weckt, die ich so noch nie erlebt habe. Ganz und gar unsicher bin ich hingegen, wie ich diese Regungen finden soll. Lilly hat gesagt, dass er noch nie eine Frau mit auf Tour genommen hat, aber kann ich mir darauf wirklich etwas einbilden? Was ist, wenn er den Auftrag bei *Morgan Property* abgeschlossen hat? Werden wir weiterhin in Kontakt bleiben, so wie er es einmal angedeutet hat? Oder wird er nach Abschluss seiner Arbeit auch aus meinem Leben verschwinden?

»Danke, dass du mich mit hierhergenommen hast. Ich wollte schon immer einmal an diesen Strand. Es ist wunderschön.«

Bevor Mason etwas erwidern kann, unterbricht Riley uns. »Wir wollen da hinten den Surfern zugucken, kommt ihr mit?« Im Gegensatz zu Mason hat Riley den kompletten Oberkörper tätowiert, doch ich will ihn nicht ewig anstarren, um jedes einzelne Tattoo zu begutachten. Er zeigt in eine Richtung und ich hoffe, dass Mason nicht mitgehen will. Ist es egoistisch, wenn ich ihn einen Moment für mich allein haben will?

»Nein, wir bleiben hier«, Mason sieht mich an, »oder?«

Bevor ich mich stoppen kann, grinse ich über das ganze Gesicht und antworte Riley. »Nein, geht nur. Wir bleiben hier.«

»Ich bleib auch hier.« Cole lässt sich auf die Decke zurückfallen.

Na toll, also doch nicht allein. Coles Körper ist ganz nebenbei jedoch wirklich bemerkenswert.

»Nur gucken, nicht anfassen. Klar?«, sagt er und legt sich anschließend sein Cappy über das Gesicht.

Wie bitte? An Masons Grinsen erkenne ich, dass Cole anscheinend nur einen Witz gemacht hat.

Mason legt sich ebenfalls zurück, stützt sich aber mit den Ellenbogen auf der Decke ab, damit er weiterhin zum Wasser sehen kann. »Wir versuchen, alle sechs Monate herzukommen.«

Endlich habe ich freie Sicht auf sein Tattoo. Es ist eine schnörkelige Schrift und ich beuge mich unauffällig in seine Richtung, um die Worte entziffern zu können – *Family First*. Räuspernd reiße ich mich davon los, und sehe auf meine sandbeklebten Füße.

»Es ist wirklich wie eine andere Welt. Kaum zu glauben, dass New York nur ein paar Stunden entfernt ist.«

Herausfordernd sehe ich über meine Schulter zu ihm. »Also Mr. McLean, wie viele Frauen haben Sie mit dem Anblick hier schon sprachlos gemacht?« Ob ich damit tatsächlich das Meer meine oder seinen Körper, weiß ich in diesem Moment selbst nicht so genau.

»Oh Gott, bewahre mich davor«, kommt es genervt von Cole, was Mason auflachen lässt. Dabei lässt er seinen Kopf in den Nacken fallen, was mir einen wunderbaren Ausblick auf seinen Hals ermöglicht, und ich möchte am liebsten … Herrgott Amber, warum ziehst du ihm nicht gleich einen Knüppel über den Schädel und zerrst ihn auf die nächste Düne? Okay, das mit dem Knüppel verwerfe ich noch mal, aber die Idee mit den Dünen finde ich nicht schlecht. Überall, wo kein Cole ist, ist es besser als hier.

»Keine Einzige.« Mason sieht mir so intensiv in die Augen, dass ich augenblicklich ein Ziehen im Bauch bekomme. Oder sind das etwa diese berühmt-berüchtigten Schmetterlinge? Hart schluckend weiche ich seinem Blick aus. Sag irgendwas Amber.

»Gehen wir ein Stück und du zeigst mir die Dünen?« Hoffnungsvoll sehe ich zu ihm und glaube zu erkennen, dass er eine andere Reaktion erwartet hat. Dennoch steht er schwungvoll auf und schlägt sich den Sand von der Hose, der trotz Decke an ihm klebt. Daraufhin reicht er mir seine Hand, um mir aufzuhelfen, und geht, ohne sie wieder freizugeben, los. Debil grinsend gehe ich neben ihm her und konzentriere mich nur auf das warme Kribbeln, das sich von seiner Hand aus in meinem ganzen Körper ausbreitet. Bis hin zu Regionen, in denen es jetzt doch lieber nicht kribbeln sollte.

Der Sand rinnt unter unseren Füßen zur Seite weg, während wir uns eine der höchsten Dünen hochquälen. Das heißt, ich quäle mich und die Muskeln meiner Oberschenkel brennen. Mason sieht aus, als würde ihm die Steigung auf dem feinen Sand rein gar nichts ausmachen.

»Also.« Hilfe, ich schnaube wie ein Walross. »Dann fährst du also immer nur alleine, wenn ihr hierher fahrt?«

Mason runzelt die Stirn, sieht mich aber nicht an, als müsste er über die Antwort erst nachdenken. »Mein Vater ist manchmal mitgekommen.«

»Fährt er auch Motorrad?«

Mason hält an, sieht einmal herunter zum Meer und scheint mit der Aussicht zufrieden zu sein. Er setzt sich in den Sand, stützt seine Ellenbogen auf den Knien ab und beobachtet die Wellen.

»Nein, nicht mehr. Aber er hat mir das Fahren beigebracht.«

Harrys Worte über den Unfall kommen mir in den Sinn und ich frage mich, ob Masons Vater einen Motorradunfall hatte? Unsicher, ob unser Gespräch hier eine gute Richtung nimmt, setze ich mich neben ihn.

»Vermutlich wird er verärgert sein, dass ich ihm heute den Platz geklaut habe.« Abschätzend schiele ich aus dem Augenwinkel zu Mason, der jedoch nicht reagiert. Deshalb spreche ich weiter: »Ich kann mir nicht vorstellen, dass man in einer Woche irgendwo in New York so sehr abschalten kann wie an einem Tag hier. Dort rast die Zeit an einem vorbei, es ist so schnelllebig, hektisch und laut.«

»Das stimmt. Hier kann man einfach alles hinter sich lassen.«

Nachdenklich drehe ich mich zu ihm. »Du wirkst nicht wie jemand, der irgendwas hinter sich lassen müsste.«

Masons Blick trifft meinen, und kurz meine ich eine unglaubliche Traurigkeit in seinen Augen zu erkennen. »Das täuscht.«

Ich möchte gerne noch etwas sagen, habe aber das Gefühl, dass Mason mir durch seine Mimik schon mehr gezeigt hat, als er eigentlich wollte, und so versuche ich, ein unverfänglicheres Thema anzuschneiden. »Woher kennst du Lilly und die anderen?«

Und es klappt. Der traurige Ausdruck auf Masons Gesicht verschwindet. »Cole und ich kennen uns seit der Grundschule. Dementsprechend kenne ich Lilly schon ihr ganzes Leben lang und Riley kenne ich seit unserem Umzug vor neun Jahren.«

»Ich mag es, wie du in ihrer Gegenwart bist.«

Mason legt sich auf einen Ellenbogen gestützt in den Sand und sieht grinsend zu mir auf. »So? Und wie bin ich in ihrer Gegenwart?«

Mit diesen unergründlichen Schmetterlings-Bauchschmerzen lege ich mich ebenfalls seitlich neben ihn und stütze meinen Kopf in die Handfläche. »Du bist entspannter, fröhlicher und irgendwie leichter. Nicht so grimmig und botoxgeschädigt.«

Seine Augenbrauen schießen in die Höhe. »Botoxgeschädigt?«

Oh Shit, habe ich das etwa laut gesagt?

»Na ja … ähm. Ich hatte zuerst die Vermutung, dass du vielleicht einen kleinen Botoxunfall hattest und deswegen keine Mimik im Gesicht hast. Nicht dass du …« Ich presse die Lippen aufeinander. Das Beste wird sein, ich sage jetzt gar nichts mehr.

»Du redest dich gerade um Kopf und Kragen.« Unterdessen kommt er immer näher. So nah, dass ich bereits seinen heißen Atem auf meiner Haut spüren kann. Vielleicht bilde ich mir das aber auch nur ein. Mein Blick pendelt zwischen seinen Augen und diesem verboten sinnlichen Mund hin und her.

»Du dringst gerade in meinen defensiven Raum ein.« Ist das meine Stimme? Ich höre mich an wie eine dieser Tanten vom Sextelefon.

»Du meinst sicher deinen defensiven peripersonalen Raum?«

Ich nicke. »Genau den.«

Augenblicklich lehnt er sich zurück an seinen ursprünglichen Platz und sieht wieder zum Meer, als hätte die Luft eben nicht so heftig geknistert, dass sie das trockene Gras auf den Dünen entzünden könnte.

»Äh, was ist das jetzt?«

»Ich möchte auf keinen Fall in deine Wohlfühlzone eindringen.«

Hallo, wo ist der Mason von vor einer Minute hin? Stattdessen liegt Arschloch McLean vor mir. »Aber ich will doch, dass du in mich eindringst.«

Mason lächelt süffisant und kommt mir gleichzeitig wieder näher. »So, ich soll also in dich eindringen?«

»So habe ich das …«

»Amber.«

»Ja.«

»So sehr ich dein Geplapper auch mag, halt jetzt mal für zwei Minuten den Mund.« Sekunden danach spüre ich seine weichen Lippen auf meinen. Noch weicher, als ich sie mir vorgestellt habe.

Hauchzart leckt er mit der Zunge über meine Lippen und ich öffne meinen Mund nur allzu willig. Kurz schmecke ich das Salz auf seinen Lippen, bis unsere Zungen sich das erste Mal berühren und ein Stromschlag durch mich hindurch peitscht, der sich geradewegs zwischen meinen Beinen entlädt. Endlich erwache ich aus der Starre und streiche mit meiner Hand über seinen Arm nach oben und ziehe ihn am Nacken noch näher an mich. Mason versteht sofort, drückt mich auf den Rücken und beugt sich, ohne von mir abzulassen, über mich. Meine Hand fährt über seinen sandigen Rücken, wo ich jede noch so kleine Erhöhung seiner Muskeln ertasten kann, bis herunter zu seinem göttlichen Hintern, den ich seit dem ersten Tag in der Firma anschmachte.

Er schiebt seine Hand unter meinen Po und zieht mich noch enger an sich. Mit der anderen umfasst er meine Brust durch das T-Shirt hindurch und vertieft unseren Kuss. Ich kann nicht anders, als ihm leise in den Mund zu stöhnen und wie zur Aufforderung meinen Rücken durchzudrücken, damit er nicht aufhört. Sein Daumen streicht durch den Stoff über meinen harten Nippel, was meine Klitoris heiß pochen lässt. In diesem Augenblick ist es mir vollkommen egal, dass wir am Strand in einer Düne liegen und jeden Moment jemand vorbeikommen kann.

Ich umfasse den Bund meines Shirts und will es mir gerade über den Kopf ziehen, als er von mir ablässt und für einige Sekunden die Augen schließt. Schwer atmend liege ich unter ihm und sehe ihn erwartend an. Schwer atmend und verdammt feucht.

Mason fährt sich mit einer Hand durch die Haare und sieht bedauernd zu mir herunter. »Wir können das nicht machen, Amber. Du hast was Besseres verdient als eine schnelle Nummer am Strand.«

»Was?«, platzt es lauter als gewollt aus mir heraus. Vielleicht sollte ich ihm meine Empörung nicht ganz so deutlich zeigen. »Aber was kann denn bitte besser sein als dieser Strand hier?« Na gut, das war jetzt jämmerlich.

Mason lächelt mich warm an und streicht mir eine Haarsträhne aus dem Gesicht. »Vermutlich gar nichts, aber deswegen habe ich dich nicht mit hergenommen.«

»Das weiß ich doch, aber …«

Mason steht auf und zieht mich zu sich hoch. »Wir kommen irgendwann noch mal hierher, ohne dass eine Horde Wilder da unten auf uns wartet.«

Unbewusst ziehe ich einen Schmollmund. »Versprochen?« Toll Amber, ganz große Klasse. Warum fragst du ihn nicht gleich, wie die Namen eurer Kinder sein sollen?

Mason lacht und geht mit mir an der Seite in die Richtung, aus der wir gekommen sind. »Versprochen.«

# KAPITEL 9

*Amber*

Nachdem wir gestern wieder bei den anderen angekommen waren, sind wir noch im Hotel essen gewesen und haben uns gleich darauf auf den Rückweg gemacht. Als Mason mich dann noch zur Haustür gebracht hat, hätte ich die anderen am liebsten weggeschickt und ihn mit zu mir in die Wohnung genommen. Hätte, habe ich aber nicht.

Im Nachhinein schäme ich mich sogar etwas für meinen kleinen Aussetzer in den Dünen. So bin ich eigentlich gar nicht. Ich gehe nicht gleich nach ein paar Stunden mit einem Mann ins Bett, auch nicht wenn er so heiß ist wie Mason. Na gut, zu meiner Verteidigung muss ich sagen, dass ich so einen Mann wie ihn auch noch nie aus nächster Nähe gesehen habe. Meine mageren Erfahrungswerte gelten hier also nicht.

Heute sitze ich wieder in unserem gemeinsamen Büro und der Schreibtisch mir gegenüber ist leer. Wie an jedem Arbeitstag hat mich der erste Gang zur Kaffeemaschine geführt. Vorbei an der Glasfront, durch die man in den Konferenzraum sehen kann. Mason saß mit dem Rücken zu mir und hat mich nicht bemerkt. Was mich aber wirklich erschrocken hat, war Harrys Gesichtsausdruck. In all den

Jahren, die ich jetzt für ihn arbeite, war er durch nichts aus der Ruhe zu bringen, bis heute. Bis zu McLean.

Meine Gefühle für ihn – und selbst ich bin nicht so blöd, diese weiter zu leugnen – haben meine Sicht auf ihn vernebelt. Ich habe gestern einen Blick auf den Mason dahinter werfen dürfen, und habe dabei vergessen, warum er hier ist. Harrys Anblick hat mir jedoch verdeutlicht, dass Mason eben dies ganz und gar nicht vergessen hat.

Eine halbe Stunde später geht die Tür zum Büro auf. Ich brauche nicht hinzusehen, um zu wissen, dass es Mason ist. Allein der Klang seiner selbstbewussten Schritte verrät es mir. Das ist doch schon krankhaft, oder?

Er geht an mir vorbei und sein mir inzwischen genauso bekannter Geruch weht ihm hinterher. Ohne ein Wort stellt er sich mit den Händen in den Hosentaschen an das Fenster und sieht auf den Parkplatz hinunter.

Einen Moment bin ich unsicher, was ich jetzt machen soll. Und warum sagt er nichts? Ein ungutes Gefühl breitet sich in meinem Bauch aus. Bitte lass ihn das gestern nicht bereuen. Einmal tief durchatmend stehe ich auf und gehe zu ihm. Tausend Worte drehen sich in meinem Kopf, doch ich sage nichts und stelle mich einfach neben ihn. Ich kann seinen Blick auf mir spüren, bis auch er wieder aus dem Fenster sieht.

»Wie gehts deinem Hintern?«, fragt er plötzlich.

Ich blicke zu ihm auf und erkenne das leichte Zucken um seine Mundwinkel. »Er tut ziemlich weh, aber das war es wert.«

Mason sieht erneut zu mir herunter. Sein brennender Blick scheint mich zu durchbohren und ich tippele möglichst unauffällig von einem Bein auf das andere. Er dreht sich zu mir um und legt seine rechte Hand an meine Wange, wobei er mit dem Daumen über meine Unterlippe streicht. Ich wage es kaum zu atmen, um den Moment nicht zu zerstören. Und als er sich endlich zu mir runterbeugt, schließe ich schon die Augen, bevor ich seine Lippen auf meinen spüre. Ohne Aufforderung öffne ich den Mund und komme seiner Zunge mit meiner entgegen und wie schon gestern möchte ich ihm am liebsten auf der Stelle alle Kleider vom Leib reißen. Seufzend lasse ich mich in seine Arme sinken, als er mich ebenfalls wie gestern von sich wegschiebt. Mit zu Schlitzen verengten Augen sehe ich ihn an und will ihm gerade etwas an den Kopf werfen, als er mir zuvorkommt.

»Oh oh, der Kampfhamster kommt wieder durch. Ich hoffe, deine Handtasche ist in sicherer Entfernung.«

Hä?

»Wie bitte?«

»Ich habe Angst, das du mich mit deiner Handtasche verprügelst.«

Stirnrunzelnd sehe ich ihn an. Was will er jetzt von mir?

Mit seinem Blick deutet er auf den Parkplatz und ich verliere augenblicklich jegliche Gesichtsfarbe. Erschrocken schlage ich mir die Hand vor den Mund. »Nein.«

»Ich fürchte doch.« Er scheint gegen sein aufkommendes Lachen anzukämpfen, versagt aber kläglich und bricht in eine Art Lachanfall aus. Eigentlich möchte ich mich darüber empören, dass er mich so offensichtlich auslacht, aber ich kann nicht. Sein Lachen ist so ehrlich, so befreit, so unglaublich schön, dass ich nicht anders kann, als mit einzustimmen.

Mason beruhigt sich als erster wieder und zieht mich in seine Arme.

»Du bist wirklich die Ungezügeltheit in Person, aber genau das gefällt mir so an dir. Das und der hier.« Seine Hände fahren über meinen Hintern und er zieht mich noch näher an sich. So nah, dass ich eine eindeutige Erektion an meinem Unterleib spüren kann. Ich hatte immer das Vorurteil, dass Männer im allgemeinen nur einen halben Meter unter dem Kopf denken, aber wenn Mason in meiner Nähe ist, bin ich dann wohl auch ein Mann. Eigentlich sollten mir seine Hände auf meinem ausladenden Hintern unangenehm sein, aber aus irgendeinem Grund glaube ich wirklich, dass er ihn, genau so wie er ist, sexy findet.

»Kommst du heute Abend zu mir? Ich wohne in der *Sky Screw* und wir könnten im Restaurant nebenan etwas essen gehen.«

Wie könnte ich da Nein sagen?

Auch wenn ich nur zu gerne bis zum Feierabend so mit Mason stehen bleiben möchte, schickt er mich mit der Bitte um weitere Auflistungen an meinen Arbeitsplatz. Bis zum Ende der Woche will er die Arbeit bei *Morgan Property* abgeschlossen haben und ich weiß immer noch nicht, ob ich das gut oder schlecht finden soll.

Jetzt ist es selbstverständlich, dass wir uns jeden Tag über den Weg laufen. Wenn er erst einmal in einer anderen Firma ist, wird er mich vielleicht ganz schnell vergessen. Wer sagt mir, dass er nicht in jedem Betrieb eine wie mich findet? Eine, die es ihm nur allzu leicht macht und sich ihm sprichwörtlich an den Hals wirft.

Mitten in diesen Gedanken verabschiedet Mason sich von mir, da er den restlichen Tag von *Donovan & Company* aus arbeiten will. Als die Tür hinter ihm ins Schloss fällt, lehne ich mich in meinem Stuhl zurück und lege die Beine überkreuzt auf den Schreibtisch. Nein, ich habe es nicht so eilig wie er, dass er den Auftrag hier abschließt. Also kann ich mich auch einmal kurz zurücklehnen, wenn der Drill Instructor nicht da ist.

»Endlich erwische ich dich alleine.«

Vor lauter Schreck springe ich aus meinem Stuhl auf und drehe mich panisch um, wobei ich mir beinahe die Beine verknote. »Verdammt Marissa, kannst du nicht anklopfen oder dich etwas leiser anmelden?«

»Ja, ja, ja. Beim nächsten Mal.« Sie winkt genervt ab und ich bin mir sicher, dass sie mir gar nicht richtig zugehört hat. »Jetzt erzähl lieber, was das mit dir und dem Tsunami ist. Zwischen euch läuft doch was.«

Eigentlich will ich mich weiter aufregen, fange aber wie von selbst an, dümmlich zu grinsen, und setze mich wieder hin. Ich bin mir sicher, dass Mason nicht möchte, dass irgendjemand in der Firma von unserer Verbindung weiß. Auch wenn ich nicht einmal benennen kann, welche Art von Verbindung das sein soll. Bei Marissa mache ich jedoch eine Ausnahme, da sie mehr Freundin als Arbeitskollegin ist.

Ich erzähle ihr von meinem peinlichen Tagtraum, als ich direkt neben ihm stand. Davon, dass er den Auftrag hier schnell abschließen will, damit wir ein Date haben können, und davon, dass ich die Ausnahme seiner Regel bin und gestern mit ihm und seinen Freunden weggefahren bin. Und natürlich von unserer Verabredung heute Abend.

»Wow … Warum bin ich nicht die Ausnahme der Regel? Von dem würde ich mich nur zu gerne mal von der Bettkante schmeißen lassen. Mit einem Bein zur linken und einem zur rechten Seite.«

»Marissa.« Gespielt empört sehe ich sie an und fange an zu lachen. »Du bist unmöglich.«

»Hast du denn heiße Unterwäsche für heute Abend. Du willst doch wohl nicht deine Liebestöter anziehen, oder?«

Mit geschlossenen Augen gehe ich im Geiste meine Unterwäsche durch und muss gestehen, dass da wirklich nichts Mason-Würdiges dabei ist. Vielleicht sollte ich nach der Arbeit noch schnell in *Cillas Bra Salon* gehen. Ein Dessousladen, vor dessen Schaufenster ich jedes Mal schmachtend stehe, aber noch nie reingegangen bin. Allein von den Preisschildern wird mir schlecht.

Marissa verspricht mir spontan, mich zu begleiten, und geht wieder an ihre Arbeit.

Sechs Stunden später stehen wir vor *Cillas Bra Salon* und bevor ich mich doch dagegen entscheiden kann hineinzugehen, zieht Marissa mich durch die Tür in die exklusive Boutique.

Der Teppich des kleinen Geschäfts ist so geschmeidig, als würde man auf Wolken gehen. Die Wände sind mit unzähligen Wäschestücken in den verschiedensten Formen und Farben behangen. Vereinzelt stehen Büsten im Raum, die die schönsten und vermutlich sündhaft teuren Stücke präsentieren. Gegenüber vom Eingang befinden sich die Kasse und ein Tisch, auf dem einige Sektgläser drapiert sind.

Eine Frau, die aussieht wie das Ebenbild von Cindy Crawford in ihren erfolgreichsten Jahren, kommt freundlich lächelnd auf uns zu und fragt, ob sie uns helfen dürfe.

»Meine Freundin hier sucht etwas Schönes.«

Sofort wendet sie sich mir zu. »Darf ich fragen, wofür Sie ein Set suchen? Etwas bequemes für den Alltag oder …«

»Oh nein, nein. Der Sinn der Unterwäsche sollte sein, dass sie sie nicht allzu lange trägt.« Marissa zwinkert der Verkäuferin zu, sodass sie meinen offenstehenden Mund gar nicht wahrnimmt.

»Ach so, ich verstehe.« Cindy, wie ich sie in Gedanken nenne, geht zum Tisch und schenkt zwei Sektgläser ein, die sie Marissa und mir reicht.

»Und wollen Sie Ihren Partner mit neuer Wäsche überraschen, dessen Geschmack Sie bereits kennen? Oder wird derjenige Sie das erste Mal in Unterwäsche sehen?«

Herrje wie peinlich. Jetzt stehe ich hier mit einer Fremden und soll ihr erzählen, von wem ich hoffentlich schnell entblättert werde. Wenn es nach den Preisen geht, die ich in den wenigen Minuten bisher gesehen habe, dürfte ich die Unterwäsche nie wieder ausziehen.

»Ähm, er wird mich das erste Mal damit sehen.« Obwohl, wenn ich genau darüber nachdenke, wird er das wirklich? Ich traue mich doch niemals, mich ihm bei Licht zu zeigen.

»Dann zeige ich Ihnen einfach mal ein paar Teile und Sie sagen, ob Ihnen etwas davon gefällt.« Cindy mustert mich mit geschürzten Lippen. »Sie haben sehr helle Haut. Schwarz oder Weinrot würde da einen wunderbaren Kontrast bilden.«

Ich nicke ihr zu, als sie auch schon durch den Laden schwebt und sich etliche Teile von den Ständern zieht. Wenige Minuten später präsentiert sie uns schwarze und dunkelrote Dessous aus Spitze, Seide oder transparentem Stoff. BHs mit oder ohne Träger, Büstenheber ohne Cups, Korsagen und, und, und. Alles, was sie uns zeigt, ist wunderschön, aber ich würde mir darin verkleidet vorkommen.

»Das sind alles schöne Stücke, aber mir irgendwie zu … übertrieben.« Unglücklich sehe ich zu Cindy, die, wie ich inzwischen weiß, eigentlich Sandra heißt. Sie lächelt und verschwindet durch die Tür hinter dem Kassentresen. Gleich darauf kommt sie mit einem Set aus trägerlosen BH und Slip wieder zu uns. Beide Teile bestehen aus zarter, schwarzer Spitze unter dem ganz zart ein nudefarbenes Futter hindurchschimmert.

»Dazu tragen Sie ein trägerloses Sommerkleid, um dem Auserwählten schon im Vorfeld ein bisschen Haut zu präsentieren. Wenn Sie mögen, gebe ich Ihnen sehr gerne noch die passenden Strümpfe mit, aber ich denke, dass es ohne am natürlichsten wirkt.«

Strahlend springe ich von der kleinen Bank auf und nehme die edlen Stücke in die Hand. Wow. »Ich denke, die sind es. Darf ich sie anprobieren?«

Fünf Minuten später stehe ich in der Umkleidekabine und könnte schon wieder heulen. Wie kann ein einzelner Mensch diese wunderschöne Unterwäsche so entstellen? Wie komme ich überhaupt auf die Idee, mir einzubilden, dass ich Mason so gefallen könnte? Das Beste, was ich machen kann, ist, ihn möglichst lange auf Abstand zu halten und in der Zeit so oft es geht zu den Weight Watchers zu rennen. Ich will das Set gerade wieder ausziehen, als Cindy-Sandra in die Umkleidekabine kommt.

»Amber, das ist ja wie für Sie gemacht.«

Ha, ha. Na klar, was soll sie auch anderes sagen? Schließlich ist es ihr Job, mir den Krempel zu verkaufen, und wenn ich noch so bescheuert aussehe. Sie zupft unbeirrt an dem BH und dem Beinabschluss des Slips und sieht mich zufrieden an.

»Nein, tut mir leid, das kann ich unmöglich anziehen. Ich sehe aus, als hätte mich da jemand reingeschossen.«

»Wow Amber.« Unvermittelt steht auch Marissa in der Umkleide und starrt mich an. »Ich habe ja schon immer geahnt, dass du scharfe Kurven hast, aber das hier«, sie zeigt auf mich, »nicht schlecht.«

Wollen die mich verarschen oder was. Energisch schiebe ich sie aus der Umkleidekabine und ziehe mich wieder an. Als ich aus der Kabine trete, steht Marissa noch daneben.

»Was ist eigentlich dein Problem? Vielleicht solltest du

mal weniger darauf achten, welche Makel dein Körper hat, und anfangen, deine Vorzüge zu sehen. Gut, vielleicht hast du ein paar Kilo mehr auf den Rippen, aber die sind auch göttlich verteilt. Dein Bauch ist straff, zumindest das, was ich gesehen habe, und die Haut an deinem prallen Arsch ist wunderbar glatt. Ich trage bestimmt zwei Kleidergrößen weniger, dafür habe ich aber auch jede Menge unschöne Cellulite. Den perfekten Körper gibt es nur nach drei Stunden Photoshop in den Klatschblättern. Also hör auf zu heulen und kauf jetzt diese beschissene Unterwäsche.«

Entgeistert zucke ich zurück. Oha, Marissa scheint wirklich ärgerlich zu sein. Habe ich sie so überhaupt schon mal erlebt? Ohne sie aus den Augen zu lassen, greife ich nach der Unterwäsche, die ich in der Kabine habe liegen lassen, und halte sie wie eine Friedensfahne in die Luft. »Ist ja gut, ich nehme sie.«

Vor der Boutique verabschieden wir uns eilig voneinander und ich fahre nach Hause, um mich fertigzumachen.

Nach dem Duschen rasiere ich mich pingelig genau und föhne meine Haare glatt, bevor ich sie zu einem hohen Pferdeschwanz binde. Auf dem Bett liegt die neue schwarze Unterwäsche. Daneben mein ebenso schwarzes, trägerloses Vokuhilakleid, das mir vorne bis über die Knie geht und hinten etwas länger ist. Zweifelnd beäuge ich die

Unterwäsche zum gefühlt hundertsten Mal und drehe sie in meinen Händen. Dabei denke ich an Marissas Worte. Ob sie recht hat und ich meinen Körper wirklich reizloser sehe, als er wirklich ist? Es ist müßig, sich darüber den Kopf zu zerbrechen, und so ziehe ich mich schulterzuckend an. Vielleicht wird er die Wäsche ja auch gar nicht zu Gesicht bekommen, also warum über ungelegte Eier nachdenken?

Um zehn nach sieben, also genau zehn Minuten zu spät, stehe ich vor der *Sky Screw*. Bis jetzt war mir gar nicht bewusst, dass in diesem Hochhaus auch Wohnungen existieren. Bekannter ist es für die vielen großen Firmen, die hier ihren Sitz haben, unter anderem auch *Donovan & Company*. Total aufgeregt, weil ich zu spät bin, vor einem so riesigen Gebäude stehe und nicht weiß, was der Abend bringen wird, steige ich aus dem Wagen aus und halte dem Mann vom Parkservice strahlend meinen Autoschlüssel entgegen. Wenn ich aber gedacht habe, dass der sich freut, meinen Smart irgendwo parken zu dürfen, habe ich mich geirrt. Ein weiterer Mann, gegen den selbst Cole aussieht wie ein Strichmännchen, gesellt sich zu uns und fragt mich in harschem Ton, wer ich bin und wo ich hin möchte.

»Äh … Amber West und ich möchte zu Mason McLean?« Meine Worte hören sich selbst für mich mehr nach einer Frage als nach einer Antwort an. Aber auch jetzt werde ich noch nicht mit offenen Armen empfangen. Erst einmal ruft er bei Mason an und fragt, ob er mich durchlassen dürfe. Dann verzieht sich sein Gesicht zu einem verkniffenen Lächeln, so als hätte er Durchfall und dürfte während der Arbeitszeit nicht aufs Klo.

»Folgen Sie mir bitte hier entlang.«

Was ist das hier, Fort Knox?

Als ich endlich hineingehen darf, bleibe ich erst einmal sprachlos stehen. Allein der Eingangsbereich, ach was sage ich, die Eingangshalle scheint die gesamte untere Etage der *Sky Screw* einzunehmen. Von der Höhe ragt sie mindestens bis in den dritten Stock. In die Außenwände sind in regelmäßigen Abständen riesige Fenster eingefasst, die vom Fußboden bis zur Decke reichen. Mittig im Raum befinden sich mehrere Aufzüge, die von weißem Marmor umgeben sind.

Der Typ dreht sich grimmig zu mir um, sodass ich schnell hinter ihm herlaufe. Wirklich sehr nett.

»Danke, aber ich denke, ich schaffe es auch alleine, den Knopf im Fahrstuhl zu drücken.«

»Das setze ich voraus. Ohne die Karte kommen Sie mit diesem Fahrstuhl allerdings nirgendwohin.« Er wedelt mit einer Chipkarte vor meiner Nase herum, zieht sie durch den Kartenleser und drückt auf die Sechszehn. »Einen schönen Abend noch Miss.«

Ich mache mir im Geiste eine Notiz, dass ich Mason

nicht mehr besuchen werde, wenn das jedes Mal so ein Aufriss ist. Ganz kurz kommen mir Bedenken, dass er vielleicht auch gar keine weiteren Besuche von mir haben will, aber ich schiebe sie rigoros zur Seite.

Schneller als gedacht öffnet sich der Fahrstuhl mit einem leisen Pling und Mason steht vor mir. Mein Herz rast augenblicklich los und ich überlege angestrengt, was ich zur spontanen Auflockerung sagen könnte.

»Also der Typ da unten ist jawohl eine Zumutung.« Sehr gut, Amber. Ja, das sollte die Situation auflockern. Mason lacht, wobei er seinen Blick einmal über meinen Körper wandern lässt und ich augenblicklich glaube zu verglühen.

»Komm.« Er verschwindet rechts neben dem Fahrstuhl und ich folge ihm. Offensichtlich ist der Fahrstuhl direkt in Masons Wohnung angekommen, die komplett mit rustikalen Eichendielen ausgelegt ist. Von dem verhältnismäßig kleinen Flur kommen wir in das große Wohnzimmer mit einer offenen Küche zur linken. Sowohl die Küche als auch der Esstisch und die Wohnzimmermöbel sind in Weiß gehalten, was einen modernen Kontrast zum gemütlichen Holzfußboden bildet. Masons Einrichtungsstil ist sehr modern, aber nicht steril, was mir gut gefällt.

Auch hier oben bestehen die Außenwände der Wohnung zum großen Teil aus Glas. Ich gehe bis zu einer der Scheiben vor und bewundere die atemberaubende Aussicht auf den

Central Park.

»Wow, das ist ja wunderschön.« Lächelnd drehe ich mich zu ihm um und sehe, dass er am Esstisch steht und Muffins aus einem rosafarbenen Karton auf zwei Teller verteilt. »Ich dachte, wir wollen ins Restaurant?«

Ich gehe zu ihm und allein beim Anblick der Schokoladenglasur läuft mir das Wasser im Mund zusammen. Wenn das hier nicht die richtige Situation für Schokolade ist, dann weiß ich es auch nicht. Schokolade beruhigt schließlich die Nerven und genau das kann ich jetzt nur allzu gut gebrauchen. Das werden die Weight Watchers verstehen müssen.

»Das tun wir ja auch, danach.« Er setzt sich hin und rückt den Stuhl neben sich vom Tisch, damit auch ich mich setzen kann.

»Willst du was trinken?«, fragt Mason und ich beobachte, wie er mit geschickten Handgriffen eine Flasche Wein entkorkt.

Während wir die Muffins essen, die ganz nebenbei mehr als vorzüglich sind, reden wir über Gott und die Welt. Ich erzähle Mason von meinen Eltern, zu denen ich ein gutes Verhältnis habe, auch wenn wir uns viel zu selten sehen. Natürlich erwähne ich auch Heather, die er zumindest vom Sehen im Park schon kennt. Ich berichte ihm von Marissas liebenswerter Spitzzüngigkeit und dass wir eher Freundinnen als nur Kolleginnen sind. Später erzähle ich noch ein paar Anekdoten aus meinem Berufsalltag und erwähne ganz nebenbei, dass Lorena und ich uns noch nie leiden konnten.

Mason berichtet mir von Ausflügen, die er mit den anderen gemacht hat, von Rileys Motorradveredlung und von Coles Job beim NYPD. Als er beginnt, von seinen Eltern zu reden, kann ich regelrecht spüren, wie viel er für sie empfindet, und sein Tattoo fällt mir wieder ein. Family first – Erst die Familie.

»Deine Eltern stehen dir wohl sehr nah?«

Sonntag am Strand hatte ich das Gefühl, dass sein Vater ein heikles Thema ist, doch jetzt lächelt er. »Ja. Es gibt nichts Wichtigeres für mich.«

»Und seht ihr euch regelmäßig? Wohnen sie hier in der Nähe?«

Mason erklärt mir, dass sie auf der Upper Westside wohnen, wo seine Mutter Grundschullehrerin ist, und ohne es zu merken, stopfe ich schon den zweiten Muffin in mich hinein. Unvermittelt wischt Mason mir mit dem Daumen etwas Schokolade vom Mundwinkel und steckt ihn sich danach in den Mund. Augenblicklich ändert sich etwas zwischen uns.

Einen Moment lang sagen wir beide kein Wort, bewegen uns nicht einmal, und ich befürchte, dass Mason meinen wilden Herzschlag hören kann. Langsam beugt er sich zu mir und leckt mir mit seiner Zungenspitze über die Stelle am Mund, an der eben noch die Schokolade klebte. Seine Lippen streichen an meinem Kiefer hinauf, bis zu der weichen Stelle unter dem Ohrläppchen, wobei er glühende Küsse auf meiner Haut verteilt. Seufzend schließe ich die Augen und lasse den Kopf zur Seite fallen, um ihm einen besseren Zugang zu gewähren. Seine Hände fahren mir über die Arme zum Hals hinauf und sein heißer Atem streift mich am Ohr. Jede seiner sachten Berührungen jagt mir ein Kribbeln durch den Körper, das geradewegs in dem neuen Slip landet.

»Darf ich in deinen defensiven peripersonalen Raum eindringen?«

Meine Nippel drücken sich schon jetzt fast schmerzhaft gegen die Körbchen des BHs und meine Klitoris pocht ungeduldig. Ich bin nicht in der Lage, noch irgendwas zu sagen, und so nicke ich nur.

Sein darauffolgendes leises Lachen vibriert an meiner Wange, bevor er seine Lippen auf meine legt. »Sollte ich doch tatsächlich einen Weg gefunden haben, dich zum Schweigen zu bringen?« Damit steht er auf und zieht mich hinter sich her in sein abgedunkeltes Schlafzimmer. Nur oberflächlich nehme ich das Kingsize Bett wahr, bis Mason sich hinter mich stellt und ich seine deutliche Erektion am Hintern spüren kann. Oh lieber Himmel.

Seine Hände gleiten seitlich an meinen Oberschenkeln

nach oben, wobei er den Bund des Kleides greift und es mir nach oben über den Kopf zieht. Bevor ich reagieren kann, liegt es bereits neben mir auf dem Fußboden und ich stehe nur noch in Unterwäsche und High Heels vor ihm. Mit meinem fetten Hintern in seine Richtung. Am liebsten möchte ich die aufstehende Tür zuwerfen, durch die das Licht des Flures ins Zimmer scheint, oder die Decke vom Bett um mich wickeln.

»Was ist los?« Mason umrundet mich und kommt vor mir zum Stehen. Am liebsten möchte ich in Tränen ausbrechen.

»Gar nichts.«

»Hey.« Mason legt seinen Finger unter mein Kinn und zwingt mich so ihn anzusehen. »Hab ich was falsch gemacht? Möchtest du lieber wieder ins Wohnzimmer gehen?«

Innerlich hin- und hergerissen schüttle ich den Kopf. »Nein. Nein, du hast gar nichts falsch gemacht, es ist nur …« Beschämt verschränke ich die Arme vor dem Körper und versuche, so viel wie möglich zu verbergen. Mason nimmt erneut mein Gesicht in seine Hände und streicht mir mit seinen Daumen über die Wangen, bevor er mich zärtlich küsst und gleichzeitig die Tür hinter mir zuwirft. Ich weiß nicht warum, aber aus irgendeinem Grund scheint er mich auch ohne Worte zu verstehen. Er legt meine Hände an den Knopf seiner Hose und reißt mich damit aus den Gedanken ins Hier und Jetzt zurück.

Kurz darauf liege ich im Bett und er über mir. Aus jeder Pore seines Körpers dringt dieser unvergleichliche Mason-Duft, und als meine Fingerspitzen über seinen festen Bauch gleiten, ärgere ich mich fast ein bisschen, dass das Zimmer jetzt so dunkel ist und ich ihn nicht ansehen kann.

Mason öffnet mir den BH und wirft ihn achtlos weg, so viel zu der teuren Wäsche. Ohne Verzögerung scheinen seine Hände und Lippen überall auf meinem Körper zu sein und erst als er meine Unterschenkel auf seine Schultern legt, weiß ich genau, wo er sich befindet. Noch bevor er mich wirklich berührt, durchfährt mich ein Schauer, der mich erzittern lässt. Er streift mir das Höschen ab und ich spüre seine Finger an meinen feuchten Schamlippen. Nur Sekunden später leckt er mir über die Klitoris und ich stöhne leise auf.

Oh Himmel, das ist zu viel. Ich will, dass er aufhört, und gleichzeitig soll er weitermachen.

Wieder leckt er über meine Klit und saugt sie zwischen seinen Lippen ein, sodass ich stöhnend meine Hände in das Laken kralle, um nicht abzuheben. Als er zusätzlich zwei Finger in mich schiebt und diesen einen Punkt findet, glaube ich, es nicht länger ertragen zu können. Mein Körper erzittert und für einen kurzen Moment wird mir schwarz vor Augen. Masons Finger werden schneller, er saugt noch fester und als seine Zähne leicht meine Klit berühren, stöhne ich den überwältigenden Orgasmus laut aus mir heraus.

Kraftlos lasse ich mich auf die Matratze zurückfallen, als ich Masons Lippen schon wieder am Busen fühle. Er knabbert an meiner Brustwarze, was mich voller Behagen lächeln lässt, und beißt dann unsanft hinein.

»Aua, sag mal, gehts noch?« Ruckartig richte ich mich auf und halte schützend eine Hand über die geschundene Brust. Okay, so schlimm war es auch nicht, aber … Hallo?

»Bist du auch einer von denen, die beim Sex gerne die Peitsche schwingen? Das kannst du bei mir aber vergessen. Mach das noch mal und ich trete dich dahin, wo's wehtut. Klar?«

Mason tastet nach meiner Hand, nimmt sie von der Brust und saugt zärtlich an meiner Warze.

»So besser?«

»Viel Besser.«

»Ich mag es, dass du mir so deutlich sagst, was du willst.« Ich kann sein Lachen am Busen fühlen und in seiner Stimme hören.

Na dann. Ich kann und ich will nicht länger warten, also ziehe ich ihn zu mir hoch und küsse ihn gierig. Stürmisch schiebe ich seine Shorts runter und umfasse seine für mich riesige Erektion, was ihn gequält aufstöhnen lässt.

»Bitte, ich will dich jetzt in mir spüren.«

Vielleicht hatte Mason vor, es langsamer anzugehen,

streift sich aber dennoch ein Kondom über und führt seine heiße Spitze an meinen mehr als bereiten Eingang. Ich spüre noch seinen heißen Atem, als er sich mit einem einzigen, kräftigen Stoß in mir versenkt, was uns beide zeitgleich aufstöhnen lässt. Er wartet einen Moment, damit ich mich an seine Größe gewöhnen kann, und fängt an, sich langsam in mir zu bewegen. Mit jedem Stoß habe ich das Gefühl, dass er meinen Körper mehr in Besitz nimmt, mich noch weiter ausfüllt und daher treibe ich, begleitet von seinem angestrengten Keuchen, dem nächsten Orgasmus unaufhaltsam entgegen. Ich nehme nichts mehr wahr außer unserem gemeinsamen Stöhnen, dem immer schneller werdenden Geräusch von aufeinanderklatschender Haut und dem feinen Schweißfilm auf unseren Körpern. In diesem Moment schiebt Mason eine Hand zwischen uns, reibt über meine noch immer überempfindliche Klitoris und bringt mich damit noch einmal zum Explodieren. Besitzergreifend drückt er meine Schenkel weiter auseinander, rammt sich ein letztes Mal tief in mich und sackt dann stöhnend auf mir zusammen.

Noch nie habe ich mich so begehrt gefühlt wie in diesem Moment.

Eine Weile liegen wir einfach nur im schwachen Schein der Nachttischlampe da. Ich mit meinem Kopf auf seiner Brust, während er mir mit trägen Bewegungen die Wirbelsäule hinauf und wieder herunter streicht. Ich fühle mich in Masons Umarmung geborgen und glücklich … und müde. Mit Masons regelmäßigem Herzschlag im Ohr könnte ich auf der Stelle einschlafen und doch ist daran nicht im Traum zu denken, dafür bin ich einfach viel zu aufgeregt. Was machen wir jetzt? Wie geht es mit uns weiter? Gibt es ein *uns* überhaupt?

Ich habe noch nie mit einem Mann geschlafen, mit dem ich keine Beziehung hatte, oder dieses nicht zumindest ganz klar im Raum stand. Bei Mason weiß ich im Grunde genommen so gut wie gar nichts. Wir haben schon über vieles gesprochen, aber ob er eine Beziehung möchte, war ganz sicher nicht dabei. Daran könnte ich mich erinnern. Und was noch wichtiger ist, will er, dass ich jetzt aufstehe und gehe, oder will er, dass ich bleibe? Bestimmt weiß er nur nicht, wie er es mir mitteilen soll. Vielleicht sollte ich schneller sein als er, mich mit einer absoluten Ruhe anziehen und irgendwas Cooles sagen wie »Danke Baby, das war ganz nett, ich kann mich ja in vier Wochen mal melden«. Na ja, oder so was Ähnliches.

Ich rücke ein Stück von ihm ab und sehe zu ihm auf. Als würde er merken, dass ich ihn anstarre, öffnet er ein Auge und schielt in meine Richtung.

»Möchtest du, dass ich jetzt gehe oder so was?« Toll

Amber. Nur dass das so gar nicht cool war.

Mason öffnet auch sein anderes Auge, runzelt seine Stirn und zieht mich wieder an seine Brust. »Wenn ich das wollte, wüsstest du es bereits.«

Debil grinsend schmiege ich mich an ihn. Okay, erste Frage geklärt, weiter gehts.

»Und was ist das hier mit uns jetzt? Ich meine, willst du, dass ich deine Freundin bin, oder …«

Mason dreht mich mit sich um, sodass ich auf dem Rücken liege und er über mir. »Du fängst schon wieder an zu schnattern.«

Mit geschürzten Lippen denke ich über seine Worte nach. Vielleicht stimmt es ja und ich versuche, meine Nervosität mit ein bisschen Smalltalk zu beruhigen. Was soll daran verkehrt sein?

»Würde es dich beruhigen, wenn wir die Fronten eindeutig klären?«

Äh, so wie er mich gerade ansieht eher nein. »J … Ja?«

Mason grinst spitzbübisch, wie ich es noch nie an ihm gesehen habe. »Du fragst mich also, ob ich mit dir gehen will?«

Hä?

Sein Grinsen wird immer breiter. »Ja, ich will.« Seine Finger gleiten über mein Schlüsselbein bis zum Ansatz meiner Brüste. »Ist das klar genug für dich?«

Mein Puls hat sich locker verdoppelt und ich versuche mühsam, aber wenig erfolgreich, mein freudiges Grinsen zu unterdrücken. Natürlich ist das albern und er nimmt mich auf den Arm. Aber ja, das ist klar genug für mich und genau so will ich es. Ich weiß gerne, woran ich bin. Und jetzt bin ich an Mason, dessen Kopf langsam unter der Decke verschwindet, während ich das Nachtlicht ausmache.

# KAPITEL 10

*Amber*

Im Schneckentempo schlurfe ich in dem Kleid von gestern in die Küche und nehme die Tasse Kaffee entgegen, die Mason mir bereits hinhält.

»Hmm, danke.«

Er wirkt natürlich trotz der Uhrzeit schon wieder wie geleckt. Das weiße Hemd spannt genau in der richtigen Intensität um seine Schultern und sein Hintern sieht in dieser Hose einfach nur anbetungswürdig aus. Bei dem Gedanken, dass nur ich weiß, wie es darunter aussieht, breitet sich ein warmes Kribbeln in meinem Bauch aus. Okay, vielleicht nicht nur ich, aber ich werde die Letzte sein, die ihn so sehen darf.

Ich gehe zum Fenster, um auf den Central Park herunterzusehen, der selbst um diese Uhrzeit schon gut besucht ist. Vor allem Jogger scheinen die frühen Morgenstunden zu nutzen. Selbstmörder, alles Selbstmörder.

Vielleicht war es doch keine gute Idee, über Nacht bei ihm zu bleiben. Erstens haben wir nicht besonders viel geschlafen und zweitens bin ich ein hochgradiger Morgenmuffel.

»Die Wohnung gefällt dir nicht.«

Ertappt wirble ich zu Mason herum und sehe das Lächeln auf seinem Gesicht.

»Doch, sie ist schön. Sehr … opulent.«

Masons Grinsen wird noch breiter. »Ich sagte ja, sie gefällt dir nicht.«

Ich drehe mich wieder von ihm weg und betrachte den Park.

»Doch sie gefällt mir. Die Aussicht ist wunderschön und das, was ich bisher von der Wohnung gesehen habe, genauso. Nur ich selbst möchte nicht hier wohnen müssen. Allein in die Wohnung zu kommen, ist für Besucher wie mich schon ein Abenteuer.«

Mason stellt sich hinter mich und legt seine Arme um meine Taille, was meinen müden Körper sofort an die letzten Stunden zurückerinnert.

»Wenn man hier wohnt, ist das Reinkommen nicht ganz so schwierig.« Er küsst den Übergang von meinem Hals zur Schulter und ich schließe genießerisch die Augen. Wenn er nicht sofort damit aufhört, werde ich ihn an seinen Haaren zurück ins Schlafzimmer zerren.

»Wenn ich vor der Arbeit noch nach Hause will, muss ich mich jetzt wirklich beeilen«, hauche ich in sein Ohr, mache mich von ihm los und leere meine Tasse mit großen Schlucken. Schnell schnappe ich mir meine Tasche und gehe zum Fahrstuhl, den Mason mir bereits gerufen hat. Ich stehe schon in der Kabine, als er mir noch einen sinnlichen Kuss gibt und wieder in die Richtung seines Wohnzimmers verschwindet.

»Ach so.« Mason kommt noch einmal zurück und schlägt mit seiner flachen Hand zwischen die sich langsam schließenden Türen, sodass sie sich wieder öffnen. »Und nächstes Mal bleibt das Licht an. Ich will das sehen, was ich heute Nacht gespürt habe.«

***

Nachdem ich gestern Masons Wohnung verlassen hatte, haben wir uns nur noch kurz auf der Arbeit gesehen. Er ist dann in seine Firma gefahren, von wo aus er auch heute arbeitet. Da er den Auftrag bei *Morgan Property* endlich abschließen will, hat er gestern länger gearbeitet und wir haben uns am Abend nicht treffen können. Erschreckend daran ist, dass ich mich fast schmerzhaft nach ihm verzehre. Kann man jemanden vermissen, mit dem man erst eine einzige Nacht zusammen war? Und noch wichtiger, geht es ihm ähnlich?

Ich habe immer nur abfällig mit dem Kopf geschüttelt, wenn sich Heather, Marissa oder sonst wer ihre Beziehungen im Kopf kaputtgegrübelt haben und jetzt bin ich selbst eine von diesen Hühnern.

Das Klingeln des Telefons reißt mich aus meinen Gedanken und ich nehme das Gespräch genervt entgegen. »*Morgan Property*, guten Tag. Amber West am Apparat.«

»Jetzt könntest du noch etwas motivierter klingen. Schließlich sollen deine Kunden doch denken, dass du deinen Job gerne machst. Vielleicht fragst du noch, was du für den Anrufer tun kannst.«

Wie von selbst fange ich an zu grinsen. Bei Mason hören sich sogar irgendwelche trockenen Anweisungen erotisch an. Es ist, als gäbe es bei Mason einen Knopf, den er drückt, sobald er bei der Arbeit ist, um zu McLean dem Tsunami zu werden. Ich kann den Mason von vorletzter Nacht zwar in ihm erahnen, aber wirklich durchkommen, tut er nicht.

»Also Mr. McLean, was kann ich denn für Sie tun?«

Er lacht leise durch das Telefon, was mich sofort dazu bringt, noch breiter zu grinsen. Vielleicht ist der Mason ja doch nicht so weit weg.

»Da gibt es so einiges, Miss West. Was machen Sie heute Abend?«

Mist, heute Abend gehe ich mit Heather zu dem Weight Watchers Treffen und aktuell ist es mir auch wirklich wichtig. Mason will das nächste Mal das Licht anlassen, also muss ich Kate fragen, was ich machen kann, um möglichst schnell zehn Kilo abzunehmen. Möglichst schnell heißt in meinem Fall an einem Tag.

»Ähm ich … also ich bin mit meiner Freundin verabredet.«

»Schade. Cole hat Geburtstag und ich dachte, du würdest gern mitkommen.«

»Ich sage es dir ja nur ungern, aber ich befürchte, Cole mag mich nicht besonders. Außerdem will ich Heather nicht absagen.«

»Dann bring sie doch mit. Wir trinken was und gehen wieder.«

Ich verspreche ihm, dass ich darüber nachdenke, und lasse mir vorsorglich Coles Adresse aufs Handy schicken.

Drei Stunden später stehe ich wie schon letzte Woche hinter Heather und warte darauf, dass die Waage frei wird. Heather geht an die Seite, blickt auf ihr Kärtchen und beginnt in dem Moment, als ich auf die Waage steige, Lyn anzumotzen.

»Das ist doch ein Witz oder? Da hast du dich verschrieben. Lass mich noch mal rauf.« Heather will mich gerade von der Waage drängeln, als Lyn beruhigend auf sie einredet, dass alle Fragen gleich in der Gruppe geklärt werden. Lächelnd gibt sie mir auch mein Kärtchen zurück, und da ich wegen der Licht-an-Geschichte jetzt wirklich hoch motiviert bin, kaufe ich mir gleich noch ein paar von den Weight-Watchers-Schokoriegeln. Die kann man futtern ohne Ende und nimmt trotzdem ab. Glaube ich zumindest.

Unter dem ständigen Gemecker von Heather drängeln wir uns durch die vollen Reihen und setzen uns nach ganz vorne, wo Kate bereits mit anderen Gruppenmitgliedern über irgendwelche Rezepte spricht.

»Das ist doch Beschiss. Ich hab so gut wie nichts gefressen und soll nur sechshundert Gramm abgenommen haben. Dafür diese Plackerei?«, flucht Heather lautstark weiter.

»Heather, Lyn hat mir mitgeteilt, dass du mit deinem Abnehm-Erfolg nicht zufrieden bist.« Kate sieht sie freundlich an, worauf Heather gar nicht eingeht.

»Na das kann man wohl sagen. Ich nage den ganzen Tag mehr oder weniger an einem schrumpeligen Salatblatt. Ich fühle mich schon wie eins dieser armseligen Topmodels aus der Castingshow. Und das für so eine lumpige Abnahme.«

Während Kate ihr erklärt, warum es sinnvoll ist, dass die Gewichtsreduzierung in kleinen Schritten vonstattengeht, öffne ich mein Wiegekärtchen und ersticke beinahe an dem eben erworbenen Schokoriegel. Hustend versuche ich, den Krümel aus der Luftröhre zu würgen, und werde nebenbei von Heather verdroschen, die wie eine wilde auf meinen Rücken einprügelt. Durch Tränen gefüllte Augen bemerke ich Kates besorgten Blick und winke ihr zu, dass ich alles im Griff habe. Endlich ist der Brocken weg und ich räuspere mich nur noch ein paarmal.

»Stopf doch nicht so.« Heather sieht mich kopfschüttelnd an und wendet sich dann wieder Kate zu.

Die spricht gerade darüber, dass man seine zur Verfügung stehenden Punkte nicht überschreiten, aber auch nicht weniger essen sollte.

Auf meiner Karte stehen verdammte 74,3 Kilogramm. Vierhundert Gramm mehr als in der letzten Woche.

»Hör auf zu jammern, ich hab sogar noch zugenommen.« Damit halte ich Heather mein Wiegekärtchen hin.

»Na und? Vierhundert Gramm. Dafür war dein Essen bestimmt geiler als meins.«

Meine Güte. »Ja und das würde ich dir auch mal empfehlen. Du wirst zickig, wenn du auf Muffin-Entzug bist.«

»Also, ich schaffe es *nie*, die Punkte aufzuessen.« Die Frau mir gegenüber hat gut und gerne noch zwanzig Kilo mehr auf den Rippen als ich und will mir erzählen, dass sie es nicht schafft, ihre Punkte zu essen?

»Genau, das hat alles der Wind zusammengeweht«, flüstere ich Heather ins Ohr, offenbar aber nicht leise genug für Kate.

»Amber, auch wenn es für dich vielleicht nicht vorstellbar ist, so ist es tatsächlich möglich, seine Punkte nicht aufessen zu können.« Sie zeigt auf die Frau, die ihre Punkte nicht aufisst. »Angelina ist seit zwei Monaten bei uns und ihr ist die Ernährung in Fleisch und Blut übergegangen. Wir bei den Weight Watchers machen keine Diät, Liebes. Es ist eine Ernährungsumstellung, die dich dein Leben lang begleiten wird.« Die anderen nicken Kate zustimmend zu.

»Also ich hab jedenfalls keine Probleme. Zwei Latte macchiato und einen Nugatmuffin zum Mittag und ich bin fast drüber.« Ich grinse Heather an, die ernsthaft über Kates Worte nachzudenken scheint, bevor sie deren Vortrag lautstark unterbricht.

»Soll das heißen, ich soll den Rest meines Lebens an irgendwelchem Hasenfutter rumknabbern? Na geil, ich kann mir nichts Grausameres vorstellen.«

Kate und die anderen sehen uns so konsterniert an, dass sogar ich mich schäme und den Rest der Stunde den Mund halte.

»Hoffentlich gibts bei diesem Cole ordentlich was zu futtern.«

Trotz unseres wenig erfolgreichen Gruppentreffens hat Heather sofort zugestimmt, als ich sie fragte, ob wir noch zu Coles Geburtstag fahren wollen. Ganz im Gegenteil sie freut sich sogar darauf, Mason kennenzulernen, von dem ich ihr natürlich alles bis ins kleinste Detail erzählt habe. Jetzt ist es fast so, als hätte sie bei unserem Sex die Nachttischlampe gehalten. Bescheuert, ich weiß, aber ich kann immer noch nicht ganz glauben, dass er jetzt mein Freund sein soll. Mein Freund! Ich beiße mir in den Fingerknöchel, um nicht laut zu quieken, so unvergleichlich gut fühlt sich dieses Wissen an.

Nach einer halben Stunde halten wir vor einer typischen Häuserzeile, wie es sie auf der Upper Westside zuhauf gibt, und ich bin ernsthaft überrascht. Positiv überrascht. Wie die meisten Häuser hier ist auch dieses komplett mit Stuck verziert, und die Erker, die aus jeder Wohnzeile ragen, lassen es schon von außen unheimlich gemütlich wirken. Kaum zu glauben, dass Cole hier wohnen soll.

Ich greife nach dem kleinen Mitbringsel, das ich vor dem Weight Watchers Treffen noch schnell besorgt habe. Als ich es entdeckt habe, musste ich sofort an Cole denken und es mitnehmen. Hoffentlich versteht er den Spaß und unser kleines Kriegsbeil ist damit aus der Welt geräumt. Zwar hat Mason noch nichts in diese Richtung gesagt, aber ich glaube, dass Cole einen besonderen Stellenwert für ihn hat. Deshalb wünsche ich mir natürlich sehr, dass wir auch so etwas wie Freunde werden können.

Wir klingeln und ich drehe mich noch einmal zur Straße, um die anderen Häuser zu bewundern, als die Tür hinter mir knarrt und Heather mit aufgeklappter Kinnlade in eben diese Richtung starrt. Verwundert wirble ich herum und sehe Cole in der Tür stehen, schon wieder oben ohne. Grundgütiger, hat er eine Baumwollallergie oder was?

»Na guck mal einer an, der Kampfhamster. Und sie hat Marilyn mitgebracht.« Heather klappt ihren roten Mund zu und sieht unvermittelt gar nicht mehr so begeistert aus.

»Hallo Cole, das ist Heather. Mason meinte, es würde dich nicht stören …«

»Nein, nein, kommt rein.« Wir drängen uns an ihm vorbei in den Flur, wobei ich sorgsam darauf bedacht bin, seinem widerlich schwitzenden Körper nicht zu nahe zu kommen.

»Geht schon durch, ich muss mir nur schnell was Frisches anziehen.« Er zeigt geradeaus durch den Flur, wo die Hintertür aufsteht, durch die Gesprächsfetzen zu uns dringen.

Im Türrahmen bleibe ich kurz stehen und suche nach Mason, der mit Logan und Lilly an einem Tisch sitzt und sich köstlich zu amüsieren scheint. Gott er ist so … schön. Ja, das trifft es wohl.

»Amber, wir sind im Himmel der vertrockneten Pflaumen gelandet und sollen hier geheilt werden. Wenn die es nicht schaffen, schafft es keiner.« Heather sieht mit leuchtenden Augen von Riley, über Logan zu Mason und zuckt zusammen, als Cole uns von hinten anspricht.

»Trockene Pflaumen behandeln wir nur am Freitag, heute ist Mittwoch. Sorry.« Damit geht er an uns vorbei die Treppe in den Garten herunter, und während Heather glüht wie eine

Herdplatte, kann ich mich nicht beherrschen und lache laut los. Als würde Mason inzwischen genauso auf mich gepolt sein wie ich auf ihn, sieht er im gleichen Moment zu uns hoch und lächelt mich an.

»Komm mit.« Ich ziehe Heather hinter mir her und falle Mason, der inzwischen aufgestanden ist, in die Arme. Ich verschwende nicht einen Gedanken daran, was die anderen denken könnten, und als ich mich von Mason löse, merke ich, dass mich keiner komisch ansieht. Schnell stelle ich Heather, Mason, Logan und Lilly einander vor und gehe zu Cole, der mit Riley an seinem Motorrad steht.

»Alles Gute zum Geburtstag, Cole.« Lächelnd reiche ich ihm das Päckchen.

Er scheint überrascht zu sein, schüttelt es dann aber grinsend und reißt es wie ein Kleinkind mit einem Ruck auf. Mein dummes Grinsen stirbt, als ich seinen Gesichtsausdruck sehe. Irgendwie habe ich mir das lustiger vorgestellt. Mit zusammengezogenen Augenbrauen sieht er auf das Päckchen in seiner Hand. Beinahe habe ich Angst, es ihm abzunehmen, tue es aber trotzdem und hole die Figur aus der Verpackung. Eilig stelle ich den Wecker ein, sodass er im gleichen Moment seinen Ton von sich gibt. Die Kinnlade des grünen Männchens fällt herunter und er brüllt in einer enormen Lautstärke, immer wieder: *Ich bin Huuulk*.

Hm, irgendwie dachte ich vorhin noch, dass wir damit

das Eis brechen könnten. Riley beißt sich auf die Lippen, so wie es aussieht, um nicht laut loszulachen, und Cole starrt auf den Hulk-Wecker in meiner Hand. Okay, das war es dann wohl mit Freunde werden. Ich möchte den Wecker gerade wieder in seine Verpackung schieben, als Cole ihn mir lachend aus der Hand nimmt.

»Der ist … toll. Total bescheuert, aber toll. Danke.« Und dann umarmt er mich doch tatsächlich und drückt mich kurz. Irritiert, aber unglaublich erleichtert erwidere ich die Geste und lasse mich von seinem Lachen anstecken.

»Ey Mason, guck mal, was dein Kampfhamster mir mitgebracht hat.«

Die nächste halbe Stunde dreht sich alles nur um Hulk, der von einem zum anderen gereicht wird. Lediglich Heather, die mein Geschenk vorher auch nicht gesehen hat, sieht mich an, als hätte ich mit meinem Leben gespielt. Habe ich vielleicht auch, aber ich hatte Glück und das ist alles, was mich in diesem Moment interessiert.

Heather wird, genau wie mir bei der Motorradtour, sofort das Gefühl gegeben, willkommen zu sein, und die Zeit vergeht wie im Flug. Wir lachen über alles und jeden, Riley führt uns seinen Hüftschwung beim Tanzen vor und wir Frauen trinken unterdessen ein Glas Sekt nach dem anderen. Dass ich für gewöhnlich keinen Alkohol trinke, weil ich ihn nicht vertrage, blende ich geflissentlich aus. Der Abend ist einfach zu lustig. Wenn ich Marissa erzählen würde, dass der Tsunami und dessen Chef sich hier gegenseitig in den Schwitzkasten nehmen und sich dabei kaputtlachen, sie könnte es mir niemals glauben. Und würde ich es nicht mit eigenen Augen sehen, könnte ich das wohl auch nicht.

Lilly befüllt schon wieder die Gläser, als ich zufällig Masons Namen aufschnappe und dem Gespräch von Riley und Heather lausche. Er erzählt ihr, dass er in Queensbridge aufgewachsen ist und genau wie Mason erst vor vier Jahren ein Haus auf der Upper Westside gekauft hat.

Meinte Mason nicht, er habe Riley damals kennengelernt, nachdem sie umgezogen sind? Also hat Mason in einer der übelsten Ecken von Queens gelebt? Und er hat ein Haus hier auf der Upper Westside, wohnt aber in diesem furchtbaren Hochhaus in der Fifth Avenue?

Stirnrunzelnd wende ich mich wieder Lilly zu, die mir ein volles Glas Sekt entgegenhält. Ich nippe einmal daran, bevor ich mich auf die Toilette entschuldige.

Im Bad spritze ich mir erst einmal eine Ladung kaltes Wasser ins Gesicht und lasse mir etwas davon über die Arme laufen. Danach stelle ich mich an das gekippte Fenster und atme die frische Luft ein, während ich auf die anderen in den Garten hinuntersehe. Ich muss lachen, als Riley Heather von ihrem Stuhl zieht und sie mit ziemlich obszönen Gesten umkreist. Obwohl es inzwischen dunkel geworden ist und eine Lichterkette die einzige Lichtquelle ist, meine ich, ihre glühenden Wangen von hier oben erkennen zu können.

»Hier bist du, ist alles in Ordnung?« Mason steht in seiner verboten tief sitzenden Jeans im Türrahmen und sieht mich fragend an.

»Ja, alles bestens. Ich brauchte nur einen Schluck Wasser.« Sein Blick wandert an meinem Körper entlang, der sofort darauf reagiert. Das ist doch nicht normal, oder?

Langsam aber zielstrebig kommt er ins Bad, verriegelt die Tür und macht das Licht aus, bevor er zu mir an das Fenster tritt. Er dreht mich mit dem Rücken zu sich und streicht mir begehrlich über die Arme, während wir aus dem Fenster sehen.

»Fühlst du dich wohl hier?«

Seine Hände, die sich unter mein T-Shirt schieben und die Körbchen meines BHs herunterziehen, machen mir jedes weitere Wort unmöglich und so nicke ich nur. Was hat er vor? Er wird doch wohl nicht …

»Weißt du eigentlich, wie schön du bist?«, flüstert er. Dabei kneift er sanft in meine aufgerichteten Nippel und knabbert gleichzeitig an meinem Ohrläppchen, wobei ich jeden seiner heißen Atemzüge im Ohr spüre.

»Mason.« Ohne es steuern zu können, übernimmt mein Körper die Kontrolle und ich reibe laszⅳ meinen Hintern an ihm. Auch durch die uns trennenden Stofflagen kann ich spüren, wie er dabei härter wird.

»Sag mir, dass ich aufhören soll.«

Oh Himmel nein, ich will nicht, dass er aufhört. Aber hier? Mit den anderen im Garten unter uns?

In meine Überlegungen hinein öffnet Mason meine Jeans und schiebt seine Hand in mein Höschen, was ihn begierig aufkeuchen lässt. »Du bist so bereit.«

Voller Genuss schließe ich die Augen und gebe mich seinen Berührungen hin. Seinen Fingern, die durch meine feuchten Schamlippen gleiten, seinem Handballen, der über meine vor Verlangen pulsierende Klitoris reibt. Bevor ich weiter nachdenken kann und womöglich noch einen Rückzieher mache, schiebe ich mir Hose und Slip über meinen Hintern bis zu den Knien herunter und höre gleich darauf das Knistern der Kondomverpackung. Schon drückt er seine mächtige Erektion an meinen Hintern, dirigiert meine Hände auf die Fensterbank, damit ich mich abstützen kann, und dringt quälend langsam, Stück für Stück in mich ein. Immer wieder wartet er, gibt mir Zeit, mich an ihn zu gewöhnen, bis ich ihm ungeduldig meinen Hintern entgegendränge. Wie immer versteht er mich sofort und stößt mit einer letzten heftigen Bewegung seine gesamte Länge in mich. Unkontrolliert stöhne ich laut auf, woraufhin er mein Gesicht zur Seite dreht und mich schroff küsst. Trotz des nur schwachen Lichtes aus dem Garten kann ich die unverfälschte Lust in seinen Augen erkennen. Wie ein Raubtier, das sich über das hilflose Opfer hermacht, von dem es weiß, dass es ihm ohnehin nicht entkommen kann.

»Wenn du nicht willst, dass sie uns entdecken, solltest du leiser sein.«

Instinktiv lasse ich meine Hüften kreisen und nicke ihm schwach zu. Ich bin so feucht, dass es bei jedem Mal, wenn er sich aus mir zurückzieht und von Neuem in mich stößt, ein schmatzendes Geräusch gibt. Immer schneller rammt er sich in meine Enge und reizt meine Klit im gleichen Rhythmus. Seine Hand gräbt sich grob in das weiche Fleisch meiner Hüfte, seine Atmung wird abgehackter und seine Stöße ungezügelter. Die Gefühle und Empfindungen, die Mason in mir auslöst, sind einfach zu viel für mich und ich vergesse, wo wir uns befinden. Nur noch er ist wichtig. Erst als ich seine Hand auf meinem Mund spüre, erinnere ich mich, dass wir am offenen Fenster stehen.

»Gott Amber, was machst du nur mit mir.« Masons Keuchen bringt meine Emotionen zum Überlaufen und noch während sein Schwanz tief in mir zuckt, reißt der Orgasmus mich mit ihm über die Klippe.

Während sich unsere Atmung langsam wieder normalisiert, haucht er leichte Küsse auf meinen Hals. Bereitwillig lasse ich meinen Kopf gegen seine Brust sinken und da ist es.

Dieses unbeschreibliche Gefühl, auf das alle warten, manche sogar ein Leben lang. Ich habe mich in Mason verliebt. Hier, neben dem bescheuerten Klo von Cole, dem Anabolikamutanten. Das ist so verrückt, dass es schon wieder irgendwie zu mir passt. Und obwohl ich nie wirklich unglücklich war, habe ich das Gefühl, noch nie so lebendig gewesen zu sein, wie in diesem Augenblick in Masons Armen.

# KAPITEL 11

*Mason*

Heute ist Freitag und damit der letzte Tag, an dem ich bei *Morgan Property* bin. Ich sitze mit Harry Thompson in seinem Büro und habe den Auftrag von James Morgan erhalten, die Kündigungen persönlich auszusprechen. Er selbst ist lieber auf irgendeinem Kreuzfahrtschiff und sonnt seinen faltigen Arsch, anstatt diese Aufgabe selbst zu übernehmen. Eigentlich ist das schon alles, was ich wissen muss, um ihn für einen Dreckskerl zu halten.

Marissa White, Ambers Freundin, ist die Nächste auf meiner Liste und für mich vollkommen ungewohnt bekomme ich ein ungutes Gefühl in der Magengegend. Ich rufe mich selbst zur Ordnung und erinnere mich daran, dass es eine rein professionelle Entscheidung war, als es auch schon an der Tür klopft. Zurückhaltend tritt sie an unseren Tisch und ich deute auf den Platz mir gegenüber, damit sie sich setzt.

»Miss White, möchten Sie etwas trinken?«

Sie sieht zu mir auf und ich weiß, dass ihr bewusst ist, warum sie jetzt hier ist. »Nein danke.«

Thompson neben mir lächelt ihr zu und sieht dann auf seine Finger, die verschränkt vor ihm auf dem Tisch liegen.

Ich habe selten einen Chef getroffen, der ein so inniges Verhältnis zu seinen Angestellten hat. Es scheint ihm bei jedem Einzelnen wirklich nahe zu gehen. Unterdessen bete ich mir in Gedanken immer wieder den Ablauf eines Kündigungsgespräches vor. *Komm sofort zur Sache, alles andere ist irreführend und macht es für sie nur schlimmer. Komm sofort zur Sache, alles andere ist irreführend und macht es für sie nur schlimmer.* Ich räuspere mich noch einmal und ignoriere das bedrückende Gefühl, das sich in mir aufbaut.

»Miss White, es tut mir sehr leid, aber *Morgan Property* muss sich leider von Ihnen trennen.«

Ihre Augen füllen sich mit Tränen, während sie tonlos nickt. Das erste Mal nach Jahren in diesem Job fühle ich mich wirklich wie ein Arschloch und doch muss ich weitermachen.

»Nach eingehender Prüfung habe ich festgestellt, dass der finanzielle Aufwand dieser Niederlassung weit über dem vertretbaren Rahmen liegt und so wird es der Firma nicht länger möglich sein, Sie zu beschäftigen.«

Sie legt sich die Hand vor den Mund, um das kommende Schluchzen zu unterdrücken. Verdammte Scheiße.

Ich lege meine Hand auf ihren Unterarm und drücke ihn leicht. Sicher ist das nicht mein professionellster Auftritt, aber das ist mir gerade vollkommen egal. »Wir können alles andere auch morgen regeln.«

»Nein, nein ist schon gut.«

Unbehaglich erkläre ich ihr, dass sie ab sofort freigestellt ist, welche Zahlungen sie noch zu erwarten hat und dass *Morgan Property* ihr ein herausragendes Empfehlungsschreiben für den nächsten Arbeitgeber ausstellen wird. Ein Text, den ich schon unzählige Male runtergeleiert, mich dabei jedoch nie so lausig gefühlt habe. Als sie ihre Kündigung nimmt und aufsteht, stehe ich ebenfalls auf. »Möchten Sie jemanden anrufen, der Sie abholt, oder soll ich Ihnen ein Taxi rufen?«

Sie sieht aus ihren rot unterlaufenen Augen zu mir auf und lächelt mich an. Mich, das Arschloch, das ihr gerade den Job genommen hat.

»Nein, vielen Dank. Ich bin mit dem Auto da.« Damit verlässt sie das Büro und ich drehe mich zu Thompson um, der seinen Kopf in den Händen abstützt.

Für mich war es das, mein Auftrag ist abgeschlossen. Geräuschlos nehme ich meine Unterlagen vom Tisch und sehe noch einmal auf Thompson herunter. »Es tut mir wirklich leid.«

Ohne auf eine Erwiderung zu warten, verlasse ich den Raum und gehe in das Büro, das ich mir in den letzten Tagen mit Amber geteilt habe. Beim Gedanken an sie geht es mir noch miserabler. Sie wird meine Entscheidung nicht verstehen, weil sie selbst keine ihrer Entscheidungen rational trifft. Amber entscheidet alles aus dem Herzen heraus, ohne auch nur im Entferntesten darüber nachzudenken. Eben dies habe ich ihr bei unserem ersten Gespräch ausreden wollen und jetzt ist es genau das, was sie in meinen Augen so besonders macht. Und heute wird genau das der Grund sein, warum sie mich verabscheuen wird.

Nachdenklich werfe ich den Kleinkram vom Schreibtisch in eine Kiste, als ich auch schon ihre vorwurfsvolle Stimme höre.

»Genauso wie dein Ruf es verspricht, was? Du verschwindest und hinterlässt nichts als Verwüstung. Aber Hauptsache die Firma steht noch. Warum hast du Marissa entlassen?«

Ich beachte sie nur kurz und packe dann meinen Laptop in die Tasche. »Weil eine so kleine Zweigstelle keine zwei Empfangssekretärinnen braucht. Eine Vollzeitkraft und eine zur Vertretung reichen vollkommen aus.«

»Ach und wer soll die Vertretung sein?«

»Soweit mir bekannt ist, hat Miss Hernandez das bisher übernommen und wird es auch weiterhin tun.« Ohne sie anzusehen, klemme ich mir den Karton unter den Arm, nehme meine Laptoptasche und gehe an ihr vorbei in Richtung Tür. Keine Ahnung warum, aber ich habe tatsächlich Schiss vor ihr. Vor dem, was sie von mir denkt, und vor dem Entschluss, den sie in der Folge daraus fassen könnte.

»Ach und warum hast du mir dann nicht gekündigt? Habe ich mir die Stelle jetzt erschlafen?«

Missmutig schüttle ich nur den Kopf und gehe unbeirrt weiter, bis sie vor die Tür springt und mir den Weg versperrt.

»Warum hast du nicht Lorena gekündigt? Hallo.« Sie wedelt mit ihrer Hand vor meinem Gesicht herum. »Ist irgendwo da hinter diesem gefühllosen Arschloch mein Freund?«

Ich wusste es. Es kann nur Probleme geben, wenn man sich mit Angestellten seiner Auftraggeber einlässt. Nicht dass es so einen Fall hier schon mal gegeben hätte, aber jeder anderen würde ich alleine für diesen Auftritt ebenfalls die Kündigung in die Hand drücken. Aber Amber ist nun mal nicht jede andere.

»Ich habe Marissa entlassen, weil sie diejenige mit den geringsten Qualifikationen ist. Sie nützt der Firma am wenigsten. Kannst du das jetzt verstehen? Und dabei ist es vollkommen egal, ob du mit mir schläfst oder nicht. Alles, was dich gerettet hat, ist deine Weiterbildung vom Anfang des Jahres, ansonsten hättest du vorhin bei mir gesessen und deine Papiere bekommen.« Meine Stimme klingt wütender, als ich eigentlich möchte, doch ich muss mir eingestehen, dass ihr vorwurfsvoller Blick mich mehr trifft, als er es sollte.

Sie sieht mich sprachlos und mit weit aufgerissenen Augen an, sodass ich die Chance nutze und sie von der Tür wegschiebe.

»Ach und bevor du fragst, ja ich fand's geil. Ich kann mir nichts Besseres vorstellen, als reihenweise Leute zu entlassen.«

Um nicht auf den Fahrstuhl warten zu müssen gehe ich mit langen Schritten auf das Treppenhaus zu, drehe mich aber noch einmal um und gehe zu ihr zurück. »Du wusstest genau, wer ich bin, Amber. Und ich Idiot hätte wissen müssen, dass du es mir noch schwerer machst, als es ohnehin schon ist.« Damit lasse ich sie stehen und verschwinde aus dieser verfluchten Firma, in der alles so komplett anders gelaufen ist, als ich es gewohnt bin.

In der *Sky Screw* fahre ich gleich in meine Etage, statt noch in die Firma zu gehen, und mache für heute Feierabend. Schon wieder eine Premiere. Wann habe ich das letzte Mal bereits mittags Feierabend gemacht? Habe ich das überhaupt schon jemals?

Um mein Gewissen zu beruhigen, setze ich mich an den Esstisch und schreibe den abschließenden Bericht für James Morgan, wobei meine Gedanken zu Ambers Freundin und den drei anderen, die ich heute entlassen habe, abdriften. Für die Firma habe ich richtig entschieden und es war das Beste, was ich tun konnte. Warum fühlt es sich dann dieses Mal nicht so an? Die Zahlen der Zweigstelle sind gut, jedoch nicht gut genug für ihre Ausgaben und so suchte ich nach Einsparmöglichkeiten. *Einsparmöglichkeiten* … Ich lache bitter auf, als mir klar wird, wie berechnend sich das anhört. Nein, wie berechnend es ist, es hört sich nicht nur so an und doch ist es genau das, was von mir verlangt wird. Genau das ist nun mal das, was ich tue.

Kopfschüttelnd halte ich mich davon ab, nach weiteren Rechtfertigungen zu suchen, und hole mir einen Kaffee aus der Küche. Ich nehme einen tiefen Schluck, als das Türtelefon klingelt.

»Ja.«

»Guten Tag Mr. McLean, Steve Brown aus der Lobby hier. Hier ist eine …« Geraschel und Getuschel, bis er weiterspricht: »Verzeihung, aber hier ist ein Kampfhamster, der sich entschuldigen will.« Er räuspert sich, während ich beginne zu grinsen. »Können Sie damit was anfangen?«

»Schicken Sie sie hoch.«

Wenige Minuten später öffnet sich der Fahrstuhl und sie sieht mich aus ihren dunkelbraunen Augen an.

»Hey.«

Abwartend lehne ich mich mit dem Rücken an die Wand und warte.

»Es … es tut mir leid. Ich …« Sie fährt sich mit der Hand

durch ihre langen Haare, von denen ich inzwischen weiß, wie weich sie sich anfühlen, und sieht mich verzweifelt an. »Ich will mich ja entschuldigen, aber wofür? Dafür, dass ich so bin, wie ich bin, und dass es mir schwerfällt, Privates und Geschäftliches zu trennen? Jetzt weiß ich wenigstens auch, warum ich nur eine einfache Empfangssekretärin bin und du jemand, der über solch wichtige Dinge entscheidet.« Und wieder verfällt sie ins Plappern.

Grinsend stoße ich mich von der Wand ab, während sie irgendwas vor sich hinnuschelt, und ziehe sie in meine Arme. »Ich will nicht, dass du dich für irgendwas entschuldigst, aber ich will mich für das, was ich tue, auch nicht entschuldigen müssen. Du kannst mir glauben, wenn ich dir sage, dass ich deine Freundin nicht gerne entlassen habe, aber es war aus professioneller Sicht die richtige Entscheidung. Das heißt nicht, dass ich aus menschlicher Sicht nicht auch lieber Lorena gekündigt hätte.«

Ihre Mundwinkel zucken leicht und sie zupft an einem meiner Hemdknöpfe. »Es fällt mir schwer, die beiden Masons unter einen Hut zu bekommen. Ich mag meinen viel lieber als den von der Arbeit.«

Lachend gehe ich ihr voran ins Wohnzimmer und setze mich mit ihr auf die Couch. Ich erzähle ihr, dass ich ein paar Kontakte habe und Marissa helfen könnte, schnell etwas Neues zu finden. Dabei fällt mir auf, dass es mich das erste

Mal wirklich beschäftigt, was mit jemandem, den ich entlassen habe, passiert.

Ich denke darüber nach, bis mich das Klingeln meines Handys aus der Erkenntnis reißt. Ohne das Display zu beachten, nehme ich das Gespräch entgegen. »McLean.«

Amber setzt sich aufrecht neben mich und äfft tonlos mein *McLean* nach, was ich nur grinsend kommentiere.

»Mason, ich bin's, Mom. In der Firma hat man uns gesagt, du bist zu Hause? Dad und ich sind gerade in der Nähe und könnten mit Kuchen vorbeikommen.«

»Ähm.« Eilig löse ich mich von Amber und gehe in die Küche, wo ich etwas leiser weiterspreche. »Ich habe gerade Besuch.«

»Oh, er hat Besuch«, wiederholt sie meine Worte, als ich auch schon Dads überraschte Stimme höre. »Er hat Besuch?«

Augenrollend drehe ich mich in Ambers Richtung, die mich vom Sofa aus anlächelt.

»Kein Problem, dann bringen wir ein Stück Kuchen mehr mit.«

Nervös fahre ich mir mit der Hand über den Nacken, weil ich mir absolut nicht sicher bin, ob ich das möchte. Die letzte Frau, die meine Eltern kennengelernt haben, war Nicole – das war auf dem College.

Wir waren fast zwei Jahre zusammen, als es damals mit

meinen Eltern und mir finanziell bergab ging. Man sollte doch meinen, dass die eigene Freundin dann zu einem hält, aber dem war nicht so. Mit dem Geld, das wir nicht mehr hatten, verschwand auch sie. Vor vier Jahren hat sie dann irgendwie mitbekommen, dass es mir finanziell wieder besser geht, und sie stand wortwörtlich wieder vor meiner Tür. Wäre ich nicht strikt dagegen, Frauen zu schlagen, hätte ich ihr wirklich gerne eine verpasst. Stattdessen habe ich mir einen von ihr blasen lassen und ihr danach mit den Worten »Du machst es doch nur für Geld« zehn Dollar vor die Füße geworfen. Danach habe ich sie nicht wieder gesehen.

Eine feste Beziehung hatte ich nach ihr nicht mehr. Zum einen weil ich misstrauisch geworden bin, was genau die Frauen wirklich von mir wollen, und zum anderen weil ich streng genommen gar keine Zeit für so etwas habe. Offen gesagt weiß ich noch nicht einmal, wie genau Amber in mein Leben passen soll, aber aus irgendeinem Grund will ich es trotzdem mit ihr versuchen.

»Mason?«

»Äh ja, dann kommt halt vorbei … Ach und bringt statt Kuchen lieber Muffins mit.« Damit lege ich auf und sehe wieder zu Amber, die jetzt vor der Fensterfront steht und auf den Park heruntersieht. Sie steht mitten im Sonnenschein, der durch die Scheibe dringt, und sieht beinahe wie eine Erscheinung aus. Kopfschüttelnd bremse ich mich selbst aus. Was für eine schnulzige Kacke ist das denn jetzt?

Als sie meine Schritte hört, wirbelt sie zu mir herum. »Warum wohnst du eigentlich hier, wenn du ein Haus auf der Upper Westside hast?«

»Was?«

»Riley hat Heather davon erzählt.«

»Diese Wohnung gehört *Donovan & Company*. Ich wohne einfach hier, weil der Arbeitsweg kürzer ist.«

»Hmm … Und was ist mit dem Haus? Warum hast du es dann?«

Unruhig fahre ich mir mit den Fingern durch die Haare. Warum stellt diese Frau ständig so viele Fragen? »Meine Eltern leben in dem Haus. Sind damit alle Fragen geklärt, Watson?«

»Deine Eltern wohnen in deinem Haus?«

»Ja. Und wo wir gerade davon sprechen, sie werden gleich hier sein.«

»Was?«, schreit sie mich beinahe an und ihre Augen vergrößern sich auf das Doppelte ihrer normalen Größe. »Und das sagst du mir erst jetzt?«

»Du lässt mich ja nie zu Wort kommen.« Noch bevor ich ausgesprochen habe, läuft sie an mir vorbei ins Badezimmer, knallt die Tür hinter sich zu und kommt erst wieder heraus, als es klingelt.

# KAPITEL 12

*Amber*

Ganz ruhig Amber, bekomm jetzt keine Panikattacke. Verdammt, ich kann doch heute noch nicht seine Eltern kennenlernen. Wir kennen uns noch nicht einmal zwei Wochen, mal ganz davon abgesehen, dass wir noch keine Woche zusammen sind.

Übertrieben langsam lasse ich die Luft aus meinen Lungen entweichen und kämme unterdessen meine Haare mit den Fingern durch. Nicht dass das jetzt noch irgendwas bringen würde. Noch schlimmer ist, ich habe meine Shape-Hose nicht an. Mist, Mist, Mist.

Wenn ich mit einer Situation vollkommen überfordert bin, und das kommt beileibe nicht oft vor, dann möchte ich heulen, um mich zu erleichtern. Und das hier gerade ist definitiv so eine Situation.

Beunruhigt schließe ich meine Augen und denke an das, was meine Mom mir schon als Kind immer gesagt hat. »Sei einfach du selbst. Wer könnte dich so nicht lieben?«.

Ich höre ein Klingeln, das vermutlich vom Fahrstuhl kommt, und trete hinaus auf den Flur, bereit, Masons Eltern gegenüberzutreten. Mason lächelt und zieht mich an meiner Hüfte an seine Seite, wofür ich ihm dankbar bin. Dennoch glaube ich kurz, in Ohnmacht fallen zu müssen, so sehr rast mein Herz, als sich der Fahrstuhl öffnet.

Das sind Masons Eltern? Seine Mutter ist wunderschön und kommt lächelnd als Erste auf mich zu, um mir die Hand zu schütteln. Ihr Händedruck ist ganz zart, sodass ich fast Angst habe, ihr mit meiner Grobmotorik wehzutun. Sie ist ein kleines Stück größer als ich, was für eine Frau dann wirklich schon sehr groß ist. Ihr rötlich schimmerndes, schulterlanges Haar trägt sie mit einem Seitenscheitel und bis auf ein wenig Wimperntusche scheint sie ungeschminkt zu sein. Ihre grünen Augen mustern mich selbst dann noch neugierig, als sie Mason auf die Wange küsst.

Sein Vater hingegen sieht aus wie Masons Ebenbild. Er ist genauso riesig, hat dieselben dunklen Haare, nur dass seine mit einigen grauen Strähnen durchzogen sind, und er hat das gleiche Lächeln. Erst bei genauerem Hinsehen erkenne ich, dass er deutlich schmaler ist als Mason. Auch er schüttelt mir, allerdings mit sehr viel festerem Händedruck, die Hand.

»Wir haben Kuchen und Muffins mitgebracht. Ich hoffe, Sie mögen so etwas?« Masons Mutter, die ich Caroline nennen soll, lächelt mir wohlwollend zu, während sie in die Küche geht und die Teigstücke auf einen Teller drapiert. Ha, wenn die wüsste. Haltsuchend klammere ich mich weiterhin an Mason fest, der mit mir und seinem Vater David zur

Couch geht.

»Und hast du deinen letzten Auftrag abgeschlossen?«

Kurz spüre ich Masons Blick auf mir, bevor er antwortet. »Ja heute.«

»Und musstest du jemanden entlassen?«

»Vier.«

Einen flüchtigen Moment herrscht Stille und ich erinnere mich daran, dass David Headhunter war und es ihm nach diesem ominösen Unfall nicht mehr möglich war, zu arbeiten. Ich lasse meinen Blick prüfend und möglichst unauffällig über ihn wandern, kann aber beim besten Willen nichts Außergewöhnliches feststellen.

»Darf ich fragen, wo ihr euch kennengelernt habt?« Caroline kommt mit dem Kuchen und einer Kaffeekanne an den Tisch und setzt sich neben David auf die Couch. Dabei sieht sie aber nicht so aus, wie ich mir ein potenzielles Schwiegermonster vorstelle, sondern wirklich ernsthaft interessiert. Also komme ich Mason zuvor und antworte ihr.

»Bei der Arbeit. Mason hat bis heute bei uns in der Firma gearbeitet.«

»Bei der Arbeit?« Caroline sieht über Mason zu David und ich folge ihrem Blick irritiert.

»Entschuldige Liebes.« Sie lächelt. »Das ist nur sehr überraschend. Soweit wir wissen, trennt Mason das Berufliche sehr strikt von seinem Privatleben.«

»Das tue ich auch. Diesmal hat es nur eben nicht geklappt.« Mason grinst mich schief an und ich merke, wie ich erröte.

Während wir den Kuchen essen und Kaffee trinken, unterhalten wir uns über Masons nächsten Auftrag, den er gleich am Montag antreten wird. Caroline erzählt kurz darauf mit leuchtenden Augen von den Kindern ihrer Grundschulklasse, die ihr nach zwei Jahren Unterricht sehr ans Herz gewachsen zu sein scheinen. Anschließend berichtet Mason seinen Eltern von der Silberhochzeit seines Chefs, auf die ich ihn in drei Wochen begleiten soll und ich grinse während seiner Worte dusselig vor mich hin. Gestern hat er mich gefragt, ob ich ihn begleite. Meine Freude darüber, dass er so weit im Voraus plant, kann ich einfach nicht verstecken.

Masons Telefon klingelt und er verlässt das Wohnzimmer, um ungestört reden zu können. Mit ihm geht nur leider auch das Gefühl des Wohlbehagens. Jetzt sitze ich seinen Eltern alleine gegenüber und habe Angst, sie könnten über mich herfallen, wo er nicht mehr schützend bei mir ist.

»Die Hochzeit wird sicher ganz wunderbar, die Donovans sind sehr nette Leute.« Caroline lächelt mich weiterhin freundlich an, was mich wieder etwas beruhigt. »Du solltest unbedingt mit Mason tanzen, er ist ein herausragender Tänzer.« Sie zwinkert mir zu und neigt sich

David zu. »Das hat er von seinem Vater.«

Tanzen? Ich verschlucke mich beinahe an meinem Muffin und spüle ihn mit einem Schluck Kaffee herunter.

»Ähm, also, da gibt es nur ein kleines Problem. Ich kann leider nicht tanzen.«

David lehnt sich vor, um nach dem nächsten Stück Kuchen zu greifen, und verzieht sein Gesicht kurz zu einer Grimasse, fast so als hätte er Schmerzen. Der Ausdruck hält jedoch nur Sekunden und so vergesse ich es schnell wieder, als er mich anspricht.

»Mason kann dir doch noch ein paar Schritte zeigen.«

»Nein.« Das kam jetzt forscher, als ich beabsichtigt hatte. »Ich … Ich werde einfach eine Freundin fragen, ob sie mir ein paar Schritte zeigt.« Ob Heather tanzen kann?

»Wenn du ihn nicht fragen willst, kann David dir doch ein bisschen was zeigen.« David sieht Caroline erstaunt an, nickt dann aber und sieht in meine Richtung.

»Wenn du möchtest natürlich. Wie wäre es gleich morgen?«

Caroline reißt ein Stück von der Zeitung ab, kritzelt etwas darauf und reicht ihn mir dann – ihre Adresse. Bevor ich noch etwas erwidern kann, kommt Mason wieder ins Wohnzimmer. Stirnrunzelnd mustert er uns, weil wir schweigend dasitzen. Um die Stille zu füllen, mache ich – na was? – das, was ich am besten kann: Ich stopfe den nächsten

Muffin in mich rein.

Eine halbe Stunde später wollen die beiden aufbrechen, und während Caroline leichtfüßig aufspringt, versucht David, mit schmerzerfülltem Gesicht aufzustehen. Wobei die Betonung auf dem Versuch liegt.

Während ich ihn noch anstarre und nicht weiß, wie ich reagieren soll, steht Mason bereits neben seinem Dad und hilft ihm, von der Couch hochzukommen. Das Stöhnen, dass David dabei entkommt, lässt mir sprichwörtlich das Blut in den Adern gefrieren. Er scheint fürchterliche Schmerzen zu haben. Vollkommen hilflos stehe ich neben ihnen, während Caroline Davids Hand hält und Mason ihn stützt. Nach Sekunden, die sich wie eine Ewigkeit anfühlen, tätschelt er Mason die Schulter und dieser lässt ihn los. Es scheint David bei Weitem nicht gut zu gehen, jedoch wesentlich besser als noch vor wenigen Augenblicken. Was um Himmels willen war das?

Die beiden verabschieden sich von mir, wobei David mir tatsächlich noch ein kleines Lächeln schenkt, und dann verschwinden sie mit Mason im Fahrstuhl.

Ein paar Minuten später kommt Mason wieder zurück und räumt ohne ein Wort die Teller und Tassen, die ich bereits in die Küche gebracht habe, in die Geschirrspülmaschine. Irgendwas sagt mir, dass er keinesfalls über den Vorfall reden möchte, und doch fühlt sich dieses Schweigen furchtbar an.

»Geht es deinem Vater gut?«

Mason hält einen Moment inne, bevor er weiter die Maschine einräumt, als würde es ihn auf irgendeine Art beruhigen. »Ja, es geht wieder.«

Er will also wirklich nicht darüber reden, demnach muss ein unverfänglicheres Thema her.

»Sie sind sehr nett. Fast kommt es mir albern vor, dass ich mich im Badezimmer verstecken wollte.« Ich lächle ihn an und endlich erwidert er es, auch wenn ich glaube, dass es kein echtes Lächeln ist.

***

Mason muss noch seinen Abschlussbericht für *Morgan Property* schreiben und so muss ich mir keine Ausrede einfallen lassen, warum ich am Samstagnachmittag keine Zeit habe. Nachdem ich aus Versehen zweimal daran vorbeigefahren bin, halte ich vor einem grauen Einfamilienhaus mit großflächigen weißen Fenstern und weißem Dachkasten. Vor der ebenfalls weißen Haustür befindet sich eine kleine Veranda, die über fünf Stufen zu erreichen ist. Am Geländer hängen bunt bepflanzte Blumenkästen und ein Schaukelstuhl wiegt im leichten Wind vor und zurück.

Lächelnd steige ich aus meinem Smart aus und gehe über den grau gepflasterten Weg, der sich zwischen frisch gemähten Rasenflächen durchschlängelt, auf die Veranda zu. Unglaublich, aber genau so stelle ich mir mein persönliches Traumhaus vor.

Gerade als ich die Stufen hochgehe, öffnet Caroline die Haustür. »Amber, schön, dass du da bist. Komm rein.«

Durch einen offenen Flur, in dem man bis hoch zu den Dachbalken sehen kann, folge ich Caroline in das Wohnzimmer. Als ich reinkomme, erhebt sich David gerade von der Couch und streckt mir dann lächelnd die Hand entgegen. Im Gegensatz zu gestern scheint ihm das Aufstehen heute keine Probleme zu bereiten.

Auf dem Tisch stehen Muffins und Kaffee. Mein verfressener Ruf scheint mir also vorauszueilen. Als könnte Caroline meine Gedanken lesen, deutet sie auf den Tisch. »Da sie dir gestern so geschmeckt haben, habe ich extra welche gebacken.«

Über mir schwebt kein Damoklesschwert, sondern mein Wiegekärtchen, trotzdem lächle ich sie dankbar an. Allein dafür, dass sie sich die Mühe gemacht hat und offenbar an mich gedacht hat, werde ich mindestens einen essen. Alles andere wäre undankbar und die reinste Verschwendung. Darüber hinaus esse ich zwar für mein Leben gern, kann aber selbst weder kochen noch backen. Selbstgebackene

Muffins abzulehnen, wäre demnach eine Todsünde.

Wir setzen uns und vor lauter Nervosität schaufele ich den ersten Muffin mehr in mich rein, als dass ich ihn esse.

»Dann wollen wir mal, was?« Mit etwas zu vollem Mund blicke ich zu David und versinke einen kurzen Moment in seinen Augen, die Masons so ähnlich sind. Nur der braune Streifen, der Masons Augen so unverwechselbar macht, fehlt bei David.

»Also, ähm.« Unsicher sehe ich zu Caroline und dann wieder zu David. »Bist du sicher? Gestern sah es so aus, als würde es dir nicht gut gehen?«

»Natürlich bin ich sicher.«

David und Caroline tanzen mir die Grundschritte des Foxtrotts extra langsam vor, während sie mir beschreiben, dass ich mit dem rechten Fuß anfangen und einen Schritt nach hinten machen soll. Danach mit dem linken zurück, dann ein kleiner Schritt mit dem rechten Fuß nach rechts und der linke daneben. Oder andersrum? Da die beiden wohl das erste Mal beim Tanzen nachdenken, kommen sie selber durcheinander. Caroline wirft lachend ihren Kopf zurück, wobei David sie mit leuchtenden Augen ansieht, als wäre sie seine persönliche Göttin. Genau so soll es sein, oder? Auch nach so vielen gemeinsamen Jahren noch miteinander lachen zu können, füreinander da zu sein und sich so anzusehen. Das ist das Erstrebenswerteste, was ich mir vorstellen kann.

»Jetzt du.« Caroline hält mir strahlend die Hand ihres Mannes hin und macht eine passende Musik an. Unterdessen erklärt David mir noch einmal die Schrittfolge, wobei er dreimal betont das ich mit rechts anfangen und mich einfach führen lassen soll.

Hört sich eigentlich ganz einfach an. Er zählt auf drei und ich trampele ihm mit meinem linken Fuß auf seinen rechten.

Zerknirscht sehe ich auf und bemerke das gleiche belustigte Funkeln in seinen Augen, wie Mason es manchmal hat.

»Ich meinte das andere rechts.« Er zeigt auf mein Bein. »Und nach hinten, nicht nach vorn.«

Okay, also noch mal auf Anfang. Nach dem gefühlt dreiundachtzigsten Mal scheine ich den Grundschritt zu verstehen, beobachte noch ein paar Sekunden unsere Füße und reiße meinen Kopf ruckartig nach oben. Gott sei Dank hat David gute Reflexe und zieht seinen Kopf rechtzeitig zurück, sonst wäre das wohl eine Kopfnuss geworden.

Gespielt ängstlich beäugt er mich, während wir noch ein paar Schritte hinten anhängen und er mich endlich in eine Pause entlässt. Unglaublich, aber als ich mich auf das Sofa setze, bin ich vollkommen verschwitzt und außer Atem. Ich nehme einen großen Schluck aus der Wasserflasche, die Caroline mir reicht, bevor sie wieder in den Garten geht.

»Danke, dass du das für mich machst.«

»Hätte ich gewusst, wie gemeingefährlich du bist, hätte ich es nicht angeboten.« Kurz habe ich Angst, David könnte meinen, was er sagt, und sehe ihn offenbar ziemlich dusselig an, bevor er lachend noch einen Zug aus seiner Wasserflasche nimmt.

Keine Ahnung, wie wir darauf kommen, aber irgendwann erzähle ich ihm von meinem ersten Zusammentreffen mit Mason und dass der *Betreuer*, als den ich ihn damals betitelt habe, dann als Tsunami in unsere Firma kam. Ich erzähle ihm von meinem angeblichen Missgeschick mit dem Muffin auf Lorenas Bluse und meinem Fight mit der Büste vor unserem Firmengebäude.

David scheint nicht nur auszusehen wie Mason, sondern den gleichen Humor zu haben, denn er lacht, ohne Luft zu holen, und steckt mich damit an, obwohl es auf meine Kosten ist.

»Was machst du denn hier?« Erschrocken drehe ich mich um und sehe in Masons fragendes Gesicht.

»Äh…«

»Ich hatte ein Date mit deiner bezaubernden Freundin.« David steht auf und klopft Mason auf die Schulter. »Setz dich, ich hole dir ein Glas.«

Wie gerne möchte ich jetzt seine Gedanken lesen können, so wie er es bei mir stets und ständig kann. Sieht er böse aus, oder doch nur überrascht?

»Ihr scheint euch ja gut zu verstehen.« Erleichtert registriere ich seine zuckenden Mundwinkel und beschließe, ihm gegenüber ehrlich zu sein.

»Ich … Ich kann nicht tanzen.« Verlegen kratze ich mich am Kopf, obwohl es gar nicht juckt. »Dein Vater hat angeboten, mir ein paar Schritte beizubringen. Aus Versehen habe ich ihm dabei aber fast einen oder mehrere Zehen und die Nase gebrochen.«

Mason setzt sich lachend neben mich und küsst mich zärtlich, bevor er mir eine Haarsträhne hinter das Ohr schiebt. »Danke.«

Danke? Wofür?

»Du weißt es vielleicht nicht, aber ich glaube, für diesen Tag hätte er gerne ein paar Brüche in Kauf genommen«, sagt er mit leiser Stimme zu mir.

Wie meint er das denn?

Er räuspert sich und spricht in normaler Lautstärke weiter: »Ach und falls deine Freundin Interesse hat, dann soll sie sich bei Riley melden. Er sucht jemanden, der die Büroorganisation übernimmt. Das Anforderungsprofil ist wie für sie gemacht.« Mason holt sein Handy heraus und wenige Sekunden später ertönt auf meinem eine eingegangene Nachricht.

»Du meinst Marissa?«

»Ja. Ich hab dir seine Nummer und die Adresse vom *high*

*inch* geschickt. Bevor er eine Stellenausschreibung macht, dachte ich, du willst vielleicht erst sie fragen.«

Erstaunt drehe ich mich in seinem Arm zu ihm. »Tatsächlich? Warum?«

Masons Blick durchbohrt mich förmlich. So intensiv, dass mir, trotz dass ich sitze, die Knie weich werden.

»Weil ich für dich ein besserer Mensch sein will.«

Seine Worte gehen mir geradewegs ins Herz und noch bevor ich darauf reagieren kann, kommen David und Caroline zurück ins Wohnzimmer und setzen sich zu uns. Eine Weile reden wir über ihren Garten und sie erzählen ein paar Geschichten von irgendeiner nervigen Nachbarin. Ich kann dem Gespräch jedoch nur teilweise folgen, weil ich immer wieder an Masons Worte denken muss. Kann es ein größeres Kompliment überhaupt geben?

Irgendwann erzählt David, dass es mit seiner Stiftung wieder einmal nichts wird. Eine Sekunde lang bilde ich mir ein, dass Mason sich neben mir versteift. Ich denke mir aber nichts weiter dabei und wende mich wieder interessiert an David.

»Was denn für eine Stiftung?«

»Eine Stiftung für Opfer in Fällen von Fahrerflucht.«

»Was?« Fragend sehe ich von einem zum anderen. Ist David etwa so etwas passiert? Ehe ich fragen kann, spricht er schon weiter, und scheint vollkommen in seinem Element zu sein.

»Ich hatte vor elf Jahren einen Unfall, bei dem ich schwer verletzt wurde.« Fast unmerklich flattert sein Blick zu Mason, dem dieses Thema so gar nicht zu gefallen scheint. »Ich wurde von einem Auto angefahren und der Fahrer des Wagens ist geflohen.«

»Oh mein Gott.« Ich schlage mir erschrocken die Hand vor den Mund. »Und hat man ihn gefasst?«

»Nein, leider nicht, das hätte uns allen viel erspart.« Lächelnd nimmt er Carolines Hand, die ihn liebevoll ansieht, während Masons Gesicht immer mehr an Farbe verliert.

»Die Krankenkassen bezahlen auch in so einem Fall nur das Nötigste. Für alles, was man darüber hinaus braucht, oder probieren will, muss man die Kosten selber tragen. Dazu kommt, dass es vielen Opfern nicht mehr möglich ist, ihrer Arbeit nachzukommen. Weil sie physisch oder psychisch unter dem Geschehenen leiden und nicht darüber hinwegkommen. Für die meisten Familien bedeutet das den finanziellen Ruin. So wie für uns … Vor ein paar Jahren habe ich Menschen mit ähnlichem Schicksal gefunden und wir treffen uns alle ein bis zwei Wochen. Ich hatte die Idee, daraus eine Stiftung zu gründen. Um denjenigen zu helfen, denen Ähnliches passiert ist. Aber keiner von uns hat den nötigen finanziellen Background, und einen Sponsor zu finden, ist so gut wie ausweglos.«

»Es wäre nicht ausweglos, wenn du nicht so stur wärst.« Ich bin überrascht, dass Mason sich jetzt doch einbringt. Bevor ich jedoch eine nächste Frage stellen kann, spüre ich schon Carolines Hand auf meinem Arm, die mir deutet, ihr in die Küche zu folgen.

»Mason, das Thema hatten wir schon. Lass es gut sein.«

Ich drehe mich noch einmal zu ihnen um, bevor ich in die Küche gehe und Caroline fragend ansehe.

»Gleich wird es laut.« Sie lächelt leicht verlegen. »Das ist ein ewiges Streitthema zwischen den beiden. Mason möchte ihm so gerne bei der Umsetzung der Stiftung helfen, aber David kann es einfach nicht annehmen.« Sie setzt sich an den Küchentisch und malt mit ihrem Finger das Blumenmuster der Tischdecke nach. Aus dem Wohnzimmer dringen Gesprächsfetzen zu uns herüber, aber wirklich verstehen kann ich nichts.

»Mason hat schon so viel für uns getan. Er hat dieses Haus gekauft, damit wir nicht mehr in Queens leben müssen. Er überweist uns jeden Monat Geld, auch wenn wir ihm schon mehrmals gesagt haben, dass das nicht mehr nötig ist. Er macht sich immer viel zu viele Sorgen.« Ich setze mich neben sie und sie lächelt mich an. »Er ist was ganz Besonderes … aber dieses Mal wird er seinen Vater nicht umstimmen können. David will, nein, David muss es alleine schaffen.«

»Ich habe Nein gesagt Mason. Verflucht noch mal.« Die Tür zur Küche wird so fest aufgestoßen, dass ich vor Schreck mit dem Stuhl über den Boden kratze. Mason steht mit zu Fäusten geballten Händen vor uns.

»Wir gehen.« Damit stürmt er aus dem Haus. Ich werfe einen irritierten Blick in Carolines Richtung, die nicht halb so verwirrt zu sein scheint wie ich, und folge ihm dann. Vermutlich kennt sie auch das schon.

Ich bin mit dem eigenen Auto hier. Trotzdem gehe ich noch einmal zu Masons schwarzem Audi und klopfe an die Scheibe der Fahrertür. Seine Hände umgreifen das Lenkrad so fest, dass die Knöchel weiß hervorstehen, als müsste er sich selbst beruhigen, bevor er losfahren kann. Kurzerhand öffne ich die Tür, streiche ihm durch seine seidigen Haare, als er meine Hand nimmt und sie an seine Lippen drückt.

»Er ist ein stolzer Mann, genau wie du.«

Mason sieht mich an und sagt: »Du meinst wohl dickköpfig.«

Ich tue kurz so, als müsste ich nachdenken, bevor ich mich zu ihm ins Auto beuge und ihn küsse. »Ja, er ist ein dickköpfiger, stolzer Mann. Genau wie du.«

Masons übertriebene Fürsorglichkeit um seine Eltern trifft mich wie ein Geistesblitz. Sein Haus, das er ihnen selbstlos überlässt, seine finanziellen Zuwendungen, die Unterstützung für die Stiftung, die er David geradezu aufdrängen will. Ganz offenbar macht ihm schon der Ansatz eines Gesprächs über den Unfall zu schaffen und er ist geradezu krankhaft konzentriert beim Auto- oder Motorradfahren.

Noch bevor sich diese Gedanken zu einer Vermutung bündeln, schüttle ich sie innerlich ab. Niemals war es Mason, der den Wagen des Unfallverursachers gefahren ist. Oder doch?

# KAPITEL 13

*Amber*

In den fünfzehn Minuten, die ich Mason zu seiner Wohnung folge, denke ich ununterbrochen über seinen Streit mit David nach. Wie kann ihn das so sehr in Rage bringen? Während ich noch überlege, ob ich gleich einfach so tue, als wäre nichts gewesen, fahre ich hinter ihm in die Tiefgarage ein. Ich korrigiere, Tiefgarage beschreibt es nicht im geringsten. Von der Größe her könnte auch locker eine ganze Stadt hier unten Platz finden. Es gibt tatsächlich Hinweisschilder, welche Plätze zu welchem Hochhaus gehören. Ohne Mason würde ich mich vermutlich verfahren.

Als er in eine Parklücke fährt, quetsche ich meinen kleinen Smart neben seinen großen Audi und bin mal wieder froh, dass ich so ein praktisches Auto fahre. Ehe ich aussteigen kann, öffnet Mason schon meine Fahrertür und lächelt, so als wäre nichts gewesen. Damit hat sich dann auch meine Grübelei, wie ich mich jetzt weiterhin verhalten soll, erledigt.

Ganz ohne den Gorilla, der mich jedes Mal aufs Neue fragt, wen ich besuchen will, und mich dann anmeldet, fahren wir in einem separaten Fahrstuhl in Masons Wohnung. Dort angekommen fährt er sofort übertrieben beschäftigt seinen Laptop hoch. Alles an ihm schreit, dass er nicht über die Auseinandersetzung mit seinem Vater reden will. Aber es scheint einen so großen Teil von ihm auszumachen, dass ich es auch nicht ignorieren will. Es reicht mir nicht, seine allglatte äußere Erscheinung bis ins kleinste Detail zu kennen, vielmehr möchte ich wissen, was in ihm vorgeht. Dennoch bleibe ich vorerst still.

»Ich muss noch ein paar E-Mails beantworten.«

Damit scheint das Thema wohl in der Tat beendet zu sein und so setze ich mich ebenfalls auf die Couch und lege ihm meine Füße auf den Schoß. Eine Weile beobachte ich ihn einfach nur, registriere, wie sich Masons Stirn alle paar Minuten in Falten legt, seine Augen sich kurz zusammenziehen und über den Bildschirm switschen. Wie gerne möchte ich wissen, was sich hinter dieser perfekt aufrechterhaltenen Fassade abspielt. Und ich bin ziemlich sicher, da spielt sich einiges ab. Vor nicht einmal einer Stunde hat er sich heftig mit seinem Vater gestritten, was ihm ganz offensichtlich nahe ging, und jetzt sitzt er hier und checkt irgendwelche vergleichsweise unwichtigen Mails?

Resigniert stöhnend stelle ich den Fernseher an und zappe mich durch das langweilige Abendprogramm, das mich auch nicht wirklich von den wirren Gedanken in meinem Kopf ablenken kann. Wie so oft fängt mein Mund an zu sprechen, bevor ich richtig darüber nachgedacht habe.

»Erzählst du mir irgendwann, was genau mit David passiert ist?« Als hätte ich ihn soeben geohrfeigt, sieht er mich an, bevor er wieder auf seinen Laptop starrt. Ich will es eigentlich gar nicht und doch setze ich mich auf und rede weiter. »Hattest du irgendetwas mit dem Unfall zu tun?«

»Was?« Masons Stimme hat einen eiskalten Ton angenommen. Reflexartig rückt er ein Stück von mir ab, sodass meine Füße auf der Couch landen, und sieht mich so wütend an, wie ich es noch nie an ihm wahrgenommen habe. »Deine Meinung von mir scheint ja nicht die größte zu sein, wenn du glaubst, dass ich zu so etwas fähig wäre.« Etwas zu heftig klappt er seinen Laptop zu, steht auf und stopft ihn in eine Tasche.

»Mason.« Ehrlich gesagt macht er mir gerade mehr Angst, als ich zugeben will. Sein ganzer Körper zeigt auf, wie wütend er ist, und ich könnte mich selbst ohrfeigen, ihn überhaupt gefragt zu haben.

»Du redest ja nicht mit mir. Offenbar ist es ein riesiges Geheimnis, was passiert ist. Ich …«

»Ich stand vor dem verfluchten Auto, okay. *Ich* hätte angefahren werden müssen.«

Was? Fassungslos starre ich ihn an, wobei er sich in einer verzweifelten Geste durch die Haare fährt. In meinem Kopf kreisen hunderte, tausende Gedanken.

»Mason, ich … es tut mir leid.« So abgedroschen der Satz

auch klingt, ich bekomme einfach nichts anderes zusammen.

Minutenlang sagt er nichts und beachtet mich gar nicht. Wie getrieben läuft er im Wohnzimmer auf und ab und scheint mit sich selbst zu ringen, ob er mir erzählen möchte, was ihn belastet, oder nicht. Als ich schon nicht mehr daran glaube, entscheidet er sich offenbar dafür. »Wir sind gerade aus dem Fitnessstudio gekommen, in das wir immer zusammen gegangen sind. Ich bin vor ihm gelaufen und Dad hat irgendwas Komisches gesagt … ich weiß nicht mal mehr, worum es ging, aber wir haben gelacht … So gelacht.« Bei der Erinnerung daran lächelt er leicht, bis er weiterspricht.

»Das Nächste, was ich weiß, ist, dass irgendwelche Notärzte über meinem Gesicht aufgetaucht sind und mir in die Augen geleuchtet haben, dann wieder nichts und das nächste Mal bin ich im Krankenhaus aufgewacht … Die Ärzte nennen es retrograde Amnesie. Eine Art Gedächtnisverlust, der sich auf einen meistens kurzen Zeitraum vor einem bestimmten Ereignis bezieht. Ich weiß nur von Erzählungen, was dazwischen passiert ist. Dieses Auto kam wohl auf mich zu und Dad hat mich weggestoßen. Als die Notärzte am Unfallort eintrafen, lag ich meterweit von meinem Dad entfernt. Daher kam die Vermutung auf, er müsste mich hochgehoben und wie einen Gegenstand weggeworfen haben. Überleg dir nur, was für Kräfte er in dem Augenblick entwickelt haben muss.«

Masons Augen füllen sich mit Tränen und er sieht wieder auf die Tasche in seinen Händen.

»Das Auto hat ihn frontal erwischt … Wie genau es sich dann abgespielt hat, weiß man nicht, aber sie vermuten, dass er über den Wagen geschleudert wurde und dahinter wieder aufgeprallt ist. Neben einigen Prellungen und Rippenbrüchen hatte er Frakturen am zweiten und dritten Brustwirbel, die ihm auf das Rückenmark drückten. Die Wirbel wurden in einer Notoperation wieder hergestellt und mit Platten verstärkt, um den Wirbeln mehr Halt zu geben. Und dann mussten wir warten … Es war die Hölle.«

Masons Stimme bricht weg und ich beiße mir auf die Lippen, um nicht laut aufzuschluchzen.

»Er war so ein aktiver Typ. Motorradfahren, Joggen, Fitnessstudio, Tanzen.« Er lächelt mich matt an und auch ich muss lächeln. »Und dann lag er da in diesem beschissenen Krankenbett und konnte seine Beine nicht spüren. Er hat in einen Beutel geschissen und anstatt wütend zu sein, hat er noch Witze gemacht, um es Mom und mir leichter zu machen. Dabei wussten wir genau, dass die Chance, dass sich die Lähmungserscheinungen zurückbilden, mit jedem Tag geringer wurde. Einmal als ich ihn besuchen wollte, habe ich durch den Türspalt beobachtet, wie er sich weinend immer wieder auf die Oberschenkel geschlagen hat … Da habe ich mir das erste Mal gewünscht, dass er mich nicht weggestoßen hätte und das Auto mich angefahren hätte.«

Am liebsten möchte ich ihm ins Wort fallen, fürchte aber, dass er dann nicht mehr weitersprechen wird, und so beiße ich mir wortwörtlich auf die Zunge.

»Ich weiß noch genau, dass es am sechsten Tag nach dem Unfall war, als er endlich erste Gefühle in den Beinen hatte, und es wurden jeden Tag mehr. Da die Brüche sehr kompliziert waren, haben die Ärzte ihm zwar wenig Hoffnung gemacht, dass er jemals wieder beschwerdefrei wird, aber er hat trotzdem alles versucht. Nach den ersten Wochen im Krankenhaus musste er dann zur Reha und mit jedem seiner körperlichen Fortschritte ging es mit seiner Firma bergab. Vier Jahre vor dem Unfall hatte er sich als Headhunter selbstständig gemacht und er war richtig gut. Die Auftragslage war so hoch, dass er sogar zwei weitere Headhunter und eine Kraft fürs Büro angestellt hatte. Aber viele Auftraggeber wollten explizit ihn und sind abgesprungen, als klar war, dass er länger ausfallen würde. Die körperlichen Beeinträchtigungen haben ihm schwer zu schaffen gemacht, aber noch schlimmer war, dass er irgendwann angefangen hat, sich nutzlos zu fühlen. Und dann diese ständigen Rückenschmerzen. Ein Jahr nach dem Unfall musste er die Firma aufgeben und finanziell wurde es ziemlich eng. Ich wollte mein Studium abbrechen, damit wir Geld sparen und weiterhin alles, was irgendwie erfolgversprechend klang, ausprobieren konnten. Wenn der Unfallverursacher, dieses Arschloch, nur nicht abgehauen wäre. Was uns das alles erspart hätte …«

Mason sieht kopfschüttelnd aus dem Fenster, wobei er vollkommen in seine Gedanken versunken zu sein scheint. Dennoch redet er weiter.

»Sie haben darauf bestanden, dass ich mein Studium zu Ende bringe, konnten es sich aber streng genommen nicht mehr leisten. So sind wir dann von der Upper Westside nach Queensbridge gezogen.«

Queensbridge. Rileys Worte von Coles Geburtstag kommen mir ins Gedächtnis. Dort haben er und Mason sich kennengelernt.

»Und das bin ich heute. Der erfolgreiche Unternehmensberater, der Motorrad fährt, joggt, ins Fitnessstudio geht und wenn ihm danach ist, die ganze Nacht mit seiner Freundin durchtanzt.« Sein trostloser Blick brennt sich in meinen und ich glaube, all die Hilflosigkeit, die er fühlte, nicht einmal im Ansatz zu erahnen. Hilflosigkeit, die er offenbar immer noch spürt.

»Hey.« Ich gehe zu ihm und lege meine Hand an seine Wange, was ihn kurz die Augen schließen lässt. »David hat gehandelt, wie es jeder liebende Vater in dem Moment getan hätte, und gerade weil ihr auf so vieles verzichten musstet, werden sie umso stolzer sein, was aus dir geworden ist.«

Masons verächtlicher Gesichtsausdruck sagt mir, dass er das heute nicht zum ersten Mal hört. Er nimmt meine Hand von seiner Wange und läuft vor mir auf und ab.

»Ach, und weil er so stolz auf mich ist, weigert er sich auch, meine Unterstützung anzunehmen? Mit dieser Stiftung hätte er endlich wieder eine Aufgabe. Wenn er nur nicht so starrsinnig wäre.«

»Kannst du ihn denn gar nicht verstehen? Du sagst selbst, dass er erfolgreich, eigenverantwortlich und aktiv war. Alles das, was du heute bist. Glaubst du nicht, dass er dann mal wieder etwas braucht, was er ohne deine Unterstützung auf die Beine stellt?«

Mason treten Tränen in die Augen und er sieht wieder aus dem Fenster, um sie vor mir zu verbergen. »Ich will ihm doch nur helfen.«

Ich drehe seinen Kopf zu mir herum und zwinge ihn, mich anzusehen. »Ich weiß. Aber vielleicht solltest du ihm diese Möglichkeit lassen. Vielleicht dauert es länger als mit deiner Hilfe, vielleicht wird es auch nie was. Aber wenn er es alleine schafft, wird es ihm viel mehr geben.«

»Ach und das weißt du, weil du ihn in den insgesamt … was? … Vier Stunden so gut kennengelernt hast?«

Mason schiebt mich von sich und sucht etwas, offensichtlich seine Chipkarte. Bei allem Verständnis, aber langsam werde ich dann doch sauer.

»Nein, aber vielleicht sehe ich das Ganze etwas objektiver als du.«

Er hat die Karte gefunden und geht Richtung Fahrstuhl. »Ich fahr noch mal hoch in die Firma, hier kann man ja nicht arbeiten.«

Schnell laufe ich zu ihm und zerre an seinem Arm. Eigentlich wollte ich ihn zu mir herumreißen, aber dafür besitze ich dann doch zu wenig Kraft.

»Herrgott Mason, du erstickst ihn ja förmlich mit deiner Fürsorge. Er ist *dein* Vater und nicht umgekehrt, also behandle ihn gefälligst auch so. Er ist auch kein Pflegefall, der sein Leben nicht mehr alleine meistern kann. Vielleicht solltest du mal darüber nachdenken, wie er sich fühlt, wenn er deine ewig leidige Miene sieht, anstatt ihm immer nur mit Geld unter die Arme zu greifen.«

Augenblicklich wirbelt er zu mir rum und alles an ihm strahlt puren Hass aus. Seine Nasenflügel blähen sich auf, seine freie Hand ist zur Faust geballt und die Vene auf seiner Stirn steht weit hervor. Unbewusst entferne ich mich einen Schritt von ihm und fühle, dass mir sämtliche Farbe aus dem Gesicht weicht. Für eine Sekunde wünsche ich mir fast, dass er jetzt aus der Wohnung stürmt, als sich seine Haltung schlagartig ändert. Fast erschrocken sieht er mich an.

»Hast du Angst vor mir?«

Was soll ich darauf erwidern? Direkte Angst nicht, aber

eine gesunde Portion Selbsterhaltungstrieb bestimmt.

»Amber.« Er stellt die Laptoptasche ab und greift nach meinen Händen. »Oh Gott, tut mir leid, das wollte ich nicht. Es ist nur …«

»Nicht dein Lieblingsthema?«, führe ich seinen Satz zu Ende. Melancholisch deutet sich der Ansatz eines Lächelns auf seinem Gesicht an.

»Nein, absolut nicht mein Lieblingsthema.«

Wir setzen uns wieder auf die Couch, ich lehne meinen Kopf an seine Schulter und wir reden nichts weiter. Beide hängen wir unseren Gedanken nach, bis Mason die Stille unterbricht.

»Als wir damals nach Queens gezogen sind, haben sich nach und nach alle von uns abgewendet. Solange er hart gearbeitet hat, war er angesehen. Sein Name war schon fast eine Marke. Viele sogenannte Freunde haben sich um ihn getummelt und im Tennisklub haben sie sich bei Turnieren darum gerissen, wer gegen das Ehepaar McLean antreten darf.« Er lacht höhnisch auf.

»Kurz nach dem Unfall wurden noch Massen an Blumen und Glückwunschkarten ins Krankenhaus geliefert, die aber mit jeder Woche weniger wurden. Bis irgendwann gar nichts mehr gekommen ist. Als er funktionierte, finanziell gut aufgestellt war und für irgendwelche wichtigen Firmen gearbeitet hat, konnte er sich vor Freunden kaum retten. Als er all das nicht mehr hatte, waren sie alle weg. Vielleicht war ihm das schon von vornherein klar, irgendwann hat er zu mir gesagt: »Hast du Geld, bist du was, hast du keins, bist du auch nichts«. Und ich musste ihm versprechen, nie so zu werden.«

Mason lehnt seinen Kopf auf meinen.

»Vielleicht versuche ich deswegen, ihm alles zu ermöglichen. Zumindest alles, was in meiner Macht steht. Er hat so viel verloren. Was ist falsch daran, wenn ich es ihm zurückgeben will?«

Ich rappele mich hoch und streiche ihm die wirren Haare aus dem Gesicht. »Gegenfrage: Was ist falsch daran, dass er es ohne deine Hilfe schaffen will?«

Mason antwortet nicht, doch ich ahne, dass es hinter seiner Stirn arbeitet.

»Wie war es bei dir? Hast du ähnliche Erfahrungen mit sogenannten Freunden gemacht?«, frage ich ihn. Dabei betone ich die Freunde und zeichne Anführungszeichen in die Luft.

»Da war es so ziemlich das gleiche. Nachdem wir umgezogen waren, habe ich von keinem meiner Freunde mehr etwas gehört, außer von deinem Busenfreund Cole.« Mason grinst. »Cole hat sich noch nie was aus der Meinung oder dem Ansehen anderer gemacht. Er war der Einzige, für den nicht das ganze Drumherum gezählt hat, sondern nur das, was uns als Freunde verbunden hat. Auf dem Campus war es ähnlich. Zuerst wurde ich eben nicht mehr auf jede Party eingeladen, bis es irgendwann gar keine mehr war. Logan war damals in der Rebellionsphase und hat alles dafür gegeben, seinen Vater, die Dozenten oder die Kommilitonen zu schockieren. Durch die große Firma und deren Ruf im Rücken hat er sich wohl einfach überfordert gefühlt und wollte es so verdeutlichen. Da kam ihm ein neuer bester Freund aus Queens gerade recht und wie man sieht, hat es auch über diese Phase hinweg gehalten.«

Bei seinen Worten geht mir das Herz auf. Mason hat wie ich nicht viele Freunde, doch er weiß bei jedem einzelnen, dass er es um seinetwillen ist. Etwas, das heutzutage nicht mehr viele von sich behaupten können. In Zeiten von Facebook und Co ist es offensichtlich nur noch wichtig, zahllose Freunde zu haben, haufenweise Likes und noch mehr Kommentare zu bekommen. Aber wer von denen ist im Notfall wirklich da? Wüsste von denen überhaupt jemand den Geburtstag des anderen, wenn er nicht daran erinnert werden würde?

»Und was ist mit Riley?«

Mason scheint einen Augenblick zu überlegen. »Riley hat uns gegenüber gewohnt und war ein Außenseiter in Queens. Obwohl er dort aufgewachsen ist, hat er sich nie irgendwelchen Gangs angeschlossen. Lieber hat er sich alte

Motorräder besorgt und sie mit den ihm zur Verfügung stehenden Mitteln aufbereitet. Als er dann wieder mal beim Schrauben war, wurde er von ein paar Typen angemacht, die sein Motorrad umgestoßen haben. Als ich es sah, bin ich rüber gerannt und zusammen haben wir die beiden Arschlöcher platt gemacht.«

Fast glaube ich, so etwas wie Stolz in seinem Grinsen zu erkennen, und muss lachen.

Irgendwann wird Masons Ausdruck ernster und er sieht mich eindringlich an. »Glaubst du wirklich, dass ich David erdrücke?«

Mich räuspernd versuche ich Zeit zu schinden und einen Satz zusammenzubringen, der nicht verletzend klingt. »Ich kann nicht darüber urteilen, was ihr durchgemacht habt und was das mit euch gemacht hat. Aber wenn ich David sehe, sehe ich keinen hilfebedürftigen Mann. Sicher hat er Verletzungen erlitten, die ihn einschränken, und die Schmerzen sind zweifellos schlimm. Aber ich glaube, dass er sich damit arrangiert hat. Deine Fürsorge macht dich zu jemand ganz Besonderem, aber vielleicht solltest du ihm seine Zügel jetzt wieder zurückgeben. Sollte es wirklich gar nicht funktionieren, was ich nicht glaube, wissen sie ganz sicher, dass du immer ihr doppelter Boden sein wirst.«

Unsicher, ob ich mich nicht zu weit aus dem Fenster gelehnt habe, blicke ich zu Mason auf, der in seine

Gedanken versunken nickt.

»Ich werde darüber nachdenken.«

# KAPITEL 14

*Amber*

Ehe ich mich versehe, ist der Tag der Silberhochzeit gekommen und ich sitze, mir die Beine rasierend und nur in ein Handtuch gewickelt, auf dem Badewannenrand. In den letzten drei Wochen war ich jede Woche mindestens zweimal bei David, um mich von ihm durch das Wohnzimmer wirbeln zu lassen. Und ohne Übertreibung kann ich sagen, dass ich inzwischen wirklich gut geworden bin.

Bei meinem vorletzten Besuch ging es ihm nicht gut und ich habe trotz seiner munter aufgesetzten Miene gespürt, dass er starke Schmerzen haben musste. Also bin ich kurzerhand einfach so geblieben und er, Caroline und ich haben uns Babyfotos von Mason angesehen. Wie automatisch sind dabei Bilder von unseren gemeinsamen Kindern vor meinem inneren Auge entstanden, was ich natürlich für mich behalten habe.

»Was zur Hölle …«, donnert Mason aus dem Wohnzimmer zu mir herüber.

Erschrocken zucke ich zusammen, lasse den Rasierer reflexartig ins Wasser fallen und renne ins Schlafzimmer, das sich direkt neben dem Bad befindet.

»Was ist?«

Mason steht in seiner verdammten Perfektion, nur in Boxershorts vor mir und ich lasse meinen Blick über jede einzelne Wölbung seines Körpers wandern. Ich bin so abgelenkt, dass mir fast die Hose entgeht, die er mir an einem Stift baumelnd unter die Nase hält.

»Was ist *das*?«

Ärgerlich reiße ich meine Shape-Hose an mich und funkele ihn böse an. »Das geht dich gar nichts an.« Gott wie peinlich. Ich habe mir die Hose zurechtgelegt, um sie heute unter dem Abendkleid anziehen zu können. »Die brauche ich nur vorübergehend.«

»Vorübergehend? Bis hin zu was?«

»Bis die Weight Watchers Erfolg zeigen«, erwidere ich schnippisch und will wieder ins Badezimmer gehen.

»Was?«

Augenrollend wende ich mich ihm wieder zu. Ist er heute irgendwie schwer von Begriff?

»Die Weight Watchers. Da geht man hin, um abzunehmen.«

»Ich weiß, was man da macht. Aber was tust *du* da?«

Schnaubend gehe ich ins Bad, verarschen kann ich mich auch alleine.

»Amber.« Ich schließe meine Augen und beschwöre mich selbst, jetzt nicht nachzugeben.

In den letzten Wochen habe ich natürlich nicht nur

David und Caroline besser kennengelernt, sondern vor allem Mason und der hat, wie mir von Anfang an ersichtlich war, mehrere Persönlichkeiten in sich. Den Eisklotz McLean, den ich gleich zu Beginn bei der Arbeit kennengelernt habe, den spaßigen Mason, der rauskommt, wenn er mit seinen Freunden zusammen ist, und den fürsorglichen Mason, der für seine Familie da ist. Und dann gibt es noch den ganz anderen – meinen Mason.

Er ist verständnisvoll und wir lachen über dieselben Dinge. Er ist verantwortungsbewusst und liebevoll. Und mittendrin ist er … so bestimmend und seine Stimme nimmt diesen unbeschreiblich herrischen Ton an. Es ist kein direkter Befehlston, aber dennoch so, dass ich es kaum wage zu widersprechen.

Eigentlich nichts, was mich in die Knie zwingen könnte, wenn es mich nicht auf krankhafte Art und Weise unglaublich anmachen würde. Alleine davon, wie er meinen Namen gerade ausgesprochen hat, spüre ich schon die Feuchtigkeit, die sich zwischen meinen Beinen sammelt. Durch und durch krank.

Stur setze ich mich wieder auf den Badewannenrand und fische nach dem Rasierer im Wasser, als ich ihn schon aus dem Augenwinkel neben mir stehen sehe.

»Du wirst dieses natürliche Verhütungsmittel heute nicht anziehen.« Obwohl ich ihn nicht beachte, steht er wie ein verfluchter Richter über mir und ich kann das Funkeln seiner Augen geradezu vor mir sehen. Ohne aufzusehen, antworte ich ihm:

»Als würde ich mir von irgendwem vorschreiben lassen, was ich anziehen darf.«

Ha, diese Schlacht habe ich gewonnen, denn er tritt den Rückzug an und lässt mich allein. Na wer sagts denn.

Als mein Körper von jedem noch so kleinen Haar befreit ist, gehe ich ins Schlafzimmer und stelle zufrieden fest, dass er nicht hier ist. Ich greife nach meiner erkämpften Hose, um … das ist nicht wahr?

Wütend stampfe ich ins Wohnzimmer, wo er in einer perfekt sitzenden schwarzen Anzughose und weißem Hemd steht und mich wie die Reinheit in Person ansieht.

»Was ist das hier?« In meiner Hand halte ich die Hose oder zumindest einen Teil davon.

Er zuckt mit den Schultern und kneift die Augen zusammen, als würde er versuchen zu erkennen, was es ist. »Eine Beleidigung für die Augen?«

»Ich komm nicht mehr mit.« Wütend laufe ich in das Schlafzimmer, knalle die Tür hinter mir zu und werfe mich auf das Bett. Ich merke, wie sich meine Augen mit Tränen füllen, die ich wütend unterdrücke, als die Matratze unter mir nachgibt.

»Hey.« Mason legt sich hinter mich und streichelt von

meinem Knie über den Oberschenkel nach oben bis unter das Handtuch. »Was willst du denn mit so einem Blödsinn? Das hast du doch gar nicht nötig.«

Eigentlich bin ich so wütend, dass ich gar nicht mehr mit ihm reden will, tue es dann aber doch. »Die Hose macht mich schlanker. Ohne sie ziehe ich das Kleid auf keinen Fall an.«

»Die Hose macht dich nicht schlanker. Dein Körper wird doch nicht innerhalb von Sekunden weniger, nur weil du dieses Etwas anziehst.«

»Darüber muss ich jetzt ja auch nicht mehr nachdenken, oder?!«

»Amber sieh mich an.«

»Leck mich.«

»Du sollst mich ansehen!«

Widerwillig setze ich mich auf, verschränke meine Arme vor der Brust und sehe ihn so ärgerlich wie möglich an. Lecken kann er mich trotzdem mal.

»Warum ziehst du so was an? Und warum gehst du zu diesem Abnehm-Verein?«

»Sieht man das nicht?« Blaffe ich ihn an und werde langsam noch wütender. Gleich reichts.

»Ich nicht. Für mich bist du wunderschön. Also, warum?«

Ich recke mein Kinn vor und ignoriere ihn einfach, auch wenn es mir verdammt schwerfällt, mich nicht vor Freude über seine Worte auf ihn zu stürzen.

»Ich habe dich beobachtet, als du mit nichts am Körper außer meinem Hemd und mit Kopfhörern auf den Ohren durch die Küche getanzt bist. Das sah für mich nicht danach aus, als wärst du nicht mit dir im Reinen. Keine Frau, die ihren Körper nicht mag, bewegt sich so. Ich glaube, dein Problem ist nicht, wie du dich wahrnimmst, sondern dass du Angst hast, wie andere dich sehen. Richtig?«

Er hat mich in der Küche gesehen? Oh mein Gott! »Du hast mich in der Küche gesehen?«

»Beantworte die Frage, Amber!«

Mein Blick geht durch Mason hindurch ins Leere. Ist es so, wie er sagt?

»Das reicht mir als Antwort.« Mason springt vom Bett auf, geht zur Tür und dreht sich noch einmal um.

»So, wie du bist, bist du perfekt und das hat rein gar nichts mit deiner Konfektionsgröße zu tun. Der Arsch«, dabei deutet er auf meinen Hintern, »bleibt genauso, wie er ist.«

Während ich mich anziehe und mir die Haare hochstecke, denke ich über seine Worte nach und komme immer wieder zu dem Entschluss, dass er recht haben könnte. Ja, ich habe einen ziemlich üppigen Hintern und wenn ich eine dieser Skinny Jeans anziehe, sehe ich immer irgendwie blöd aus. Vermutlich werden sie mir ungerechterweise aber auch mit zehn Kilo weniger nicht stehen. Ich habe die Angewohnheit, an meinem Oberteil zu zupfen, damit es meinen Hintern bedeckt, aber tue ich das wirklich, weil ich mich unwohl fühle? Oder nur, um mich vor dummen Kommentaren zu schützen? Anderseits, wann wurde ich jemals ernsthaft wegen meiner Figur beleidigt? Lorena einmal ausgeschlossen. Bei ihr könnte ich mir sogar vorstellen, dass sie mich damit nur piesackt, weil sie weiß, dass ich darauf anspringe. Das stufe ich eher unter *nicht ernstzunehmen* ein.

Die letzte Haarklammer in meine Hochsteckfrisur geschoben, trete ich vor den Spiegel. Das schwarze bodenlange Chiffonkleid lässt die Schultern frei, ist aber dennoch hochgeschlossen. Der silberfarbene Kragen liegt eng um meinen Hals. Doch was dem Kleid vorne an Extravaganz fehlt, macht es hinten wieder wett. Im Nachhinein muss ich zugeben, dass ich die Hose gar nicht hätte tragen können, da der tiefe Rückenausschnitt nur knapp über dem Ansatz meiner Pofalte endet. Unsicher nage ich an meiner Unterlippe und zweifle, ob ich es wirklich tragen soll. Ehe ich es mir anders überlegen kann, gehe ich überstürzt ins Wohnzimmer.

Mason steht mit einem Glas an den Lippen da und lässt es in Zeitlupe sinken, während seine Augen an mir herunter und wieder hinauf gleiten. Bisher hat er kein Wort gesprochen, doch das braucht er auch nicht. Seine glühenden

Augen verbrennen mich regelrecht und das erste Mal in meinem Leben fühle ich mich mit Haut und Haaren … begehrenswert.

Cole stoppt den Wagen vor dem *Estate*, einem der exklusivsten Hotels in New York, und sieht über den Rückspiegel zu uns auf den Rücksitz. »Also meldet euch, wenn ich euch abholen soll.« Er kratzt sich am Kopf und dreht sich dann in seinem Sitz zu mir um. »Ach und Amber … du siehst heute wirklich hübsch aus.«

Ich glaub es ja nicht, dass ich das noch erleben darf: Cole ist verlegen.

Die ganze Fahrt über habe ich überlegt, ob ich es wirklich mache, und habe mich schon dagegen entschieden. Aber jetzt ist mir ganz spontan doch danach. »Oh nein, ich hab was vergessen.«

Mason sieht mich fragend an. »Was denn?«

Ich öffne dir Tür, steige aus und bücke mich noch einmal ins Auto.

»Mein Höschen anzuziehen.« Mason fällt wortwörtlich die Kinnlade runter und Coles Blick wandert wie automatisch eine Etage tiefer. Dorthin, wo mein Höschen jetzt eigentlich sitzen würde. Da ich wegen des Rückenausschnitts auch keinen BH tragen kann, bin ich unter dem Kleid faktisch nackt. Augenzwinkernd werfe ich die Tür zu und muss nur Sekunden warten, bis auch Mason aussteigt und neben mich tritt. Sanft legt er seinen Arm um meine Taille und flüstert mir gefährlich leise ins Ohr.

»Das wird ein Nachspiel haben.«

Das Lachen bleibt mir augenblicklich im Hals stecken. Nicht weil ich mich vor ihm fürchte, sondern weil ich mich auf das Nachspiel freue, wie auch immer es ausfallen wird.

Ein Page hält uns die Tür auf und wir betreten die weitläufige Empfangshalle des *Estate*. Als erstes fällt mir der riesige kristallene Lüster an der hohen Lobbydecke auf, der sich in dem akkurat polierten Marmorfußboden spiegelt. Von hier unten kann ich bis in den vierten Stock hinaufblicken, von wo aus sich andere Hotelgäste über das Geländer beugen und zu uns heruntersehen. Die sechs goldenen Säulen rechts und links scheinen das Gemäuer zu tragen.

Übertrieben prunkvoll, wenn man mich fragt. Aber ich würde lügen, wenn ich sagen würde, dass es mir nicht auch gefiele, einen Abend in so einem Ambiente zu feiern. Welches Mädchen spielt nicht gerne mal Prinzessin? Das heißt aber nicht, dass sie auch wirklich immer eine sein will. Richtig? Richtig!

Unmerklich steuert Mason nach links in einen festlich geschmückten Ballsaal, der gut und gerne fünfhundert Leuten Platz bietet. Um die Tanzfläche in der Mitte des

Saales sind runde Banketttische aufgereiht, die passend zum Thema der Feier in Silber dekoriert sind. Uns gegenüberliegend ist die gesamte Fensterfront aufgeschoben, sodass man direkt in den Garten hinausgehen kann.

»Meinen herzlichen Glückwunsch.« Stirnrunzelnd sehe ich zu Mason. Oje, wir stehen vor dem silbernen Brautpaar, zumindest denke ich aufgrund ihres wunderschönen, silbernen Abendkleids, dass sie es sind. Sie ist ein kleines Stück größer als ihr Mann, was allerdings auch nicht schwierig ist. Für einen Mann ist er ganz schön winzig, auch ich muss zu ihm hinuntersehen. Seine Frau trägt ihre dunklen Haare zu einer aufwendigen Hochsteckfrisur aufgetürmt, dennoch kann man deutlich erkennen, dass ihre grauen Haare mittlerweile zu überwiegen scheinen. Ich kann nicht sagen, warum, aber genau das macht sie in meinen Augen irgendwie sympathisch. Gerade in den Kreisen, in denen sie sich vermutlich bewegt. Da gibt es bestimmt einige, die mit allem, was die Schönheitschirurgie hergibt, versuchen, ihr Alter zu verstecken.

Mason wechselt ein paar Worte, bevor er mich noch enger an sich zieht. »Das ist Amber West. Amber, das ist mein Chef Darell Donovan und das ist seine Frau Joleen.«

»Miss West, ich freue mich, Sie kennenzulernen. Mason hat uns schon so viel von Ihnen erzählt.«

Verunsichert lächle ich Mr. Donovan an und schiele zu

Mason, dessen Mundwinkel verräterisch zucken. Himmel. Wer weiß, von welchem meiner Ausfälle er ihnen erzählt hat. Den Gedanken daran schnell beiseiteschiebend, spreche ich den beiden meine Glückwünsche aus und bin froh, als wir gleich weitergehen, um den anderen Platz zu machen.

»Was hast du ihnen denn so über mich erzählt?«

»Nur Gutes.« Sein Grinsen ist so breit, dass ich ihm kein einziges Wort glaube.

»Amber, Hallo.« Verwundert, dass mich hier jemand mit Namen anspricht, drehe ich mich um und sehe in das strahlende Gesicht von Lilly. Es freut mich, noch jemanden außer Mason zu kennen, und ich umarme sie freundschaftlich.

»Was machst du denn hier?«

»Logan hat mich gefragt, ob ich ihn begleite.« Sie sieht rasch zu Mason. »Und Cole weiß nichts davon.«

Abwartend sehe ich zu Mason hoch, dessen Blick sich kurz verfinstert, dann aber wieder normal wird. Stumm bittet Lilly mich mit flehendem Ausdruck um Hilfe, bevor sie Mason direkt anspricht. »Es wäre lieb, wenn du ihm nichts sagen würdest.«

Ohne auf ihre Worte einzugehen, fragt Mason mich, ob ich etwas trinken möchte. Ich bejahe und schon verschwindet er in dem Gedränge an der Bar uns gegenüber.

Aufmunternd streichle ich Lilly über die Schulter. »Ist es

denn wirklich so schlimm, wenn Cole wüsste, dass du mit Logan hier bist? Was ist denn schon dabei?«

Lilly streicht sich seufzend über die Arme. »Cole macht sich nur Sorgen. Nach meinen Erfahrungen mit Männern sind das berechtigte Sorgen und dafür bin ich ihm auch dankbar. Aber mit Logan … das ist was anderes.« Sie unterbricht sich selbst, als Logan dazukommt und mir ganz der Gentleman einen Kuss auf die Hand andeutet.

Im gleichen Moment kommt Mason zu uns zurück und reicht mir eine Champagnerflöte. Er und Logan sprechen miteinander, während Lilly nachdenklich zu sein scheint. Schweigend stehen wir nebeneinander und sehen uns die Hochzeitsgesellschaft an.

»Hey, nun lass dir doch den Abend deswegen nicht verderben. Wenn du willst, versuche ich später, mit Mason zu reden.«

»Das würdest du machen?«

»Natürlich.« Aufmunternd lächle ich sie an und quetsche sie anschließend darüber aus, was denn da zwischen ihr und Logan läuft. Doch so sehr ich auch bohre, sie beteuert mir, dass da zu ihrem Leidwesen rein gar nichts ist.

Als alle Gäste eingetroffen sind, setzen wir uns an die Tische. Zuerst ist mir etwas unwohl, als ich unsere Namenskärtchen auf dem Tisch des Brautpaares finde, doch ich freue mich auch, dass wir mit Lilly und Logan zusammen sitzen. Mr. Donovan hält eine sehr rührende Rede über die gemeinsamen Ehejahre mit seiner Frau und über Logan, dessen Geburt die Krönung ihrer Liebe war. Diskret wische ich mir die zwei, drei Tränchen weg, die über meine Wangen rollen, als Mason seine Hand auf mein Knie legt und mir mit der anderen ein Taschentuch zuschiebt. Lächelnd nehme ich es an und glaube, dass mein Herzschlag kurz aussetzt.

Ich habe schon einige Regungen in seinen Augen gesehen: Lust, Freude, Wut, Schmerz, Sorge, aber noch nie diese … diese Wärme. Ich schlucke hart und weiche verschüchtert seinem Blick aus. Stattdessen konzentriere ich mich wieder auf Mr. Donovan, der in diesem Augenblick seine Rede beendet und den Kellnern seine Freigabe zum Servieren gibt.

Geschlagene drei Stunden später sind wir endlich mit dem Essen fertig. Zwischen jedem der sechs Gänge hat jemand anderes eine Rede gehalten und so zog es sich für meine Bedürfnisse etwas zu lang hin. Leider haben Lilly und ich vor lauter Langeweile auch ein paar Gläser Wein getrunken und meine Wangen fühlen sich an wie Glühbirnen.

Ich bitte Mason, einen Moment an die Luft zu gehen, und auf dem Weg in den Garten besorgt er mir noch ein Glas Wasser, das ich dankbar annehme. Die Hälfte der Hochzeitsgesellschaft hatte anscheinend dieselbe Idee wie wir, in den Garten zu gehen, und so tummeln sich in allen Ecken kleine Grüppchen, die sich zum Teil schon recht lautstark unterhalten. Vermutlich hat auch ihnen der Wein geschmeckt.

Mason und ich treten an das Terrassengeländer, von wo aus man einen wunderbaren Blick auf die Rasenfläche darunter hat. Vereinzelt stehen kleine Laternen an den dort unten verteilten Bänken und Bäumen. Wer auch immer diese Hochzeit geplant hat, hat nichts dem Zufall überlassen. Ich nehme einen Schluck des eiskalten Wassers und lehne mich an Mason, der hinter mir steht und zärtlich meinen Rücken streichelt.

»Wirst du Cole sagen, dass Lilly hier ist?«, frage ich ihn. Mason schweigt und küsst mich zärtlich auf den Hals, was mein Körper sofort mit einer Gänsehaut beantwortet. »Findest du nicht, dass Cole etwas übertreibt? Lilly ist sechsundzwanzig.«

»Er hat seine Gründe.«

»Ist Logan ein Sittenstrolch oder sowas?«

Masons Lachen vibriert an meinem Ohr und von dort aus direkt zwischen meine Beine. Keine gute Idee, ohne Höschen ist das wirklich keine gute Idee.

»Logan ist nicht das Problem.«

Stirnrunzelnd drehe ich mich zu ihm um und sehe ihn fragend an. »Und was ist dann das Problem?«

»Wollen wir jetzt wirklich über Logan und Lilly reden?« Ohne meine Antwort abzuwarten, stellt er mein Glas ab und zieht mich hinter sich her zurück nach drinnen zu der Live-Band, die direkt neben der Tanzfläche spielt. Er flüstert der Dame am Klavier etwas zu, woraufhin sie in meine Richtung lächelt und nickt. Ihr aktuelles Lied ist zu Ende und einige der Paare verlassen die Tanzfläche, als Mason mich schon schwungvoll in seine Arme zieht.

»Dann zeig mir mal, was mein alter Herr dir beigebracht hat.«

»Ich … Ich glaube, ich kann das doch noch nicht.«

Der Gitarrist stimmt Somethin' Stupid von Nicole Kidman und Robbie Williams an. Mason beginnt zu tanzen und ich finde automatisch unseren Rhythmus. David hat immer gesagt, ich solle mich von Mason führen lassen, ihm einfach folgen und in diesem Moment habe ich das Gefühl, genau das wirklich tun zu wollen. Ihm folgen, und das nicht nur hier auf der Tanzfläche, sondern überall.

Er zieht mich mit der Hand, die auf meinem nackten Rücken kribbelt, noch näher an sich heran und ich spüre jede seiner Bewegungen. Der Daumen seiner anderen Hand streichelt zärtlich über meine Fingerknöchel und ich versinke in den Tiefen seiner Augen.

Wahrscheinlich kann nur eine Frau so denken und doch wünsche ich mir nichts sehnlicher, als dass er mir mit dem

Lied etwas sagen möchte.

Glücklich lege ich meinen Kopf an seine Schulter, schließe die Augen und lächle, als ich seine Lippen auf meinem Scheitel spüre. Ich wünsche mir, dass dieser Moment nie zu Ende geht, dass wir uns die ganze Nacht hindurch im Gleichklang zur Musik wiegen. Einfach nur so, ohne ein Wort zu sagen und doch zu wissen, was der andere fühlt. Oder zumindest hoffe ich, es zu wissen. Doch leider macht die Band mir einen Strich durch die Rechnung und spielt die letzten Akkorde des Songs, bevor er gänzlich verklingt.

Mason gibt mir einen sanften Kuss auf die Schläfe und bittet mich, wieder nach draußen zu gehen. Inzwischen ist die Terrasse voller Menschen, die auf die schwach beleuchtete Parkanlage hinuntersehen, also gehen wir die breite, geschwungene Treppe auf die Grünanlage hinunter.

Unten angekommen schlüpfe ich aus meinen High Heels und schlendere barfuß über den kühlen, piksenden Rasen, was Mason lächeln lässt. Hin und wieder kommen uns einige Leute entgegen, die ihn im Vorbeigehen grüßen, und er erklärt mir dann kurz, woher er diese kennt. Als ich ihn gerade fragen will, wann wir wieder umdrehen wollen, zieht er mich hinter einen Baum und drängt mich mit seinem Körper dagegen, sodass ich vor Schreck meine Schuhe fallen lasse.

»Was hast du dir dabei gedacht, keine Unterwäsche anzuziehen, wenn du mich auf so eine Veranstaltung begleitest?« Im schwachen Schein der Laternen funkelt er mich ärgerlich an und ich schäme mich augenblicklich in Grund und Boden. Verlegen weiche ich seinem Blick aus und komme mir schlagartig doch nicht mehr so verrucht vor. Irgendwie habe ich es in meinem Badezimmer für eine frivole Idee gehalten, muss aber zugeben, dass ich es selbst nicht mehr so lustig fand, als ich die vielen gut situierten Menschen in ihren edlen Roben gesehen habe.

Das Geräusch eines Reißverschlusses lässt mich wieder zu Mason sehen, als er auch schon meine Hand um seine beachtliche Erektion legt.

»Hast du eigentlich eine Ahnung, was du mir damit antust?«

Seine Stimme hat diesen besonderen Klang angenommen, von dem ich inzwischen weiß, dass die pure Lust aus ihm spricht. Ich sehe zu meiner Hand hinab, kann aber nur schemenhaft etwas erkennen. Oh mein Gott. Wie auf Knopfdruck spüre ich, wie sich die Feuchtigkeit zwischen meinen Beinen sammelt und meine Klitoris vor Verlangen zu kribbeln beginnt. Ich beiße mir auf die Unterlippe und möchte mich an dem Baum vorbei nach hinten drehen, um nach den Menschen auf dem etwa hundert Meter entfernten Balkon zu sehen. Doch Mason umfasst mein Kinn und zwingt mich so ihn anzusehen.

»Sie können uns nicht sehen und jetzt fang an, das wiedergutzumachen.«

Oh Himmel, nein. Allein das Verlangen in seiner Stimme verdoppelt das Pulsieren meiner Klitoris, und als ich mit meiner Hand das erste Mal über seine Erektion fahre, lässt Mason stöhnend den Kopf in den Nacken fallen.

Habe ich jemals etwas Schöneres gesehen als die Silhouette dieses Mannes im schwachen Schein des Mondes und der Lichter?

Er stützt seine Arme links und rechts von meinem Kopf am Baum ab und beginnt von selbst sich an meiner Hand zu befriedigen. Bei jedem Mal, wenn er zustößt, stöhnt er leise auf, wobei er sich küssend und saugend über mein Kinn, bis zum Hals vorarbeitet. Das Gelächter, das der leichte Sommerwind vom Hotel zu uns herüberträgt, kommt nur noch durch einen Schleier an mich heran. Das Pochen wird unerträglich, selbst meine Schenkel sind inzwischen von Lust benetzt.

»Gefällt es dir?« Sein heißer Atem an meinem Hals lässt mich erzittern und so nicke ich nur. »Sag es.«

»Es gefällt mir.«

Mason nimmt eine Hand vom Baum und hebt mein Kleid an. Allein bei dem Gedanken, dass seine Finger mich gleich berühren, verstärkt sich das Kribbeln in meiner Klit bis ins Unermessliche.

»Fass dich an.«

»Was?« Soll das ein schlechter Scherz sein?

»Ich will, dass du dich anfasst und mir sagst, wie feucht du bist.«

Das kann er doch unmöglich ernst meinen? Seine Zähne graben sich in meine Schulter, wobei er sich keuchend immer weiter an mir befriedigt. Keine Ahnung, ob ich es selbst will, oder es nur ihm zuliebe mache, aber ich lasse den Zeige- und Mittelfinger durch meine Nässe gleiten, wobei mir ein leises Stöhnen entkommt. Meine Klitoris ist so gereizt, dass er sie nur einmal berühren müsste, um mich detonieren zu lassen.

Stattdessen nimmt er meine Hand, führt sie zu seinen Lippen und saugt die zwei Finger in seinen Mund.

»Deine Lust schmeckt noch besser, als sie duftet.«

Grundgütiger … ohne darüber nachzudenken, dass hunderte von Menschen in dem Hotel sind, gehe ich vor Mason auf die Knie. Ich habe noch nie verstanden, was Frauen daran finden, den Penis eines Mannes in den Mund zu nehmen, und doch habe ich in diesem Moment ein regelrechtes Verlangen danach. Sollte ich mir über die Veränderung, die Mason in mir auslöst, Sorgen machen?

Noch einmal streiche ich mit meiner geschlossenen Faust über seine Erektion, fahre mit meinem Daumen über seine feuchte Spitze und nehme ihn ohne langes Hinauszögern in den Mund. Über mir zieht Mason zischend die Luft ein, was mich nur noch mehr anstachelt. Ich sauge ihn noch tiefer in den Mund, umkreise seine pralle Eichel mit der Zunge und lasse sie auf das Bändchen an der Unterseite seines Schaftes schnellen. Niemals hätte ich gedacht, dass es mich so anmachen würde, doch meine Klit bettelt nach Aufmerksamkeit und meine Nippel sind schmerzhaft zusammengezogen. Gerade als ich mich selbst erleichtern will, spüre ich seine Hand im Haar. Mason stöhnt laut auf und schon schmecke ich sein bitteres Sperma, das sich auf meiner Zunge verteilt.

Okay das vorher hat mich wirklich angemacht, aber das hier wird definitiv nicht mein Liebstes an dem Ganzen. Ob ich es ausspucken soll? Mason streichelt mir über die Wange und so schlucke ich es eben brav hinunter und lasse mir von ihm aufhelfen. Er fummelt an sich herum, zieht sein Handy aus der Tasche, um damit über den Rasen zu leuchten, und hebt meine Schuhe auf, die er mir reicht. Dann zupft er mein Kleid zurecht, schiebt mir eine lose Haarsträhne hinter das Ohr und gibt mir einen sanften Kuss direkt darunter.

»Danke.«

Was? Empört registriere ich, wie er meine Hand nimmt, mein Handgelenk küsst und mich hinter dem Baum hervorzieht, um in Richtung Hotel zu gehen.

»Was wird das denn jetzt? Hallo.«

»Wir müssen zurück auf die Feier. Logan und Lilly werden sich schon wundern, wo wir bleiben.«

»Das ist doch nicht dein Ernst, oder? Ich … Also, was ist mit mir?« Inzwischen sind wir wieder so nah am Hotel, dass man uns sehen kann. Darum ziehe ich an seiner Hand, damit er stehen bleibt. »Soll ich jetzt *so* da reingehen?«

Mason dreht sich zu mir um und fummelt mir in den Haaren. Vermutlich versucht er zu retten, was zu retten ist, nachdem er seine Hand in meine Frisur gekrallt hat. »Was meinst du mit *so*? So geil?«

Hart schluckend sehe ich ihn stumm wie ein Fisch an.

»Dann weißt du wenigstens, wie ich mich die ganzen Stunden beim Essen gefühlt habe, als ich wusste, dass du kein Höschen trägst.«

Wie bitte? Mit offenem Mund werfe ich ihm einen hoffentlich tödlichen Blick zu, während er sich einfach lachend umdreht und weiter auf das Hotel zugeht. Er ist schon fast am Treppenaufgang, als auch ich mich wieder in Bewegung setze. Irgendwie wütend, weil er mich für seine Befriedigung benutzt hat, und auf irgendeine Weise genau deswegen noch erregter, als ich es ohnehin schon war. Mistkerl.

Wieder im Festsaal angekommen, stehen sofort Lilly und Logan neben uns. »Wo seid ihr denn gewesen?«

Stirnrunzelnd sieht Lilly auf meine Haare. »Mit wilden Tieren kämpfen?«

So abfällig es mir möglich ist, sehe ich zu Mason. »Allerdings. Mit einer einäugigen Speikobra. Mit meinem jetzigen Wissensstand hätte ich dem Mistvieh den Kopf abbeißen sollen.«

»Hä?« Lillys Stirn legt sich noch mehr in Falten, und als Logan hoffnungslos versucht, den Inhalt seines Mundes nicht auszuspucken, wird mir klar, dass ich mal wieder schneller geredet als gedacht habe. Sofort schießt mir die Röte ins Gesicht und Mason grinst mit einem überheblichen, wenn auch atemberaubenden Lächeln über mich hinweg, als würde er sich nach irgendwem umsehen. Drecksack.

»Ich muss was trinken.« Damit gehe ich geradewegs an die Bar, wo ein Turm aus gestapelten Weingläsern steht, und nehme mir eins der gefüllten Gläser. Sekunden später steht Lilly neben mir und greift sich ebenfalls eins.

»Jetzt hab ich es verstanden. Speikobra, so, so.« Breit grinsend nimmt sie einen undamenhaft großen Schluck und leert ihr Glas fast vollständig.

Den Rest des Abends bleiben wir direkt an der Bar stehen und nehmen uns ein Glas nach dem anderen, bis jemand meinen Oberarm umfasst und ich, ohne hinzusehen, weiß, dass er es ist. Mein Ärger ist in einem der vielen Weingläser ertrunken und so drehe ich mich lachend zu ihm um und lege meine Arme um seinen Nacken.

»Es wird Zeit zu gehen.«

»Jetzt schon?«

»Ja, jetzt.«

Wenig später werfe ich die Haustür hinter mir zu, lehne mich stöhnend gegen die Wand und versuche, meine Schuhe auszuziehen. Ich will nur noch eins, ins Bett. Vielleicht übergebe ich mich auch noch.

Mason kniet sich vor mich hin und streift mir die High Heels von den Füßen. Nur er ist in der Lage, sogar das irgendwie sexy aussehen zu lassen. Während er aufsteht, streichen seine Hände seitlich an meinen Beinen unter das Kleid und er drückt sich gegen mich. Herrgott, ist dieser Mann eigentlich unersättlich? Aber so nicht, ich bin doch keine Gummipuppe.

»Jetzt werde ich mich um dein Problem kümmern.« Nur einmal kurz streichen seine Finger über meine empfindliche Klitoris und ich schließe stöhnend die Augen. Na gut, unter den gegebenen Umständen könnte ich das mit dem Schlafen auch verschieben. Blind taste ich nach dem Lichtschalter irgendwo links von mir, als Masons Körper verschwindet. Gefrustet öffne ich die Augen und sehe, dass er an der gegenüberliegenden Wand lehnt.

»Aber nur, wenn das Licht an bleibt.« Er lockert seine

Krawatte und knöpft quälend langsam sein Hemd auf, unter dem seine breite Brust und das Tattoo zum Vorschein kommen.

»Zieh das Kleid aus, Amber. Für mich.« In diesem Moment weiß ich nicht, ob ich mir das Kleid ungeduldig vom Körper reißen will, oder ob ich weinend ins Bad laufen soll, um mich zu verstecken.

Mason hat schon jeden Winkel meines Körpers gespürt, jeden Millimeter geküsst und gestreichelt, aber wenn er mich sieht … Ich denke an meinen runden Hintern, an meinen Bauch, der sich zu einer großen Rolle zusammenquetscht, wenn ich mich hinsetze. An meine Oberschenkel, die auch weit entfernt von zierlich sind, und frage mich dennoch für eine Sekunde, ob es überhaupt eine Frau gibt, die mit jedem Körperteil an sich zufrieden ist.

Ich weiß nicht, woher dieser Drang kommt, aber er ist da. Der Wunsch, Mason wirklich alles von mir zu zeigen, meine guten und auch die weniger guten Seiten. Ich will mit ihm teilen, was mich glücklich macht, und auch das, was mich unglücklich macht. Bevor ich durch meine Gedanken mal wieder alles zerstöre, öffne ich den Knopf in meinem Nacken, den Reißverschluss an der Seite und lasse das Kleid raschelnd zu Boden gleiten.

Das erste Mal in meinem Leben stehe ich vollkommen entblößt vor einem anderen Menschen. Damit meine ich nicht nur meinen Körper, nein, in diesem Moment glaube ich, Mason alles zu zeigen, was ich bin. Innerlich und äußerlich. Sein an mir entlangstreifender Blick verbrennt mich förmlich und doch bleibe ich stehen und lasse es über mich ergehen. Er kommt auf mich zu und sein Blick folgt seinem Finger, den er zärtlich über mein Schlüsselbein, zwischen meinen Brüsten hindurch, bis hin zu meinem Bauchnabel führt, bevor er mir in die Augen sieht.

»Du bist absolut vollkommen, Amber.« Endlich legen sich seine Lippen auf meine und er küsst mich zärtlich, fast als wäre ich zerbrechlich.

Okay, sein bewundernder Gesichtsausdruck hätte vielleicht noch gespielt sein können, seine Worte könnten eine Lüge sein, aber das, was ich da an meinem Bauch fühle, kann er keineswegs simulieren. Als würde damit sämtlicher Druck von mir abfallen, kralle ich mich in sein Haar und ziehe ihn noch näher an mich.

»Und jetzt sieh zu, dass du dich um mein Problem kümmerst.«

# KAPITEL 15

*Amber*

Der Kaffee ist gerade fertig, als Mason mit dieser verboten tief sitzenden Jeans in die Küche kommt und sich ein weißes T-Shirt über den Kopf zieht. Wenn ich ihn so sehe, scheint meine Welt immer für einen kurzen Augenblick stehen zu bleiben. Am liebsten hätte ich eine Fernbedienung, mit der ich den Lauf der Zeit anhalten könnte, dann hätte ich eben gerade auf Pause gedrückt. In meinem Fall muss ich aber wohl dankbar sein, dass es so etwas nicht gibt, ansonsten würde ich für den Rest meines Lebens mit Speichelfäden an den Mundwinkeln rumlaufen, was ja auch nicht erstrebenswert ist.

Wohlwissend grinst er mich an und gibt mir einen Kuss auf die Schläfe, wobei er eine der Kaffeetassen von der Arbeitsplatte nimmt.

»Was ist das?« Er deutet auf das Fotoalbum, das ich extra für ihn rausgesucht habe. Nachdem ich seine Kinderbilder gesehen habe, hat er darauf bestanden, auch meine zu sehen, und da liegen sie nun.

»Mach auf.« Grinsend schiebe ich mich auf einen Küchenstuhl und beobachte, wie er sich wenig erfolgreich ein Lachen verkneift.

»Bist du das?«

»Nein, das ist meine Mutter.« Blöde Frage. »Natürlich bin ich das.«

Das Foto zeigt mich auf einem Töpfchen. Dem Gesicht nach zu urteilen, schreie ich aus vollem Halse. Grinsend blättert er weiter und kommentiert jedes einzelne der Bilder. Bei einer Abbildung, auf der ich etwa fünf bin, bleibt er hängen.

»Wenn ich so eine Tochter hätte, könnte ich ihr wohl nicht einen Wunsch abschlagen.«

Keine Ahnung wie, aber diese bis soeben unverfängliche Situation hat sich gerade um hundert Grad gewendet. Mason sucht meinen Blick und das erste Mal glaube ich, ihn auch ohne Worte zu verstehen. Trotzdem möchte ich es aus seinem Mund hören. »Willst du denn Kinder?«

Stirnrunzelnd sieht er auf das Foto. »Ja, ich denke schon. Ich habe noch nie wirklich darüber nachgedacht.« Wieder sucht er meinen Blick und ich wage kaum zu atmen. »Aber ja.«

Ich habe das sprichwörtliche Brett vorm Kopf und grinse ihn nur dümmlich an, was ihm wohl als Erwiderung ausreicht, denn er blättert weiter.

Alle paar Seiten fragt er mich interessiert, wo das Foto aufgenommen wurde oder wie alt ich auf dem jeweiligen Bild war, bis er das Album urplötzlich loslässt, als hätte er sich daran verbrannt. Innerhalb von Sekunden wird er kreidebleich, Schweiß steht ihm auf der Stirn und sein ganzer Körper zittert. Zögernd zeigt er auf die aufgeschlagene Seite im Album.

»Wer ist das … und was ist das für ein Wagen?«

Stirnrunzelnd betrachte ich die Fotografie. »Das?« Fragend sehe ich ihn an und kurz glaube ich, dass er gleich vor meinen Augen zusammenbricht. »Das bin ich mit meinem Dad und seinem Firmenwagen.«

Ungläubig sieht er zwischen dem Foto und mir hin und her. »Dein Vater«, flüstert er mehr zu sich selbst als zu mir und entfernt sich rückwärts gehend von dem Album.

»Mason, was ist denn los? Du machst mir Angst. Gehts dir nicht gut?« Einen Moment lang starrt er auf meine Hand, die ich auf seinen Arm gelegt habe, bevor er eilig seine Autoschlüssel nimmt und zur Tür rennt, als wäre der Teufel persönlich hinter ihm her. In der Hektik lässt er den Schlüsselbund fallen, und hebt ihn mit zitternden Fingern wieder auf.

»Mason, rede mit mir. Was ist denn?«

»Ich muss los.« Damit verschwindet er durch die Haustür und lässt mich vollkommen verwirrt zurück. Er hat es nicht einmal geschafft, die Tür hinter sich ins Schloss zu ziehen. Perplex blicke ich zum Fotoalbum, das noch immer auf dem Küchentisch liegt, und versuche zu verstehen, was hier gerade passiert ist. Bis vor wenigen Minuten haben wir noch gelacht, haben sogar mehr oder weniger über Kinder gesprochen und jetzt?

Ich schließe die Tür hinter ihm und gehe vollkommen überrumpelt wieder zurück an den Tisch, wo ich stirnrunzelnd auf das Foto blicke.

Vielleicht ist ihm auch nur etwas Wichtiges wegen der Arbeit eingefallen und er muss das schnell regeln. Aber hätte er dann so extrem reagiert? Wenn ich es nicht besser wüsste, würde ich es fast als Panikattacke beschreiben, aber Mason und Panik? Das ist was, was meiner Meinung nach so überhaupt nicht zusammenpasst.

Ein unangenehmes Grummeln breitet sich in meinem Bauch aus. Dieses Grummeln, bei dem man weiß, dass irgendetwas passieren wird, aber man hat keine Ahnung, was.

Kurzerhand nehme ich mein Handy und wähle seine Nummer. Es klingelt dreimal, viermal, dann geht die Mailbox ran. Als ich es gleich darauf noch mal versuche, geht sofort die Mailbox ran. Entweder er hat keinen Empfang, was mitten in New York ziemlich unwahrscheinlich ist, oder … oder er hat sein Handy abgestellt, damit ich ihn nicht noch einmal anrufen kann.

Ohne dass ich es beeinflussen kann, verstärkt sich das unangenehme Gefühl in mir, dass hier irgendetwas ganz und gar nicht in Ordnung ist. Am liebsten möchte ich bei David und Caroline oder bei Cole anrufen, aber was soll ich sagen? Mason ist panisch aus meiner Wohnung geflohen? Cole würde wahrscheinlich so was sagen wie »Hat er doch noch die Kurve gekriegt«. Außerdem kommt selbst mir die Vorstellung etwas zu hysterisch vor.

Vielleicht muss er wirklich dringend noch einmal in die Firma? Heute ist zwar Sonntag, aber das hält Mason auch nicht wirklich von der Arbeit ab und so probiere ich es am Empfang von *Donovan & Company*, über seine Direktdurchwahl und bei ihm zu Hause. Alles ohne Erfolg.

Allmählich werde ich dann doch hysterisch, Mason ist immer erreichbar, wirklich ausnahmslos immer. Erneut wähle ich seine Handynummer und sofort springt die Mailbox an. Wie automatisch rufe ich Heather an, erzähle ihr in kurzen Sätzen, was passiert ist, und eine halbe Stunde später steht sie in meiner Küche.

»Hast du noch mal versucht, ihn zu erreichen?«

Ich halte mein Handy hoch, das ich gar nicht mehr aus der Hand gelegt habe. Inzwischen habe ich ihm bereits mehrmals auf die Mobilbox gesprochen und ihm ungefähr zehn Nachrichten geschickt. Nichts.

»Und wenn du doch mal bei seinen Eltern anrufst? Ihr habt doch so einen guten Draht.«

Kurz hadere ich mit mir, rufe dann aber doch bei ihnen an und nach dem zweiten Klingeln geht Caroline ans

Telefon, die mich freundlich wie immer begrüßt.

»Hat Mason sich vielleicht bei euch gemeldet? Er ist vor fast einer Stunde gegangen und er sah irgendwie … komisch aus. Fast panisch.«

»Nein, hier ist er nicht. Hast du ihn angerufen?«

»Mehrmals, aber offenbar ist sein Telefon ausgeschaltet.«

»Oh.« Ja, oh. Caroline weiß sicher noch besser als ich, dass Mason sein Handy nie ausstellt. Es könnte doch jeden Moment jemand aus der Firma anrufen oder jemand, der ihm noch wichtiger ist: David.

»Könntest du dich bitte melden, wenn du etwas von ihm hörst.«

»Das mache ich Liebes und … mach dir keine Sorgen, es ist bestimmt alles in Ordnung.«

Kurz frage ich mich, ob sie das sagt, um es sich selbst einzureden. Allein die Tatsache, dass er nicht erreichbar ist, scheint sie zu beunruhigen. Was sie wohl sagen würde, wenn sie ihn gesehen hätte? Ein Schatten seiner selbst und in Minuten um Jahre gealtert.

»Und?«

Ich drehe mich zu Heather und schüttle den Kopf. Wie unter Zwang wähle ich wieder seine Nummer, obwohl ich weiß, dass er nicht rangehen wird, und genau in diesem Moment fühle ich es. Mason ist nicht nur physisch ganz weit weg. Er wird nicht mehr zu mir zurückkommen.

***

*Mason*

Das ist nicht wahr, das darf einfach nicht wahr sein. Ich drücke mir die Handballen auf die Augen und versuche das, was sich in meinem Kopf abspielt wie ein nicht enden wollender Film, in eine Reihenfolge zu bekommen. Versuche zu verstehen, was da vorhin passiert ist, wobei immer wieder dieses Logo auf dem dunkelblauen Passat vor meinem inneren Auge auftaucht. Dem Wagen des Unfallverursachers, der meinen Dad schwer verletzt hat liegen lassen.

»Was machst du denn hier?« Panisch begutachtet er mich. »Ist was passiert?«

Ohne nachzudenken, wohin ich eigentlich fahre, bin ich vor dem NYPD gelandet. Wo ich schon mal da war, bin ich auch reingegangen, habe aber bei der Anmeldung nicht gesagt, worum es geht. Nur dass ich auf Sergeant McAllister warte.

Ambers Gesicht schiebt sich vor mein inneres Auge und ich schüttele es schnell ab.

»Mason verdammt, was ist los?«

»Ich erinnere mich wieder.« Jetzt, wo ich es mich selbst sagen höre, kommt es mir unwirklich vor, doch Cole weiß sofort, worauf ich hinauswill.

»Was? Komm mit.« Er zieht mich in einen kleinen Raum und schiebt mich auf einen der Stühle. Bis auf einen weiteren Stuhl und einem Tisch ist der Raum leer. Cole setzt sich mir gegenüber hin. »An was erinnerst du dich?«

Bei dem Gedanken, wie Amber und ich über die Fotos von ihr gelacht haben, schnürt sich mein Hals zu und ich habe das Gefühl, jeden Moment kotzen zu müssen. Ob sie Bescheid weiß? Keine Ahnung, ob es einen Gott gibt, aber wenn ja, dann tu mir das bitte nicht an. Lass sie nichts davon gewusst haben.

Zumindest war ihr Ausdruck besorgt, als sie mich fragte, was ich habe. Ihre verwirrte Antwort, dass das auf dem Bild sie und ihr Vater seien. Sie kann es nicht wissen, oder?

»Ich habe mir ein Fotoalbum von Amber angesehen. Alles war ganz normal, bis ich dieses eine Bild gesehen hab. Es war als …« Ratlos sehe ich Cole an, weil ich glaube, mich komplett verrückt anzuhören. »Es war, als stünde ich wieder an der Kreuzung von damals. Wir lachen und plötzlich kommt dieser dunkelblaue Passat auf mich zu. Ich sehe noch das Logo – *CK-Architekten* – und die weit aufgerissenen Augen des Fahrers, als ich spüre, wie ich von hinten hochgehoben und zur Seite geworfen werde. David schreit, es gibt einen dumpfen Knall und dann ist alles schwarz.«

Befangen blicke ich zu Cole auf, der sprachlos dasitzt, aber er scheint nicht zu denken, dass ich verrückt geworden bin. Ruckartig springt er auf, öffnet die Tür und schreit hinaus, dass ihm ein Laptop gebracht werden soll, der eine Minute später zwischen uns auf den Tisch gestellt wird.

»Würdest du das Logo wiedererkennen?«

»Es war weiß. Das A im Wort Architekten sah aus wie ein Haus.«

Er tippt wild auf die Tastatur ein und dreht den Laptop in meine Richtung. »So wie das hier?«

Mein Mund ist staubtrocken und ich schlucke hart. »Warum ausgerechnet jetzt? Warum jetzt, wo ich sie gefunden habe? Ich hätte das Logo doch schon so oft sehen können.«

Cole liest etwas und antwortet mir, ohne aufzusehen. »Nein, hättest du nicht. Das Logo ist vor über zehn Jahren geändert worden und ist nur noch auf der Homepage zu finden.«

Wie lange habe ich auf diesen Tag gewartet? Was hätte ich nicht alles darum gegeben, dieses Arschloch endlich zu finden. Ich dachte immer, dass es uns … dass es mir helfen könnte, mit dem Geschehenen abzuschließen, es dann akzeptieren zu können. Ich habe mir vorgestellt, dass es ein Wahnsinnsgefühl sein müsste. Und jetzt? Jetzt, wo es soweit ist, fühlt es sich unwirklich an. Verwirrend, beängstigend, zerstörend. Alles, aber nicht gut.

»Cole, was ist wenn … wenn ich spinne? Vielleicht bilde

ich mir das alles nur ein?«

Cole fährt sich durch die kurz geschorenen Haare und hält mir danach seinen Finger vors Gesicht. »Warte hier.«

Müde lege ich meine Stirn auf den Unterarmen ab und gehe die neu gewonnenen Erkenntnisse immer wieder durch. Doch je mehr ich darüber nachdenke, desto klarer wird es mir.

»Mr. McLean?«

Ruckartig schrecke ich hoch und sehe fragend von Cole zu der Frau neben ihm, die mir ihre Hand entgegenhält.

»Mein Name ist Rebecca Adams, ich bin die Psychologin in diesem Dezernat.«

»Die was?« Ärgerlich springe ich auf, knalle dabei den Stuhl an die Wand direkt hinter mir und funkele Cole an. »Was soll das? Ich bin im Vertrauen zu dir gekom…«

»Cole hat mich nicht dazu geholt, damit Sie mir irgendetwas anvertrauen, sondern damit ich Ihnen etwas erkläre.«

Ohne sie anzusehen, starre ich weiterhin Cole an, setze mich dann aber doch wieder hin.

»Also, was wollen Sie mir erklären? Dass ich fantasiere?«

Sie setzt sich mir gegenüber, während Cole rechts von mir Platz nimmt, und einen Moment bin ich verleitet, ihm meine Faust ins Gesicht zu rammen.

»Mr. McLean, das, was Sie da erlebt haben, nennt sich

eine Intrusion, umgangssprachlich besser bekannt als Flashback. Eine unwillkürliche Erinnerung, die plötzlich nach einem Schlüsselreiz von Neuem durchlebt wird. Obwohl Sie sich nicht bewusst an den Unfallhergang erinnern können, hat ihr Gehirn eine Unmenge von Reizen aufgenommen, die Sie davor bewahren sollen, noch einmal in eine ähnliche Situation zu kommen. Man spricht hier auch von sogenannten Triggern, die den Flashback hervorrufen. Das können verschiedenartige Auslöser sein wie Geräusche, ein Geruch, ein Ort. Sie sagen, der Unfallverursacher fuhr einen blauen Wagen. Demnach hätte irgendwann ein vorbeifahrendes blaues Auto, aber auch einfach nur Scheinwerfer oder das Geräusch von quietschenden Reifen so ein Trigger sein können. In Ihrem Fall war es ein Bild und Ihr Gehirn hat einen Warnreiz, also den Trigger, ausgesendet.«

Ihre Hand schiebt sich auf meine, was ich eigentlich nicht will. Doch das soeben Gehörte verstört mich noch mehr, als ohnehin schon, und so lasse ich es eben zu.

»Ich kann mir vorstellen, dass Sie im Moment sehr verwirrt sind. So ein Erinnerungsschub geht nicht ohne Weiteres an einem vorbei. Ich würde Ihnen wirklich nahe legen, dass Sie für heute nach Hause fahren und morgen wieder herkommen. Dann werden Sie schon viel klarer sehen und können weiter mit Cole sprechen. Haben Sie noch

Fragen, Mr. McLean?«

Ich schüttle geistesabwesend den Kopf, woraufhin sie sich lächelnd erhebt und den kleinen Raum verlässt. Nur noch Cole ist da. Nun hat mir also eine Frau vom Fach gesagt, dass mit mir alles in Ordnung ist, aber warum fühlt es sich dann nicht so an?

Ohne dass ich es wahrnehme, gehe ich mit Cole zu seinem Wagen und lasse mich von ihm nach Hause fahren. Er hält vor dem Haupteingang zur *Sky Srew* und fragt mich, ob er noch mit rauf kommen soll, aber ich möchte heute einfach nur noch alleine sein. Dankbar klopfe ich ihm auf die Schulter und gehe geradewegs durch die gut gefüllte Lobby zum Fahrstuhl. Wenn ich auch nur im Ansatz so aussehe, wie ich mich fühle, möchte ich nicht unbedingt einem Klienten über den Weg laufen. Das würde diesem Tag noch die beschissene Krone aufsetzen. Steve hat den Fahrstuhl schon gerufen, sodass ich nur noch einsteigen muss, als ich ihre Stimme höre.

»Mason?«

Gequält schließe ich die Augen und hoffe, dass die Türen schnell zugehen. Vielleicht bin ich aufgrund der heutigen Ereignisse etwas empfindlich, aber ich kann sie jetzt einfach nicht ertragen. Das heißt, ich kann den Gedanken nicht ertragen, dass sie *seine* Tochter ist. Die Tochter des Mannes, der das Leben meines Dads zerstört hat.

Im Glauben, dass die Türen bereits zu sind, öffne ich die Augen und sie steht direkt vor mir. So wunderschön, wie nur sie es ist, und ihre Augen, die mich traurig ansehen.

Am liebsten möchte ich sie wegschicken, damit ich ihren quälenden Anblick nicht ertragen muss, aber ich weiß, dass sie nicht lockerlassen wird. Und irgendein Teil von mir will es ihr auch erklären.

»Ich bringe dich zu deinem Wagen.« Darauf bedacht sie nicht zu berühren, dränge ich mich an ihr vorbei aus dem Fahrstuhl und durchquere die Lobby erneut mit großen Schritten. Wenn ich sie jetzt mit in meine Wohnung nehme, kann ich sie vielleicht nicht mehr gehen lassen, und doch weiß ich, dass ich unter diesen Voraussetzungen nicht weitermachen kann.

Beinahe wünsche ich mir, dieses Foto nie gesehen zu haben. Aber was wäre dann gewesen? Vielleicht hätten wir ein, zwei Jahre zusammen gehabt und die Erinnerung wäre dann hochgekommen. Vielleicht beim Essen mit ihrem Vater. Beim bloßen Gedanken daran dreht sich mir der Magen um. So oder so wäre es dann nur schlimmer geworden. Allein die Tatsache, dass sie wortlos hinter mir hertrottet, schnürt mir die Kehle zu. Unter normalen Umständen würde sie jetzt einfach drauflosplappern, mich vielleicht festhalten und auf eine Erklärung pochen. Doch nichts dergleichen passiert, sie folgt mir einfach.

Auf dem Parkplatz bleibe ich kurz stehen, orientiere mich, wo ihr Wagen steht, und gehe darauf zu. Selbst ich merke, dass ich Zeit schinden will, ich hätte genauso gut direkt vor dem Eingang mit ihr reden können. An ihrem Smart drehe ich mich zu ihr um und blicke in ihre trostlosen Augen, die sonst immer lebhaft glänzen. Dieses Lebendige, das mir jedes Mal, wenn wir zusammen waren, das Gefühl gab, genauso lebendig zu sein. Nach den richtigen Worten suchend, reibe ich mir über die Stirn. Was soll ich sagen und noch wichtiger, wie?

»Amber ich … Das Foto in deinem Album hat Bilder in mir hochkommen lassen … von dem Unfall.«

Stirnrunzelnd sieht sie mich an und schüttelt verängstigt den Kopf. »Das ist doch gut, oder? Warum hast du denn nichts gesagt? … Es ist doch gut, oder?«

»Ich habe den Wagen und deinen Vater erkannt … Den Wagen und den Unfallfahrer.«

»Was? Das kann doch nicht dein Ernst sein? Niemals.« Einen Moment lang will ich mich darüber freuen, dass sie so ehrlich empört ist und offensichtlich nichts davon gewusst hat. Das ändert jedoch nichts. Amber hat mir oft genug erzählt, dass sie ein enges Verhältnis zu ihren Eltern hat. Wie sollte das also funktionieren? Ich zeige ihren Vater an und sie vergibt es mir? Oder ich verzichte auf die Anzeige und nehme meinem Dad damit die Möglichkeit, endlich

Gerechtigkeit zu bekommen?

Sie steht mit der Hand vor dem Mund da und sieht mich ungläubig an. »Mason, ich schwöre dir, dass mein Dad nichts damit zu tun hat. Er hätte nie so gehandelt.«

Alles in mir schreit danach, sie in den Arm zu nehmen und zu sagen, dass alles ein riesengroßes Missverständnis ist. Dass ich mich geirrt habe und sie alles vergessen soll, was ich gerade gesagt habe, aber dafür sind die Bilder in meinem Kopf einfach zu real. Ich muss es uns beiden so einfach wie möglich machen. Und um das nicht länger hinauszuzögern, setze ich mein Arschlochgesicht auf, gehe einen Schritt auf sie zu und blicke von oben auf sie herab.

»Dein Vater wird für das, was er getan hat, zur Rechenschaft gezogen und danach will ich weder von ihm noch von einem seiner Familienangehörigen je wieder etwas hören.« Ohne eine mögliche Reaktion von ihr abzuwarten, gehe ich und das erste Mal in meinem Leben muss ich wegen einer Frau die Tränen zurückhalten.

# KAPITEL 16

*Mason*

Das kreischende Geräusch der Türklingel schrillt in meinen Ohren und ich falle zappelnd von der viel zu schmalen Couch auf den Holzfußboden. Wieder ertönt die Klingel, gleich gefolgt von dem Signalton des Fahrstuhls. Das kann dann eigentlich nur eins bedeuten …

»Verfickte Scheiße, was ist denn hier los? Hier stinkt's wie in 'ner Kneipe. Hast du in die Ecken geschissen?«

Unwillkürlich hebe ich meinen Kopf, lasse ihn aber gleich wieder sinken, als mir ein dumpfer Schmerz durch den Schädel rauscht. Mit zusammengekniffenen Augen sehe ich in die Ecke, die mir am nächsten ist. Aber nein. Selbstverständlich habe ich nicht in meine eigene Wohnung gesch…«

»Ehrlich jetzt?« Das drohende Unheil in Form von Cole baut sich über mir auf und hinter der Stirn hämmert es unaufhörlich. Stöhnend reibe ich mir mit den Fingern über die Schläfen und rolle mich fester in die Decke.

»Komm hoch, du stinkst erbärmlich.«

Rücksichtslos wickelt Cole mich aus der Decke, die mit meinem Körper verwachsen zu sein scheint.

»Geht das auch zärtlicher, du Grobmotoriker?«

Keine Reaktion. Er zieht mich an meinem Shirt vom Fußboden hoch, lässt mich auf die Couch fallen und sofort entgleisen ihm sämtliche Gesichtszüge. »Sind das dieselben Klamotten, die du am Sonntag anhattest?«

Fragend sehe ich an mir hinunter und zucke mit den Achseln. »Kann schon sein. Wen interessierts?«

Cole rennt aus dem Wohnzimmer und ich hoffe, dass er mich endlich wieder alleine lässt. Ich will mich in meinem Selbstmitleid suhlen und mir immer wieder die gleiche Frage stellen: Was soll ich jetzt tun?

Noch vor ein paar Wochen hätte ich genau gewusst, was zu tun ist. Immer und immer wieder habe ich gedanklich durchgespielt, was passiert, wenn wir ihn irgendwann finden. Niemals habe ich in meiner Vorstellung auch nur eine Sekunde lang gezögert. Und jetzt? Wie lange zögere ich jetzt schon?

Fuck, ich weiß es nicht, weil ich nicht weiß, was für ein beschissener Tag heute ist.

In meinen Überlegungen habe ich den Scheißkerl natürlich sofort angezeigt. Der Unfall ist inzwischen verjährt und strafrechtlich könnten wir ihm nichts mehr anhaben, aber bezahlen würde er trotzdem. Ich wollte einen der besten Anwälte New Yorks darauf ansetzen und wenn es mich das letzte Hemd kosten würde. Und der würde dann jeden verdammten Dollar an Schmerzensgeld aus diesem jämmerlichen Wichser rausquetschen.

Natürlich habe ich auch das ein oder andere Mal daran gedacht, ihn selbst über den Haufen zu fahren. Gerne auch mit der Möglichkeit, den Rückwärtsgang einzulegen und noch mal drüber zu donnern. Wenn ich ganz ehrlich zu mir selbst bin, gefällt mir die Variante fast noch besser. Aber wenn er tot ist, nützt er meinen Eltern auch nichts mehr und so muss ich von diesem Teil des Plans wohl absehen.

Bitter lache ich auf und greife nach dem Whiskeyglas auf dem Beistelltisch. Mein Plan … ist ein Scheißplan, denn er ist nichts wert, wenn die Tochter dieses Dreckskerls ausgerechnet meine Amber ist.

Ich sehe ihre schwarzen Augen vor mir, als wir zusammen getanzt haben. Wie sie sich in meine Arme geschmiegt hat und sie mir auch, ohne es zu sagen, gezeigt hat, dass sie das gleiche für mich empfindet wie ich für sie.

Na bravo, jetzt bringt sie mich nicht nur in diese mehr als beschissene Lage, sondern auch schon wieder fast zum Heulen. Ruft mal einer die Pussypolizei.

»Komm hoch.« Cole ächzt unter meinem Gewicht, als er mich von der Couch hochzieht und mich unterhakt.

»Kannst du mich vielleicht mal in Ruhe lassen? Was willst du überhaupt hier?«

»Boah Alter, wann hast du dir das letzte Mal die Zähne geputzt?«

Hallo? Kann der Blödmann vielleicht einmal auf das reagieren, was ich sage. Er schleift mich durch den Flur, Richtung Schlafzimmer. Irgendwas rauscht doch da? Als ich registriere, was, sind wir schon fast im Bad.

»Nein Cole, ich warne dich!« Ich stemme mich gegen den Türrahmen, aber, auch wenn ich es nur ungern zugebe, ich habe keine Chance gegen ihn.

»Mason, jetzt reiß dich zusammen.« Meinen Protest ignorierend, reißt er mich einfach vom Türrahmen weg und schiebt mich unter die Dusche, was mich geschockt nach Luft schnappen lässt.

Das eiskalte Wasser durchweicht innerhalb von Sekundenbruchteilen mein Shirt, das infolgedessen an meinem Körper festklebt, und eine Gänsehaut überzieht augenblicklich meinen ganzen Körper. Die Kälte schnürt mir nahezu die Luft ab und ich will sofort wieder raus, doch Cole hält mich eisern unter dem kalten Wasserstrahl. Ihm selbst läuft dabei etwas über Arme und Klamotten, doch er gibt nicht nach, und so sacke ich geschlagen in der Dusche zusammen. Inzwischen zittere ich am ganzen Körper und meine Zähne schlagen unwillkürlich aufeinander. Selbst als das Wasser endlich wärmer wird, schlottere ich weiter.

»Zwingst du mich, dich zu waschen, oder machst du es alleine?« Ich sehe zu Cole hoch, der meinen Blick verzweifelt erwidert, und nicke nur, damit er mich allein lässt.

Tatsächlich ist die Dusche – nachdem ich mich ausgezogen habe – eine Wohltat. Ich stütze mich an den Fliesen ab und lasse den warmen Strahl gefühlte Stunden über meinen Kopf laufen.

Als ich aus der Dusche komme und mich abgetrocknet habe, wische ich den Wasserdampf vom Spiegel. Vielleicht hätte ich das doch lieber sein lassen sollen, denn ich sehe aus wie ein Bär um die Eier.

Nur mit einem Handtuch um die Hüften geschlungen, gehe ich ins Wohnzimmer, in dem Cole mit einem Müllsack herumläuft und alles Unbrauchbare, was er findet, hineinstopft.

»Die nicht, die brauche ich noch.« Er dreht sich mit der halb leeren Whiskeyflasche in der Hand zu mir und wirft sie mit einer angehobenen Augenbraue demonstrativ in den Müllsack.

»Na gut, vielleicht doch nicht«, murmele ich in meinen Bart.

Ich schlurfe in die Küche und suche zwischen all den benutzten Tellern und Gläsern nach einer sauberen Kaffeetasse, die ich unter den Vollautomaten stelle. Allein das Dröhnen der Maschine und Coles Geklapper ist mir schon zu laut, also suche ich gleich noch eine Kopfschmerztablette. »Und jetzt hör auf zu putzen. Wenn ich eine Haushaltshilfe brauche, suche ich mir bestimmt nicht so ’ne hässliche wie dich.«

Cole kommt in die Küche und wirft den Müllbeutel auf den Boden. »Oh, es kann reden.«

»Ich hab geduscht. Wenn sonst nichts weiter ist, kannst du dann wieder gehen.«

»Den Schenkelkratzer in deinem Gesicht hättest du auch noch wegputzen können, aber so gehts fürs Erste. Ich nehm auch einen Kaffee.«

Ausgelaugt kneife ich mir in den Nasenrücken und möchte ihm die Tasse am liebsten um die Ohren hauen. Andererseits weiß ich aber auch, dass er sich Sorgen macht und deshalb hier ist, also mache ich ihm einen Kaffee und hoffe, dass er danach verschwindet.

»Kannst du dir dann auch mal was anziehen, ich hab Angst, dass das Handtuch sich löst und ich Augenkrebs bekomme.«

»Maul halten, sonst setze ich mich gleich blank an den Tisch.«

Cole grinst, was ich, ohne es zu wollen, erwidere und ich setze mich neben ihn.

»Also, was willst du jetzt machen?«

»Ich habe keine Ahnung«, antworte ich, ohne ihn anzusehen, und spüre seinen Blick auf mir.

»Du hast dich fünf Tage hier eingeigelt und weißt trotzdem nicht, was du jetzt machen willst?«

Wie vor den Kopf geschlagen zucke ich zusammen. »Fünf Tage? Ich war fünf Tage nicht arbeiten?«

»Nope, und genauso lange ist dein Handy aus. Deine Eltern und Logan sind mir schon aufs Dach gestiegen, weil ich meine Chipkarte nicht benutzen wollte. Ich dachte, du brauchst einfach nur ein bisschen Zeit für dich.« Er lässt seinen Blick einmal durch die Küche und das Wohnzimmer wandern. »Hätte ich gewusst, dass es so schlimm ist, wäre ich eher gekommen.«

»Scheiße.« Ich lasse meinen Kopf in die Hände sinken, schrecke aber sofort wieder hoch. »Hast du David …«

»Ich hab nichts gesagt«, winkt er ab und seufzt dann laut.

»Ich habe sieben Pizzakartons weggeworfen, dabei magst du Pizza nicht mal. Offenbar hast du dich nicht einmal umgezogen und rasiert genauso wenig. Gesoffen hast du auch noch. Also frage ich gar nicht erst, was Amber dir bedeutet, oder?«

Statt zu antworten, nehme ich einen Schluck Kaffee.

»Weiß sie davon?«

Noch ein Schluck Kaffee und ich nicke.

»Gerade dann solltest du dir langsam im Klaren sein, was du tun willst. Wenn sie ihren Vater darauf angesprochen hat, weiß er jetzt, dass etwas auf ihn zukommen wird und kann sich darauf vorbereiten. Je mehr Zeit verstreicht …«

»Ich hab's verstanden Cole.« Mein Ton ist schärfer als

beabsichtigt, was mir im gleichen Moment schon wieder leidtut.

»Niemand zwingt dich, es durchzuziehen. Wir müssen es David gar nicht erzählen.«

Allein bei dem Gedanken zieht sich mein Magen auf die bösartigste Weise zusammen. Kann ich das? Kann ich ihn um diese einmalige Chance bringen, nur weil ich egoistisch an meinen Vorteil denke? War *er* damals egoistisch? Nein. Er hat sich ungeachtet jeder Konsequenz für mich und gegen sich selbst entschieden. Mit welchem Recht überlege ich eigentlich noch?

»Ich werde einmal zu ihm fahren und komme danach zu dir aufs Dezernat, okay?«

»Ist wirklich alles in Ordnung?« Genervt beantworte ich Moms Frage zum dritten Mal mit einem knappen *Ja* und gehe zu Dad, der im Garten die Blumen beregnet.

Als er mich bemerkt, stellt er das Wasser ab und kommt zu mir auf die Terrasse. »Hey, da bist du ja. Deine Mutter hat Cole ganz schön die Hölle heißgemacht.«

»Ich brauchte ein paar Tage Auszeit.« Möglichst teilnahmslos winke ich ab, damit er meine lahme Aussage nicht weiter hinterfragt, und habe Erfolg.

Wir setzen uns und einen Moment lang beobachte ich einfach nur, wie er die Sandbrocken von seinen Fingern kratzt.

»Hattest du jemals das Gefühl, dass ich dich … erdrücke?« Nachdenklich sehe ich zu ihm hoch und unsere Blicke treffen sich. Er ist ganz offensichtlich überrascht von meiner Frage, wendet den Blick ab und pult weiter an seinen Händen.

»Warum fragst du das?«

»Antworte doch einfach auf meine Frage.«

Er verschränkt seine Hände vor sich auf dem Tisch und lehnt sich etwas vor. »Ja … Ja, manchmal fühle ich mich so. Ich weiß, du meinst es nur gut, aber …« Als er nicht weiterspricht, lehne ich mich ihm auf dem Tisch entgegen.

»Aber?«

»Mitunter glaube ich, dass du dich verpflichtet fühlst, dich um uns zu kümmern. Es wäre schon damals meine Aufgabe als Vater gewesen, dich dahingehend zu bremsen, aber ich war zu sehr mit mir selbst beschäftigt und habe es nicht gemerkt. Vielleicht habe ich es auch genossen, einmal alles aus der Hand zu geben … und dann hatte es sich irgendwann verselbstständigt.«

»Das ist doch gar…« Er hebt seine Hand, um mich zu unterbrechen.

»Doch so ist es. Du hast schon nach dem Unfall angefangen, alle deine Bedürfnisse hinten anzustellen und als du dann finanziell auf eigenen Beinen standest, wurde es noch extremer. Selbst als deine Mutter und ich dich eindringlich gebeten haben, uns kein Geld mehr zu schicken, hast du weitergemacht. Dabei solltest du inzwischen wissen, dass wir es dir sowieso wieder zurückschicken.« Nachdenklich senkt er den Kopf. »Es ist fast so, als würdest du denken, dass du mir irgendwas schuldig bist, und das … verletzt mich sehr.«

Genauso ist es auch, aber ich bleibe still. Dad legt seine sandige Hand auf meine und so sehe ich zu ihm auf.

»Mitunter kommt man in Situationen, in denen man Entscheidungen treffen muss, ohne lange darüber nachzudenken. Man trifft sie für die Menschen, die man am meisten liebt. Du bist das Beste, was mir je passiert ist, und wenn ich je wieder in die gleiche Situation kommen sollte, werde ich genauso handeln wie damals. Einfach weil ich dich bei Weitem mehr liebe als mich selbst. Alles, was du mir als Sohn je geschuldet hast, ist schon lange erfüllt. Du bist ein wunderbarer Mann geworden, auf den ich jeden einzelnen Tag stolz bin.«

Blinzelnd bekämpfe ich die aufkommenden Tränen, kann mir ein Schniefen aber dennoch nicht verkneifen. Warum haben wir in all den Jahren nie so miteinander geredet?

»Und was ist, wenn man eine Entscheidung zwischen zwei Menschen treffen muss, die man … liebt?«

Dad legt seine Stirn in Falten und scheint ernsthaft über

seine Antwort nachzudenken. »Hoffentlich kommen wir nie in so eine Situation.«

Er fragt mich noch, wie es Amber geht, woraufhin ich ihm nur eine ausweichende Antwort gebe und mich von ihm verabschiede.

In der Küche gebe ich Mom einen Kuss auf die Wange und will gerade die Haustür hinter mir zuziehen, als mir etwas einfällt und ich meinen Kopf noch einmal durch den Spalt stecke. »Ach Mom, ab nächsten Monat stelle ich die Zahlung ein.«

Ganz sicher wird es erst einmal merkwürdig sein, ihnen nichts mehr zu schicken, aber keinesfalls will ich Dad weiterhin das Gefühl geben, ihm etwas schuldig zu sein. Im Auto lasse ich mir noch einmal seine Worte durch den Kopf gehen. Doch so sehr ich mir auch das Hirn zermartere, es gibt einfach keine Variante, mit der ich gut werde leben können. Ich muss mich jetzt auch entscheiden, wen ich mehr liebe, ihn oder mich.

# KAPITEL 17

*Amber*

»Ab heute nimmst du mal wieder am realen Leben teil.« Stöhnend ziehe ich die Decke über meinen Kopf und kralle meine Hände dabei so in ihr fest, als würde mein Leben davon abhängen, dass ich zugedeckt bleibe.

»Schluss jetzt, steh auf.« Heather zieht mit aller Kraft an der Decke, doch vorausschauend wie ich bin, habe ich natürlich damit gerechnet. Offenbar will sie mich unbedingt zum Aufstehen motivieren.

»Nur noch fünf Minuten.« Energisch reiße ich ebenfalls an meiner Decke, bis Heather einlenkt und loslässt. Na bitte geht doch. Stattdessen setzt sie sich auf die Bettkante und zieht die Decke soweit herunter, dass sie meine Augen sehen kann.

»Wie lange soll das noch so weitergehen Amber?« Sie sieht auf die leeren Coladosen und vollen Kekspackungen, bevor sie sich wieder mir zuwendet. »Das bist doch nicht du.«

Wenn sie damit die angebissenen Kekse meint, hat sie recht. Das erste Mal in meinem Leben bin ich appetitlos und das Essen bleibt mir wortwörtlich im Hals stecken. Schuld daran ist dieses beklemmende Bauchkribbeln, dieses Gefühl von dauerhafter Übelkeit.

Heather steht auf, geht an das Schlafzimmerfenster und noch während ich »Nein« rufe, schiebt sie die Vorhänge schwungvoll auseinander. Die Sonne scheint grell ins Zimmer und sticht mir in die Augen, sodass ich schnell wieder die Decke über mein Gesicht ziehe. Einen Moment passe ich nicht auf und liege plötzlich ohne Decke da.

»Hast du noch nie was davon gehört, dass verwundete Tiere sich zum Sterben zurückziehen? Lass mich endlich in Ruhe.«

»Du bist weder ein Tier noch bist du verwundet. Steh jetzt auf und geh duschen. Dein Kopf sieht aus wie eine Klobürste.« Heather zieht ihre Augenbrauen hoch und beugt sich über das Bett. »Das ist nicht dein Ernst, oder? Schnüffelst du an seinen Klamotten?«

Das erste Mal seit Tagen kommt Leben in mich und ich springe aus dem Bett, um ihr Masons T-Shirt aus der Hand zu reißen. »Lass das, du verfälschst mit deiner Parfümwolke seinen Duft.«

Als wäre es ein wertvoller Juwel, falte ich es sorgfältig zusammen und lege es unter mein Kissen. Kraftlos lasse ich mich auf die Bettkante sinken, vergrabe mein Gesicht in den Händen und bete mir mein neuestes Matra vor: Nicht heulen!

Das habe ich in den letzten Tagen viel zu oft getan.

Die Matratze neben mir gibt nach und Heather zieht mich in ihr Arme, was es mir immens schwer macht, mich daran zu halten. Sanft streicheln ihre Finger durch mein Haar, wobei sie mich vor und zurück wiegt. Ungeweinte Tränen brennen in meinen Augen, die ich aber zurückdrängen kann. Nur gegen das bebende Einatmen und das Zittern meines Kinns kann ich nichts tun. Ich glaube zu ersticken, so weh tut es.

Immer wieder durchlebe ich den Moment, in dem Mason mich auf dem Parkplatz stehen ließ. Ich wollte ihm hinterherlaufen und ihm sagen, dass das, was er da vermutet, vollkommener Blödsinn ist, war aber unfähig, mich zu bewegen. Wie in diesen Albträumen, bei denen man vor etwas weglaufen will, die Beine aber nicht vom Fleck bekommt.

Bis heute sind seine letzten Worte nicht wirklich bei mir angekommen. Da war zum einen das, was er mir sagte, und zum anderen das, was ich glaubte, in seinen Augen zu erkennen. Vielleicht suche ich aber auch nur nach Ausreden, um die schmerzhafte Wahrheit nicht an mich heranzulassen – die Wahrheit, dass er mich nicht mehr sehen will.

Nie habe ich für möglich gehalten, dass meine Welt von einem Moment auf den anderen so aus den Fugen geraten könnte. Und als wäre Masons Verlust, der mir momentan noch als unerträglich erscheint, nicht genug, behauptet eben dieser, dass mein Dad der Mann sein soll, der David das angetan hat.

Jede Faser meines Körpers sträubt sich allein bei dem Gedanken daran, dass er in die Sache verwickelt ist, und doch schleichen sich leise Zweifel in mein Unterbewusstsein. Ich kenne Mason noch nicht lange und doch glaube ich zu wissen, dass er in diesem Fall niemals unaufrichtig wäre. Dazu kommt noch seine Reaktion auf das Foto. So ein Verhalten kann zweifelsohne niemand vortäuschen und ich bin mir sicher, dass Mason glaubt, was er da behauptet. Ich will es nur einfach selbst nicht glauben.

Seit ich am Sonntagabend in meiner Wohnung angekommen bin, versuche ich verzweifelt, meine Gedanken zu ordnen, weiß aber nicht einmal, wo genau ich anfangen soll. Mein Körper und leider auch mein Herz verzehren sich danach, zu Mason zu gehen und mich an seiner Schulter auszuweinen. Ich möchte, dass er mich so im Arm hält, wie er es morgens im Bett gemacht hat. Mit meinem Kopf auf seiner Brust und seinen Fingern auf meinem Rücken, die beständig hoch und runter streichen. Ich würde ihm so gerne von meinen Sorgen erzählen, die mich vollkommen überfordern, und gleichzeitig weiß ich, dass das nicht möglich ist. Weil eben Mason, von dem ich dachte, dass er der Richtige ist, auch derjenige ist, der mir diese Sorgen beschert hat.

In der einen Minute glaube ich, dass der Druck auf meiner Brust, der Schmerz in meinem Inneren unerträglich wird und ich es nicht aushalten kann. In der anderen Minute rede ich mir ein, dass er es nicht so gemeint hat. Dass er sich genauso quält wie ich und zu mir zurückkommt. Zeitweise will ich ihn hassen. Dafür, dass er es wagt, so eine Verdächtigung auszusprechen und mich damit in diese bescheuerte Lage zu bringen. Danach will ich ihm wiederum sagen, dass ich ihm glaube und wir es, wie auch immer, zusammen durchstehen.

Meine Gedanken wandern zu David und Caroline, die mich so herzlich in ihre Arme geschlossen haben. Sie hätten es so sehr verdient, einen Strich unter ihre Vergangenheit machen zu können. Aber bin ich wirklich selbstlos genug, den Frieden in die eine Familie bringen zu wollen und ihn damit aus meiner eigenen zu nehmen?

Das unerträgliche Hämmern in meinem Kopf wird wieder stärker, sodass ich mich aufrappele und in die Küche gehe, um mir eine Schmerztablette zu holen.

»Hast du versucht, ihn anzurufen?«

Müde sehe ich über die Schulter zu Heather, die mir in die Küche gefolgt ist. »Mehrmals, aber sein Telefon ist aus und das Haustelefon scheint auch abgestellt zu sein.«

Sie nickt wissend, was mich dazu bringt, weiter nachzufragen: »Ist was mit ihm? Weißt du was?«

»Nichts Genaues, nur das, was Marissa erzählt hat.«

Marissa. Bei alledem habe ich vollkommen vergessen, dass sie jetzt bei Riley arbeitet. Ich nicke Heather mit geweiteten Augen zu, damit sie weiterspricht.

»Er war wohl die Woche über nicht in der Werkstatt und die anderen scheinen sich Sorgen zu machen. Cole wollte heute mal nach ihm sehen.«

»Logan hat ihn auch nicht gesehen?«

Heather schüttelt den Kopf. »Nein, er war diese Woche angeblich noch nicht arbeiten.«

Nachdenklich beobachte ich die Brausetablette, die sich in meinem Wasserglas auflöst. Er war nicht arbeiten? Dann hat er entweder fünfzig Grad Fieber oder aber … Kann es wirklich sein, dass es ihm ähnlich geht wie mir?

Könnte es vielleicht doch einen Weg für uns geben, mit dem wir alle leben können? Noch bevor sich die Hoffnung erneut in mir breitmachen kann, ersticke ich sie im Keim. Mach dir nichts vor Amber, für dieses Problem gibt es keine Lösung, mit der alle Beteiligten leben können.

Wo ich gerade mit den Gedanken bei allen Beteiligten bin, zieht sich mein Magen unangenehm zusammen und ich fürchte kurz, mich übergeben zu müssen. Bisher habe ich mich davor gedrückt, mit meinen Eltern zu sprechen. Ob aus Angst vor ihrer Reaktion auf meine Frage, oder aus Angst vor ihrer Antwort, weiß ich nicht.

Das Sprudeln der Kopfschmerztablette hört auf, als sie sich vollständig aufgelöst hat. Mit zugehaltener Nase stürze ich die bittere Medizin, ohne abzusetzen, hinunter, als mein Handy einen Nachrichtenton abgibt.

Mein verräterisches Herz setzt einen Schlag aus und ich laufe zum Wohnzimmertisch, auf dem das Handy liegt. Sie ist tatsächlich von Mason und sekundenlang kann ich mein Glück kaum fassen. Bis ich die Nachricht zu Ende gelesen habe und mir das Handy kraftlos aus der Hand rutscht. Meine Brust ist so eng, dass ich mehrmals tief Luft holen muss, um den Schwindel zu unterdrücken. Ich habe es geahnt. Nein, ich habe es gewusst und doch war da diese naive Hoffnung, dass wir alles schaffen können.

*Verzeih mir, dass ich nicht den Mut habe, es dir persönlich zu sagen.*

*Ich hoffe, du kannst irgendwann verstehen, dass ich es tun musste.*

*Es tut mir leid.*

# KAPITEL 18

*Amber*

Ich habe mich lange genug in meiner Wohnung aufgehalten und bin in Selbstmitleid versunken. Es wird Zeit, dass ich wieder zu der Amber werde, die ich eigentlich bin, und auch wenn ich sie momentan nur erahnen kann, ist sie doch da.

Eilig steige ich in meinen Wagen und wähle erneut die Nummer meiner Eltern. Bereits zum vierten Mal spreche ich auf den Anrufbeantworter und versuche es gleich darauf aufs Neue auf ihren beiden Handys. Aber auch hier habe ich kein Glück. Das endlose Rufzeichen dröhnt wie Hohn in meinen Ohren und ich schmeiße das Telefon mit aller Kraft in den Beifahrerfußraum.

Wie eine Wahnsinnige rase ich durch den New Yorker Verkehr, wobei ich ständig die Spur wechsle, um die anderen Autos zu überholen.

Ich versuche mich durch Musik – Death-Rock, etwas, das ich sonst niemals hören würde – von meinen selbstzerstörerischen Gedanken abzuhalten und drehe das sinnlose Gekreische und Gequietsche so laut auf, wie es die kleinen Boxen hergeben. Nur ein paar Minuten nicht nachdenken.

Eine Dreiviertelstunde später klingele ich bei meinen

Eltern, wobei ich den Finger nicht vom Knopf nehme und das dauerhafte Schrillen der Klingel selbst auf der Veranda als unangenehm empfinde.

»Herrgott noch mal, was ist denn hier …« Dad unterbricht sich mitten im Satz, als er mich vor der Tür stehen sieht. »Schatz, was ist denn passiert?«

Ich drängle mich an ihm vorbei in den Flur, sehe meine Mom im Türrahmen zur Küche stehen und drehe mich dann zu Dad um. »Ich muss dich dringend etwas fragen.«

Er mustert mich besorgt und sein liebevoller Blick lässt mich schlucken. Will ich ihn das wirklich fragen? Was ist, wenn …

Mir wird schlecht und ich laufe in die Küche, wo ich mir ein Glas mit Leitungswasser befülle, das ich in einem Zug leere. Meine Eltern setzen sich unterdessen an den Küchentisch und wechseln besorgte Blicke.

»Was willst du mich fragen? Ist alles in Ordnung?«

Ich setze mich ihnen gegenüber und nehme Dads warme Hand in meine. Gott Amber, du sitzt hier vor deinem Dad, der dir das Fahrradfahren beigebracht hat. Der bei deiner ersten Schulaufführung vor Stolz platzend im Publikum gesessen hat. Der dir Gott weiß wie oft die Tränen getrocknet hat und immer eine Weisheit auf Lager hatte, um sämtliche deiner Probleme zu lösen. Schweiß dringt aus jeder Pore meines Körpers.

»Dad … hattest du irgendwann mal einen Autounfall?« Entschuldigend sehe ich zu meiner Mom, die mich mit großen Augen ansieht. »Einen, von dem niemand weiß?«

»Was? Was redest du da Schatz? Nein.« Dad sieht Mom hilfesuchend an, bevor er sich wieder zu mir dreht. »Ich hatte nie einen Autounfall.«

Er sieht so ehrlich aus, dass mir ein erster Stein vom Herzen fällt, doch ich muss es noch genauer wissen.

»Masons Vater hatte vor einigen Jahren einen Unfall, bei dem der Verursacher Fahrerflucht begangen hat und Mason … er … er glaubt, dich auf einem Foto wiedererkannt zu haben.« Ich richte den Blick zu Boden, weil ich es nicht ertragen kann sein Gesicht zu sehen, während ich es ausspreche.

»Amber, was fällt dir ein?« Moms Ton ist schroff, aber vordergründig schwingt pure Enttäuschung mit. Wahrscheinlich kann sie kaum glauben, was ich da sage. Wie auch, ich kann es ja selbst nicht.

Dad legt seine andere Hand auf meine, was mich zu ihm aufsehen lässt. »Ich hatte nie einen Unfall und wenn, dann hätte ich natürlich dazu gestanden. Das weißt du doch … oder?«

Ich schlucke den immer größer werdenden Kloß in meinem Hals hinunter und nicke ihm schweigsam zu. Aus Angst, meine Fassung zu verlieren, wenn ich den Mund öffne, bleibe ich stumm und konzentriere mich auf Dads Daumen, der zärtlich über meine Handfläche streichelt.

Während wir stillschweigend am Tisch sitzen, kocht Mom Tee, so wie immer, wenn es Probleme gibt. Ihrer Meinung nach kann man selbst die größten Schwierigkeiten mit einer guten Tasse Tee aus der Welt räumen. Ein unmissverständliches Gefühl sagt mir jedoch, dass es bei diesem Problem wenig hilfreich sein wird.

Masons Nachricht hängt wie eine Drohung in der Luft und dennoch habe ich mit jeder Minute, die verstreicht, mehr Hoffnung, dass er sich in letzter Minute doch noch umentschieden hat. Nicht weil ich Angst vor den rechtlichen Konsequenzen für meinen Dad habe, denn wenn er sagt, er war es nicht, besteht für mich keinerlei Zweifel daran. Nein, vielmehr würde es das Verhältnis zwischen Mason und mir unwiederbringlich zerstören.

Ganz kurz erlaube ich mir sogar den Optimismus, dass alles wieder gut werden kann, bis es an der Tür klingelt.

Wie in Zeitlupe gehe ich zur Haustür und blicke noch einmal in den Spiegel, der daneben hängt. Die Ränder unter meinen Augen sind so groß wie Pizzateller, demnach sehe ich aus, wie ich mich fühle.

Das erneute Klingeln reißt mich aus meiner Lethargie und ich öffne die Tür … Nein, bitte lass das nicht wahr sein.

»Hallo Amber, ist dein Vater zu Hause?«

Nein. Nein. Nein. Obwohl Mason es mehr oder weniger angekündigt hat, kann und will ich nicht glauben, dass er es tatsächlich getan hat. Nicht, ohne mir die Chance zu geben, diese Vermutung aus der Welt zu räumen.

»Amber, ich muss dich leider noch mal fragen: Ist dein Vater zu Hause?« Cole sieht mich mitfühlend an und ich kann ihm anmerken, dass er das hier nicht gerne tut. Trotzdem projiziere ich die in diesem Moment aufkommende Wut allein auf Cole und möchte ihm am liebsten die Tür vor die Visage donnern.

»Ja, warum?«, stelle ich mich unwissend.

»Würdest du ihn bitte holen? Ich habe ein paar Fragen an ihn.«

Hinter mir knatscht die Türschwelle zur Küche. Das macht sie schon immer. Als Teenager habe ich sie jedes mal bewusst übersprungen, wenn ich mich aus dem Haus geschlichen habe.

»Mr. West?« Wie durch einen Schleier folge ich Coles Blick, der auf Dad gerichtet ist. Er begrüßt meine Eltern höflich und stellt uns seinen Kollegen als Detective Sam Harris vor.

Um mich von dem eigentlichen Gespräch abzulenken mustere ich den leicht übergewichtigen Detective. Ob der im Ernstfall jemanden im Laufschritt verfolgen könnte? Ich wage es zu bezweifeln. Wir könnten fliehen. Aber vermutlich würde das kein so gutes Licht auf meinen Dad werfen.

»Würden Sie uns einfachheitshalber aufs Dezernat begleiten, damit Sie uns ein paar Fragen beantworten können?« Coles feste Stimme lässt keine Zweifel offen, dass es sich hier eigentlich nicht um eine Bitte handelt.

Mom schluchzt laut in ihre Hände, während Dad seine Jacke nimmt und sich mit einem Kuss von uns verabschiedet. »Alles wird gut, macht euch keine Sorgen.«

Damit verschwindet er an der Seite von Coles Kollegen. Erstarrt sehe ich ihnen hinterher und kann das alles einfach nicht begreifen. Warum tut Mason mir das an? Warum tut er meiner Familie das an? Wäre es wirklich zu viel verlangt gewesen, er hätte mir Zeit zur Richtigstellung eingeräumt?

Stattdessen hat er egoistisch alles, was wir je hatten und was wir hätten haben können, mit Füßen getreten. Bei allem Verständnis für seine Situation, aber das hier hätte wirklich nicht sein müssen. Er will es so? Dann soll er es so haben.

»Amber, wir fahren mit deinem Vater ins Dezernat in der zweiundneunzigsten Straße. Falls du und deine Mutter nachkommen wollt ...«

»Darauf kannst du Gift nehmen«, unterbreche ich ihn schroff und halte die Haustür noch ein Stück weiter auf, damit er endlich verschwindet.

Er nickt und geht über den schmalen Kiesweg zu seinem Streifenwagen, als er sich noch einmal zu mir umdreht. »Es tut mir leid, dass es so gekommen ist.«

Statt ihm zu antworten, werfe ich die Tür ins Schloss und rufe meiner Mutter zu, dass wir sofort ins Dezernat aufbrechen.

Kurz nach dem Streifenwagen kommen auch Mom – die während der gesamten Fahrt gejammert und mir Vorhaltungen gemacht hat – und ich beim Dezernat an. Von »Was ist, wenn er unschuldig ins Gefängnis muss?« über »Er hat so was niemals getan« bis »Was holst du nur für Menschen in unser Leben?« war alles dabei und mit jeder gefahrenen Meile spürte ich das wohlbekannte Brodeln in mir. Ich heiße es willkommen, weil es seit Tagen das erste Gefühl ist, das nicht schmerzt. Wieder schluchzt sie betont theatralisch auf.

»Mom, hör endlich auf zu heulen«, fauche ich sie wütend an. »Mit deinem Geflenne wirst du Dad sicher nicht helfen.«

Vielleicht benutze ich sie als meinen Blitzableiter, aber zumindest ist sie jetzt still. Ich kann das zum jetzigen Zeitpunkt einfach nicht auch noch ertragen. Eilig steige ich aus, knalle die Wagentür zu und stapfe auf den Eingang des NYPD zu.

Na großartig. Eine meterlange Schlange drängelt sich vor der Sicherheitskontrolle am Besuchereingang und wartet darauf, durchgehen zu dürfen.

»Amber.« Rechts hinter der Tür steht Cole, der mich zu sich durchwinkt. Kurz stocke ich und will auf meine Mom warten, doch ich ärgere mich so sehr über ihre verletzenden Worte, dass ich kurzerhand allein reingehe.

Ich durchquere einen langgezogenen Flur, der gleichzeitig die Wartezone zu sein scheint. Bisauf einem Kaffeeautomaten links von mir und Stuhlreihen an beiden Seiten ist der Raum ungemütlich kahl. Vermutlich will hier aber auch niemand länger als nötig verweilen und somit erübrigt sich ein gemütliches Flair. Nicht mal eine lumpige Zeitung gibt es hier.

Cole ist inzwischen verschwunden und so ziehe ich mir einen Kaffee aus dem Automaten, bevor ich ihm durch die Tür auf der rechten Seite folge.

So sieht also ein Dezernat von innen aus? Irgendwie habe ich es mir größer vorgestellt. Ich stehe in einer Art Großraumbüro und sehe mich um. Auf den vereinzelten Schreibtischen türmen sich Akten und Fotos und keiner der Anwesenden scheint sich daran zu stören, dass ich planlos zwischen ihnen umherirre.

Drei weitere Türen und ein Flur gehen von diesem Raum ab und irgendwo hier ist mein Dad.

»Kann ich etwas für Sie tun?« Ein kleiner, schmächtiger Mann mit Glatze steht vor mir. Er drückt sich den Telefonhörer gegen die Schulter und wartet offenbar auf eine

Rückmeldung, wohingegen ich noch über seine nasale Stimme sinniere. Irgendwo in mir muckt die ursprüngliche Amber auf. Sie würde sich jetzt die Nase zuhalten, um ihm genauso näselnd zu antworten. Doch sie ist nicht da und ich muss zugeben, dass ich sie vermisse. Gegenwärtig scheinen Welten zwischen ihr und dem, was ich jetzt darstelle, zu liegen. Kurz zweifele ich sogar daran, dass sie nach dem Geschehenen hier je wieder zurückkommt, schüttle den Gedanken jedoch ab und antworte endlich.

»Äh ja, ich suche meinen Vater, Paul West.«

Er deutet auf die Tür, durch die ich gerade hereingekommen bin. »Setzen Sie sich bitte in den Wartebereich. Sobald ich etwas in Erfahrung gebracht habe, gebe ich Ihnen Bescheid.«

»Sie gehört zu mir.« Coles tiefe Stimme donnert durch den Raum und der kleine Mann zuckt entsetzt zusammen. Nie hätte ich es für möglich gehalten, aber obwohl es Cole war, der Dad abgeholt hat, beruhigt es mich, dass er hier ist. Es fühlt sich gut an, jemanden zu kennen und … Nein vergiß es Amber, er ist nicht auf deiner Seite.

Ich gehe hinüber und folge ihm in einen abgelegenen Bereich des Büros, wo er auf einen Fernseher zeigt, vor dem drei Stühle stehen. Auf dem Bildschirm sehe ich Dad in einem kleinen kargen Raum sitzen.

»Hier kannst du unser Gespräch verfolgen. Wirst du mir

Ärger machen, wenn Mason später hier auftaucht?«

Wie bitte?

»Ob ich Ärger mache? Das ist doch wohl ein Witz, oder? Ich weiß ja nicht, welche Info du hast, aber ich bin nur hier, weil dein Freund …«

»Amber«, fällt er mir barsch ins Wort. »Du dürftest eigentlich gar nicht hier sein, also mache ich dir das Angebot nur noch einmal: Du kannst draußen im Wartebereich bleiben oder hier. Das liegt ganz bei dir.«

Wie gerne möchte ich ihm sagen, in welche Körperöffnung er sich seine Pseudofreundlichkeit schieben kann. Stattdessen recke ich schnaubend mein Kinn vor und drehe mich in Richtung Bildschirm.

Cole setzt sich in Bewegung, doch bevor er außer Reichweite ist, greife ich nach seinem Arm. »Er war es nicht.«

Seine Kiefermuskeln mahlen und er wirft mir einen eisigen Blick zu, ehe er, ohne ein weiteres Wort zu verlieren, geht.

Auf dem Bildschirm erkenne ich, dass die Tür zum Raum aufgeht und Cole sich meinem Dad gegenüber setzt. Er schiebt ihm einen Becher Kaffee über den Tisch, was mich erleichtert. Irgendwie macht es so den Eindruck, dass Cole ihn innerlich noch nicht verurteilt hat. Er stellt ihm alle möglichen Fragen zu seiner Person, seinem Beruf und schließlich die Frage, was er am Donnerstag, den neunten Juni 2005 gemacht habe.

Das ist doch nicht wahr, oder? Ungläubig fahre ich mir durch die Haare. Wer weiß denn bitte heute noch, was an einem Tag vor elf Jahren gewesen ist? Und wie zu erwarten war, kann Dad die Frage verständlicherweise nicht beantworten.

»Es tut mir leid, was ich da vorhin gesagt habe.« Im Augenwinkel erkenne ich meine Mom neben mir und nicke leicht.

»Bist du sicher, dass du ein Getränk aus diesen Automaten zu dir nehmen willst? Ich bin mir ziemlich sicher, dass Hygiene hier nicht groß geschrieben wird. Allein, wie es hier riecht«, zieht sie angewidert die Nase kraus und setzt sich auf einen der Stühle. Wegen der Keime natürlich nur auf die Kante, klar.

Schmunzelnd setze ich mich neben sie und nehme demonstrativ einen tiefen Schluck aus dem Pappbecher. Und möchte ihn sofort darauf am liebsten in die Ecke spucken. Der Kaffee ist fast kalt und für die Wasserzufuhr scheinen sie das Abwasserrohr der Toilette zu nutzen. Trotzdem lächle ich sie tapfer mit einem übertriebenen »Mmh« an.

Das ist also geklärt.

Cole erklärt Dad derweil, dass es einen Zeugen gibt, der glaubt, sich an ihn zu erinnern, und fragt, ob er zu einer

Gegenüberstellung mit dem damaligen Unfallopfer bereit ist. Nebenbei klärt er ihn über seine Rechte auf und weist ihn noch einmal eindringlich an, sich einen Anwalt zu nehmen, was Dad rigoros ablehnt.

Ich denke an David und daran, welche Gefühle es wohl in ihm auslöst, dass sie denken, den Unfallfahrer gefunden zu haben. Sicher kommen viele Erinnerungen wieder hoch und ich glaube, dass es ihnen Genugtuung geben würde, wenn der Schuldige endlich seine gerechte Strafe bekäme. Für eine kurze Sekunde wünsche ich ihm beinahe, dass sie den Täter gefunden haben, möchte mir dafür aber sofort selbst in den Hintern treten. Allein für den Gedankengang sollte ich mich schämen.

Ich will mich gerade wieder auf den Bildschirm konzentrieren, als ich neben all dem Papiergeraschel, verschiedenen Klingeltönen und Gesprächsfetzen im Hintergrund, Masons unverkennbare Stimme erkenne. Ich glaube, ich könnte sie unter hunderten von Menschen herausfiltern. Augenblicklich beschleunigt sich mein Puls und ich schließe kurz die Augen, um mich selbst zu beruhigen. Langsam spähe ich über die Schulter und da steht er mit David, Caroline und dem kleinen Mann. Ganz wie das Arschloch McLean, das er am ersten Tag in unserer Firma war.

Der bekannte strenge Zug um seine Augen, die steile

Falte zwischen den Augenbrauen, die ich immer, wenn sie erschien, mit dem Zeigefinger entlanggefahren bin, damit er sie wieder glättet. Bei dem Gedanken, wie er mich dann immer angelächelt hat, zieht sich mein Herz auf schmerzhafte Weise zusammen.

Wie wir wohl auf die Außenstehenden in diesem großen Raum wirken müssen? Auf der einen Seite die Ehefrau und Tochter des bösen Unfallverursachers und auf der anderen Seite der Geschädigte mit seiner Frau und seinem Sohn, dem neuen Zeugen. Und wir alle dürfen hier sein, weil Papa Schlumpf des Dezernats es uns erlaubt hat.

Niemand wird annehmen, dass wir bis vor wenigen Tagen noch ein frischverliebtes Paar waren. Zumindest dachte ich das.

Unerwartet sieht Mason zu mir herüber und ein Schatten legt sich über sein Gesicht. Seine Fassade bröckelt und ich glaube, all die Verzweiflung in ihm zu erkennen. Ich will ihn so gerne hassen und doch schaffe ich es nicht. Ja, so sehr ich auch versuche, es nicht zu tun, ich verstehe ihn. Ich kann nachvollziehen, dass er der Sache seinem Vater zuliebe nachgehen muss, denn ich würde es genauso machen. Das ändert nur leider nichts an dem Umstand, dass eine gemeinsame Zukunft für uns nicht mehr möglich ist. Wie könnte ich ihm verzeihen, dass er meinem Dad eine solche Tat vorgeworfen hat? Und so drehe ich mich ohne eine

Reaktion meinerseits von ihm weg.

Auf dem Bildschirm ist zu sehen, dass mein Dad und Cole das kleine Zimmer gerade verlassen.

»Dann gehe ich kurz an die frische Luft, von dem Gestank hier bekomme ich Kopfschmerzen«, murmele ich meiner Mutter zu und gehe durch das Großraumbüro in Richtung Ausgang. Von Mason und seinen Eltern ist glücklicherweise nichts mehr zu sehen.

Direkt vor der Tür in dem Warteraum steht ein weiterer Kaffeeautomat und ich hole mir noch einen Becher.

»Besucher dürfen hier keinen Kaffee ziehen, dafür gibt es die Automaten im ausgewiesenen Bereich«, werde ich von hinten angesprochen und weiß alleine durch den Klang der Stimme, von wem.

Seelenruhig sehe ich dabei zu, wie der Becher in die Halterung fällt und mit Kaffee gefüllt wird. Erst als ich ihn aus dem Fach nehme, drehe ich mich um.

»Und was wollen Sie jetzt dagegen unternehmen, kleiner Mann? Wollen Sie mich verhaften?«

Mit offenem Mund starrt er mich an, was mich auch nicht weiter verwundert. So wie er sich anhört, hat er entweder Polypen so groß wie Wassermelonen oder er hat sich in den letzten fünf Jahren nie die Nase geputzt. Atmen kann er durch das Riechorgan jedenfalls nicht mehr. Somit bleibt ja nur die Variante Mund auflassen.

Ich warte, ob noch irgendeine Erwiderung kommt, und nippe vorsichtig am Kaffee. Im gleichen Augenblick wünschte ich, ich hätte es lieber gelassen. Bäh!

»Hier.« Ich reiche dem Glatzkopf meinen Becher, den er verwundert entgegennimmt. Welchen IQ braucht man wohl, um hier zu arbeiten?

»Sie haben mich mit Ihrem wortlosen Gestarre in die Knie gezwungen. Behalten Sie den Kaffee.« Damit verlasse ich das Büro und gehe durch den Wartebereich in den kleinen Innenhof.

Wüsste ich nicht, dass ich mich in einem Polizeidezernat befinde, könnte ich fast glauben, in einem Park zu sein. Mehrere Bänke und Blumentöpfe stehen kreisförmig angeordnet um einen Springbrunnen herum. Nur die Raucher, die nervös direkt neben der Tür stehen, beweisen, dass wir alle hier auf irgendetwas warten. Dem überfüllten Aschenbecher nach zu urteilen, warten sie schon länger. Die Hälfte der Kippenstummel sind schon daneben gefallen und liegen auf der Erde verstreut. Obwohl ich nie geraucht habe und es auch zu keiner Zeit ausprobieren wollte, möchte ich jetzt in diesem Moment gerne einen von ihnen nach einer Zigarette anschnorren.

Ich setze mich auf eine der Bänke und lasse meinen Kopf nach hinten in den Nacken fallen. Ich bin so furchtbar müde. Der Himmel ist strahlend blau und ganz weit oben kann ich den Kondensstreifen eines Flugzeuges sehen. Wo die jetzt wohl hinfliegen? Egal wohin, ich möchte mit. Einfach weg von hier und erst wiederkommen, wenn alles vorbei ist.

»Darf ich?« David steht vor mir und deutet auf den Platz neben mir, woraufhin ich ihm zunicke.

»Wie geht es dir?«

Seine Frage lässt mich lächeln, was er verhalten erwidert.

»Wichtiger ist wohl, wie es dir geht.«

David sieht zu den Rauchern hinüber und scheint über etwas nachzudenken. »Ich habe ihnen gesagt, dass es nicht dein Vater gewesen ist.«

»Was?« Jetzt bin ich hellwach und setze mich aufrecht hin.

»Ich habe den Fahrer damals kaum gesehen. Er hätte es sein können oder auch nicht. Ich … bin mir einfach nicht sicher.«

»Und warum hast du dann gesagt, er war es nicht, wenn du dir nicht sicher bist?«

David beobachtet weiterhin die rauchenden Männer, als würde er dort seine Antwort finden.

»Weil ich es selbst dann gesagt hätte, wenn ich ihn eindeutig erkannt hätte.« Er sieht mir eindringlich in die Augen, genauso wie Mason es oft gemacht hat. »Weil man die wahre Liebe nur einmal im Leben trifft. Wer wäre ich, wenn ich meinem Sohn diese Chance kaputtmache?«

David sieht wieder zur Eingangstür. »Mason hat eine Entscheidung getroffen und ich weiß, es ist ihm nicht leichtgefallen. Er hat so viele Jahre gehofft, diesen Mann zu finden, und fast habe ich dem armen Teufel gewünscht, dass er nie gefunden wird.« Spöttisch lacht er auf. »Ich war mir immer sicher, dass Mason den Augenblick genießen wird, wenn es soweit ist. Aber jetzt wo er denkt, dass es dein Vater ist, gibt es ihm nicht die Genugtuung, die er sich immer erhofft hat. Weil er weiß, was er dir damit antut. Mason tut immer so, als könne ihm nichts etwas anhaben. Dieses äußere Erscheinungsbild hat er in den letzten Jahren nahezu perfektioniert, aber ich kann sehen, was dahinter ist. Und wenn es einen Menschen gibt, der warmherzig genug ist, seine Entscheidung verstehen zu können, dann bist das du.«

David steht auf und setzt zum Gehen an, als er noch einmal zu mir runter sieht. »Um das, was ihr beide haben könntet, lohnt es sich zu kämpfen.« Sanft wischt er mir die einzelne Träne aus dem Augenwinkel weg, dabei habe ich gehofft, er würde sie nicht sehen. Er lächelt mich noch einmal warm an und geht.

Wäre es wirklich mein Dad gewesen, hätte er ihn davonkommen lassen – für Mason und mich. Für uns …

Wie soll es jetzt weitergehen? Geht es überhaupt weiter und will ich das? Bei allem Verständnis finde ich noch immer, dass er mit mir hätte sprechen müssen. Stattdessen hat er mich eiskalt abserviert, als ich bei ihm angekrochen kam. Er hat mich in diese fürchterliche Lage gebracht.

Ein paar Minuten bleibe ich noch sitzen, ehe ich wieder hineingehe, und höre schon im Eingang Masons wütende Stimme. Im Großraumbüro sehe ich ihn durch die Verglasung mit Cole in dessen Büro streiten. Offenbar hat Cole ihm mitgeteilt, dass David meinen Dad entlastet hat.

Mason fährt sich mit beiden Händen hoffnungslos durch die Haare, und als würde er meinen Blick auf sich spüren, sieht er zu mir. Die Wut in seinem Blick lässt mich schlucken und Davids Worte kommen mir in den Sinn. Nein, Mason braucht keine große Liebe, Mason braucht endlich seinen Frieden. Er muss dieses Kapitel abschließen können. Ansonsten wird ihn rein gar nichts glücklich machen.

»Paul.« Die Stimme meiner Mutter reißt mich aus den Gedanken über Mason. Ich drehe mich um und sehe, dass Dad entlassen wurde und Mom im Arm hält, die schon wieder ganz aufgelöst ist. Bei ihr kann man auch nicht mehr sagen, dass sie nah am Wasser gebaut ist, sie steht schon im Wasser. Ich hingegen komme sozusagen aus der Wüste, was ich nach jetzigem Stand aber auch nicht mehr voller Überzeugung behaupten kann.

Ein Officer steht neben ihnen und bedankt sich für die Mitarbeit.

»Ich hätte wirklich gern weitergeholfen. Aber so lange ich auch nachdenke, ich weiß einfach nicht mehr, was an dem Tag gewesen ist.«

»Was denn für ein Tag?« Mom mischt sich in das Gespräch ein und der Officer antwortet ihr. »Der neunte Juni 2005. Das war ein Donnerstag Ma'am.«

Ich drehe mich wieder zu Mason herum und habe augenblicklich einen Kloß im Hals. Er sitzt auf der kleinen Couch und hat sein Gesicht in die Hände gestützt. Von seiner charismatischen Persönlichkeit ist nichts mehr übrig geblieben.

»Ich weiß, wo wir an diesem Tag waren.«

# KAPITEL 19

*Amber*

Überrascht richten sich alle Augen einschließlich meiner auf meine Mom, bis Dad sich als erstes fängt. »Bist du sicher?«

»Ja. Ja, ich bin sicher. Zu der Zeit waren wir im Urlaub.« Sie deutet auf mich. »Amber war sechzehn und durfte das erste Mal unter Aufsicht der Nachbarin alleine zu Hause bleiben.«

»Wenn das stimmt … Wenn ich Urlaub hatte, dann hat irgendein Kollege den Firmenwagen gefahren.«

Mein Herz überschlägt sich beinahe und auch der Officer scheint hellhörig zu werden.

»Das ist lange her Mrs. West. Sind Sie sicher, dass es mit dem Datum passt?«

Meine Mom sieht von einem zum anderen und am liebsten möchte ich sie schon wieder anschreien, damit sie endlich redet.

»Ich habe in dem Urlaub mein Baby verloren, deswegen weiß ich es noch so genau.« Dad streicht ihr sanft über den Arm. Natürlich, die Fehlgeburt. Das konkrete Datum ist sowohl ihm als auch mir nicht im Gedächtnis geblieben, doch eine trauernde Mutter vergisst so einen Tag wohl nie.

»Cole.« Der Officer stört diesen stillen Moment und

reflexartig folge ich seinem Blick zu Cole und Mason.

Keine zwei Minuten später ist alles in heller Aufruhr. Mein Dad erreicht trotz der Uhrzeit noch seinen Arbeitgeber, während ein Officer neben ihm sitzt und nur auf einen Namen wartet, den er in den Computer eingeben kann. Gefühlte Stunden später ruft die Sekretärin der Firma zurück und wir hören über die Freisprechfunktion mit, dass Dads damaliger Arbeitskollege Anthony Miller heißt und seit sieben Jahren nicht mehr bei *CK-Architekten* arbeitet.

Cole läuft zu Mason ins Büro und redet wild gestikulierend auf ihn ein, bis der Officer am Computer eine Adresse durch den Raum brüllt. Sofort sprintet Cole im Laufschritt an uns vorbei und sein fülliger Kollege hat zusehends Last, mit ihm Schritt zu halten.

Unsicher, ob es nicht angebracht wäre, jetzt zu gehen, frage ich den kleinen Mann, ob wir bleiben müssen, aber der weiß es auch nicht. Er sagt mir nur, dass es Coles Fall sei und dieser somit die Entscheidungen treffe. Mason steht noch immer in dem Glasbüro und sieht zu uns herüber, sodass ich kurzerhand entscheide zu bleiben.

Bis vor Kurzem haben sie noch meinen Dad verdächtigt. Mason tut es vermutlich weiterhin. Dann werde ich doch wohl bleiben dürfen, um zu sehen, was jetzt dabei herauskommt.

Meine Augen brennen vor Müdigkeit und ich stinke, da

ich es heute Morgen nicht mehr geschafft habe zu duschen. Genauer gesagt habe ich somit seit fünf Tagen nicht geduscht, ganz zu schweigen von meinen ungeputzten Zähnen.

Da es sicher etwas dauern wird, bis Cole zurück ist, hole ich mir noch einen Kaffee mit Urinsteingeschmack am verbotenen Automaten. Das mache ich nur, um den kleinen Mann zu ärgern, und ich kann mir ein hochmütiges Grinsen in seine Richtung einfach nicht verkneifen. Wieder auf einem der Stühle sitzend, dauert es keine fünf Minuten und ich schlafe ein. Ich bekommen nur noch mit, dass meine Mom mir den Kaffee aus den Händen nimmt und mir »Schlaf ein bisschen« zuflüstert.

Lautes Poltern, eine wütende Stimme und das empörte Rufen eines Mannes. Noch nicht aufwachen, nur noch ein bisschen schlafen. Ich befehle mir selbst, die Augen noch nicht zu öffnen, als sie es schon wie von selbst tun. Weil ich gegen grelles Licht anblinzeln muss, brauche ich einen Moment, um meine Augen zu öffnen, und merke erst jetzt, wie blöd meine Schlafposition ist. Warum sitze ich auf einem Stuhl und dann auch noch auf einem so unbequemen. Erst jetzt dämmert mir, wo ich bin. Ich sehe, dass das Poltern von Cole stammt, der einen Mann vor sich herschiebt. So wie er dessen Arme dabei auf den Rücken dreht, könnte ich mir vorstellen, dass es schmerzhaft ist. Darf er das überhaupt?

Flüchtig blitzt der Kaffee vor meinem inneren Auge auf, den Cole meinem Dad vorhin im Verhör gegeben hat. Kein Vergleich zu dem Umgang mit dem neuen Verdächtigen.

Mason geht unterdessen in Coles Büro auf und ab. Wie ein Tiger im Käfig, den man nicht herauslassen darf, weil er seine Beute instinktiv töten würde. Auch er sieht, wie ich mir eingestehen muss, anders aus. Ungezügelter, Hoffnungsvoller. Vielleicht hat er sich sogar ein bisschen gewünscht, dass es nicht mein Dad war. Vielleicht ist das aber auch nur mein Wunschdenken.

Cole stößt Anthony Miller – der Dad tatsächlich ein wenig ähnelt – in den Verhörraum und ich höre nur noch ein barsches »Setzen«, bevor die Tür zugeknallt wird. Wie automatisch gehe ich zu dem Fernseher, über den ich schon vorhin das Gespräch im Raum verfolgen konnte und stelle mich neben meine Eltern.

Miller werden die gleichen Fragen gestellt wie schon Dad und seine Antworten sind beinahe identisch. Natürlich weiß auch er nicht mehr, was er an diesem Tag vor elf Jahren gemacht hat.

»Dann helfe ich Ihnen mal auf die Sprünge. Sie haben einen Mann angefahren, der über ihr Autodach geschleudert wurde. Anstatt den Notruf zu wählen, sind Sie einfach abgehauen und haben den Mann und seinen siebzehnjährigen Sohn schwer verletzt liegen lassen.« Cole stellt sich hin und beugt sich über den Tisch zu Miller, der seinen Kopf in den Nacken legen muss um ihn weiter ansehen zu können. »Genau das haben Sie gemacht, Sie gottverdammtes feiges Arschloch.«

Mom macht reflexartig einen Schritt zurück, obwohl Cole wohl kaum aus dem Bildschirm springen wird, und auch Dad scheint erst jetzt zu realisieren, dass er offenbar eine Sonderbehandlung erfahren hat.

Cole redet immer schneller, immer lauter auf Miller ein, erreicht jedoch gar nichts, außer das sein Gegenüber beginnt, leise vor sich hinzuwimmern. Inzwischen sind auch David und Caroline wieder da, doch wie er schon mir vorhin sagte, hat er den Fahrer nicht gut genug erkennen können, um jetzt eine eindeutige Aussage machen zu können.

Sam Harris, Coles Kollege, erscheint auf dem Bildschirm und bittet ihn vor die Tür. Ich kann ihren Wortwechsel nicht genau verstehen, doch ich glaube, dass Cole einfach zu stark involviert und deshalb so außer sich ist. Wir verlassen den Bereich mit dem Fernseher und sehen Cole gegenüber das Großraumbüro betreten.

»Ich weiß, dass er es war. Verdammt.« Cole schlägt mit seiner Faust so hart auf den Schreibtisch vor sich, dass dieser tatsächlich kurz vom Boden abhebt, der Becher darauf umkippt und die Stifte zu Boden fallen. Wieder sehe ich zu

Mason, dessen letzte Zuversicht sich gerade in Luft aufzulösen scheint. Inzwischen ist es fast sieben Uhr abends und nach der unerfüllten Hoffnung fallen die letzten Energiereserven von mir ab. Ich will mich gerade von meinen Eltern verabschieden, als Dad Cole anspricht.

»Und wenn ich es mal versuche? Vielleicht sagt er eher etwas, wenn ich allein mit ihm rede?«

Cole sieht stirnrunzelnd auf und scheint den Vorschlag ernsthaft in Erwägung zu ziehen. Er dreht sich zu Sam Harris um und dieser beantwortet seine unausgesprochene Frage. »Was haben wir schon zu verlieren?«

»Okay.« Cole ruft irgendwo an und wenige Minuten später steht eine großgewachsene, etwas zu magere Frau vor Dad und hält ihm ein Teil vor die Nase, das nicht größer als ein 25 Cent Stück ist.

»Das hier ist ein Abhörgerät, besser bekannt als Wanze. Cole sagt, es soll schnell gehen, daher machen wir es so. Verkabeln würde zu viel Zeit kosten. Stecken Sie es einfach in die Jackentasche.« Damit gibt sie Dad das kleine Teilchen, das er sofort wegsteckt.

Inzwischen ist es acht Uhr abends und sogar Mason hat die Erlaubnis, aus seinem durchsichtigen Käfig zu kommen, solange er sich beherrschen kann. Ansonsten hat der glatzköpfige Zwerg den Befehl, ihn unverzüglich aus dem Dezernat zu werfen.

Cole scheint viel Vertrauen in den kleinen Mann zu haben. Irgendwie sieht dieser nicht so aus, als könnte er den fünfzig Zentimeter größeren Mason irgendwohin werfen.

Unterdessen erklärt Cole meinem Dad, dass er Miller auf dem Parkplatz erwarten und ansprechen soll, sobald dieser das Dezernat verlassen hat. Cole selbst werde sich in unmittelbarer Nähe befinden und wir anderen würden die Übertragung der Wanze über den Computer des Officers hören können.

Müde reibe ich mir über die Augen und glaube, auf der Stelle einzuschlafen. Noch einen Kaffee aus diesem ekligen Automaten kann ich nicht hinunterwürgen und so gehe ich wieder in die ruhigere Ecke und lasse mich auf einen Stuhl fallen. Nebenbei sehe ich einmal auf den Bildschirm des Verhörraums, dann zu dem kleinen Glatzkopf und ruckartig zurück auf den Bildschirm. Was ist das denn?

Mason sitzt an dem winzigen Tisch – mit einer Frau. Mit einem kurzen Schulterblick vergewissere ich mich, dass niemand guckt, doch alle sind mit sich selbst beschäftigt und so stelle ich den Ton etwas lauter. Gerade laut genug, dass nur ich direkt vor dem Bildschirm etwas höre.

»Ich weiß doch, was ich gesehen habe. Es war Ambers Vater und glauben Sie mir, ich habe mir mehr als jeder andere gewünscht, dass ich mich irre.«

»Das glaube ich Ihnen Mr. McLean. Wir sprechen hier

von unabsichtlich verfälschten Gedächtnisinhalten. Einer Erinnerungsfälschung. Ihr Gehirn lässt Sie glauben, dass Ihre Erinnerungen den Tatsachen entsprechen.«

»Das ist doch Schwachsinn.« Mason steht schwungvoll auf und geht in dem kleinen Raum auf und ab. »Der Wagen, das Logo, sind das dann auch zusammen gesponnene Wahrheiten? Das würde dann nämlich nicht mit dem zusammenpassen, was Sie beim letzten Mal gesagt haben.« Er sieht sie ärgerlich an und doch glaube ich sogar, ein bisschen Hoffnung an seinem Gesichtsausdruck zu erkennen.

»Nein, aber ich halte den Fahrer für ein Detail, an das Sie sich nicht mehr oder zumindest nicht genau erinnern können. Laut dem Bericht von damals ist der Fahrer mit geschätzten fünfzig Meilen gefahren, Sie können ihn, wenn überhaupt, nur den Bruchteil einer Sekunde gesehen haben. Noch dazu in einem Augenblick, in dem Sie Todesängste ausgestanden haben, weil er auf Sie zuhielt. Unser Gehirn ist ein Wunderwerk der Natur, Mr. McLean. Es versucht in solchen Momenten, die Erinnerung aus diesen Details zu rekonstruieren, ohne dass Sie selbst es merken. Aufgrund der dadurch entstehenden Verbindung von Gedächtnisspuren und Spekulationen entwickeln sich neue Erinnerungsfragmente, von denen man überzeugt ist, dass es sich so und nicht anders abgespielt hat. Das Foto war der visuelle Trigger für Ihren Flashback. Ihr Gehirn hat den Wagen und das Logo als eindeutige Erinnerung identifiziert. Der Mann daneben, Mr. West, wird als vergessenes Detail wahrgenommen. Ohne Ihr Zutun verschwimmen diese beiden Fragmente und ergeben für Sie die einzig wahre Erinnerung.«

»Aha.« Mason sieht die Frau an, als hätte sie den Verstand verloren, und beinahe muss ich über seinen Gesichtsausdruck lachen. Nur mühsam kann ich der Versuchung widerstehen, mit dem Finger über sein Gesicht auf dem Fernsehbildschirm zu streichen.

»Gedächtnisforscher untersuchen dieses Phänomen seit dutzenden von Jahren. Es gibt Versuche, in denen Probanden manipulierte Fotos gezeigt wurden, auf denen sie mit Delfinen geschwommen sind. Die Hälfte der Probanden konnte sich später präzise an dieses Ereignis erinnern, konnte sogar Anekdoten dazu erzählen. Obwohl dieses Ereignis nach Tatsachen nie stattgefunden hat.«

»Miller verlässt das Gebäude.« Vollkommen aus der Situation gerissen, gehe ich zu dem Glatzkopf und dränge mich mit Mom, Caroline und David vor seinen Computer, aus dem schnurrende Übertragungsgeräusche kommen. Glatzkopf erklärt uns, dass die raschelnden Geräusche dadurch entstehen, dass die Wanze in der Jackentasche liegt und der Stoff an ihr reibt. Dennoch können wir ihre

Stimmen gut verstehen. Dad scheint diesen Miller gerade anzusprechen. Er erklärt ihm, dass sie sich damals einen gemeinsamen Firmenwagen geteilt haben, eben genau den Wagen, der eindeutig beschrieben wurde.

»Die Firma hatte dutzende solcher Autos, es könnte sonst wer gewesen sein«, höre ich die mir fremde Stimme, die demnach zu Miller gehört.

»Gab es nicht. Die Polizei hat das bereits überprüft. Es gab nur einen einzigen blauen Passat und das war unserer. Ich war zu der Zeit nicht in New York. Sofern du den Wagen also nicht anderweitig verliehen hast, kannst es nur du gewesen sein.«

Masons ganz eigener Geruch steigt mir in die Nase und ich bin kurz von dem Geschehen am Computer abgelenkt. Er muss in unmittelbarer Nähe stehen. Wie gerne möchte ich mich jetzt umdrehen und ihn umarmen. Ihm zur Seite stehen, ihm Kraft geben und mir selbst welche geben lassen.

Die lauter werdenden Stimmen holen mich wieder in die Gegenwart zurück und an der Tonlage ist eindeutig zu erkennen, dass Dad und dieser Miller sich nicht einig sind.

»Entweder du deckst jemanden oder du hast diesem Mann und seiner Familie die gesamte Zukunft verbaut. Kannst du überhaupt noch ruhig schlafen?« Das Rascheln wird lauter, sodass man ihren Wortlaut nicht eindeutig hören kann.

»Hört sich an, als geht's da jetzt ordentlich zur Sache.« Glatzkopf grinst dümmlich und grunzt beim Lachen.

Was soll das denn heißen? Werden sie etwa handgreiflich? Wir alle starren gebannt auf den Computerbildschirm, von dem fortwährend nur Geknister und Wortfetzen zu vernehmen sind. David nestelt nervös an seinem Hemdkragen und meine Mom kaut auf ihren Fingernägeln. Mason starrt genau wie ich gebannt auf den Monitor und scheint die Luft anzuhalten. Ist die Übertragung weg? Warum hören wir nichts mehr?

»Das ist ewig her, was woll'n die mir denn heute noch?« Das ist es, oder? Bitte lass das ausreichen.

Eine Sekunde später erkenne ich Coles Stimme, wie er Miller über seine Rechte belehrt, und alles, was sich über den Tag in mir angestaut hat, fällt von mir ab. Meine Schultern sacken in sich zusammen und ich merke erst jetzt, dass auch ich den Atem angehalten habe. Neben mir fällt Caroline David um den Hals und weint vor Glück. Keiner weiß, was das für sie bedeuten wird, aber der Mann, der ihnen so viel Leid gebracht hat, wird bald für seine Tat zur Rechenschaft gezogen werden. Verdutzt beobachte ich, wie sogar meine Mom David und Caroline umarmt, und muss leicht lächeln. Irgendwie haben wir heute alle miteinander gelitten, jeder auf ganz eigene Weise.

David umarmt Mason, der noch immer hinter mir steht,

und zieht mich mit in diese Umarmung. Mason legt – vielleicht aus Reflex – einen Arm um meinen Rücken, was mich gequält die Augen zusammenkneifen lässt. Seine Berührung ist mir nur allzu bewusst und ein wohliges Kribbeln überzieht meinen ganzen Körper. Nur noch ein paar Minuten … Ich will mich nur noch ein paar Minuten so fühlen.

Nachdem Cole bei Glatzkopf Bescheid gegeben hat, dass er Miller festgenommen hat und dieser ein Geständnis ablegen will, werden wir anderen mit einem »Die Show ist zu Ende« hinaus zitiert.

David und Caroline stehen noch bei Glatzkopf, der ihnen den weiteren Ablauf erklärt. Eigentlich möchte ich mich noch verabschieden, doch noch viel mehr möchte ich nach Hause. Schnell duschen, dann ins Bett und endlich mal ein bisschen heulen, vielleicht lasse ich das Duschen sogar ganz weg. Es ist ja nicht so, dass ich irgendwen mit meinem Gestinke stören würde.

Einmal mehr sehe ich kurz zu Mason. Er sitzt auf einem der Bürostühle und starrt einfach ins Nichts. Auch wenn er gerade ganz weit weg zu sein scheint, sieht er fast glücklich aus. Zumindest sehr zufrieden. Was es wohl nach all den Jahren für ein wunderbares Gefühl sein muss?

Ich frage meine Mom, ob ich sie mitnehmen soll, doch

sie will auf Dad warten, der noch bei Cole ist. Und so verlasse ich nach fast sechs Stunden endlich dieses Dezernat.

Draußen atme ich einmal tief ein und fülle meine Lungen mit frischem Sauerstoff. Nicht nur ich stinke, nein, der ganze Laden da drin mieft ekelhaft. Nach Fast Food und schwitzenden Körpern, die mir in all dem Stress gar nicht richtig aufgefallen sind.

Zweifelnd lasse ich meinen Blick über den Parkplatz des NYPD schweifen. In der Hektik heute Mittag habe ich vollkommen vergessen, mir die Reihe zu merken, in der ich das Auto geparkt habe. Das fehlt mir jetzt gerade noch. Zwar dämmert es bereits, aber zumindest ist das gesamte Gelände taghell ausgeleuchtet.

»Amber.«

Erstarrt bleibe ich stehen und drehe mich zu Mason herum. Kopflos fährt er sich über die Stirn und ich ertappe mich dabei, wie mein Blick etwas zu lange an seinen Lippen hängen bleibt.

»Glaubst du mir, dass ich es nicht gerne gemacht habe? Dass ich sogar darüber nachgedacht habe, das alles zu vergessen? Ich hätte deinen Vater nie verdächtigt, wenn ich mir nicht so sicher gewesen wäre. Ich …« Masons Stimme bricht weg. Er sieht mich einfach nur an und lässt mich bis in die Tiefen seiner Seele sehen.

Wenn ich meine oberflächliche Enttäuschung

herunterschlucke, weiß ich ganz im Inneren, dass er die Wahrheit sagt. Ich muss außerdem daran denken, was diese Frau im Verhörzimmer zu ihm gesagt hat. Ich glaube ihm, dass es für ihn die einzig richtige Wahrheit war und dass er die Entscheidung für David getroffen hat. Für seinen Vater, so wie ich selbst es wohl auch getan hätte.

Die Gefühle, die ich die letzten Stunden in die hintersten Winkel meines Körpers verdrängt habe, suchen sich jetzt mit aller Kraft ihren Weg nach draußen und ich spüre schon das Brennen in meinen Augen. Der Kloß in meinem Hals wird immer größer und ich fürchte, alle Dämme zum Einsturz zu bringen, wenn ich jetzt etwas sage. Ich weiche seinem flehenden Blick aus und sehe an ihm vorbei zu der gläsernen Eingangstür. Dahinter stehen David, Caroline und meine Eltern, was es nur noch schlimmer macht.

»Amber bitte. Ich will nur das Beste für dich und das bin offensichtlich nicht ich, aber ich … ich bin zu egoistisch, uns einfach aufzugeben … Bitte lass mich nicht nur einen tragischen Teil deiner Vergangenheit ausmachen. Ich … ich will Teil deiner Zukunft sein.«

Mein erster Impuls ist, Mason in die Arme zu fallen und ihm zu sagen, dass ich mir nichts mehr wünsche, als dass er meine Zukunft ist. Aber kann es wirklich so einfach sein? Nach allem, was passiert ist?

Vielleicht bin ich feige, aber ich kann mich heute einfach

nicht mehr damit auseinandersetzen, und so entferne ich mich langsam Schritt für Schritt von ihm, bevor ich loslaufe.

Schluchzend schlage ich mir die Hand vor den Mund, während die Tränen unaufhaltsam und in immer größeren Mengen über mein Gesicht laufen. Meine Sicht wird immer verschwommener, aber ich will keinesfalls stehen bleiben.

Selbst der markerschütternde Schrei meiner Mom lässt mich nicht ins Stocken kommen. Erst die Lichter, die rechts in meinem Augenwinkel aufblenden, lassen mich zur Seite sehen. Alles geht in Sekundenschnelle: Der Motor des Wagens heult laut auf, ich hebe schützend meinen Arm vor die Augen und werde von einer unermesslichen Kraft umgestoßen.

# KAPITEL 20

*Amber*

Ein dumpfer Knall folgt dem Geräusch von brechendem Glas und einem unerträglich lauten, schrillen Quietschen. Untrennbare Stimmen schreien panisch durcheinander. Erst als meine Mom sich neben mich kniet, kann ich ihre Stimme aus der Menge herausfiltern. Sie spricht angsterfüllt auf mich ein, doch ich kann keines ihrer Worte wirklich hören. Zitternd greift sie nach meinen Händen, wobei mir ein unangenehmer Eisengeruch in die Nase steigt und sie in eine Art Hysterie verfällt. Stirnrunzelnd folge ich ihrem Blick und registriere meine blutigen, mit kleinen Steinchen und Dreck bedeckten Hände. Aufgewühlt streicht Mom mir die Haare aus dem Gesicht und ruft nach irgendwem. Was zur Hölle ist hier passiert?

Die Lichter, der Wagen. Kritisch sehe ich an mir herunter und spüre in mich hinein, doch da ist nichts. Außer dem brennenden Schmerz in meinen Händen ist da nichts.

Das wirre Geschrei wird immer lauter, immer undurchsichtiger, bis ich Davids tränenerstickte Stimme höre, die in meinen Ohren nachhallt. »Ruft einen Notarzt! Bitte ruft doch jemand einen Notarzt.«

Nein! Eine böse Vorahnung, die ich nicht wahrhaben

will, frisst sich wie ein Geschwür durch meinen Körper und lässt mich augenblicklich erzittern. Schwindelnd drehe ich mich langsam um und sehe einen Mann, der nervös auf und ab läuft. »Ich wollte das nicht. Oh Gott, ich wollte das nicht. Sie ist einfach aus dem Nichts aufgetaucht.« Dabei zeigt er auf mich und ich glaube zu ersticken. Hektisch atme ich ein und aus, habe aber das Gefühl es würde nicht ausreichen. Dad steht telefonierend neben ihm und zu seinen Füßen sitzen David und Caroline über irgendetwas gebeugt. Nein nicht irgendetwas … irgendwem.

»Oh Gott bitte nicht.« Auf den Ellenbogen aufgestützt rappele ich mich mit Hilfe meiner Mom auf und krabbele das kurze Stück zu Mason herüber. Dabei ignoriere ich den beißenden Schmerz, der durch meine Hände in die Arme schießt. Seine wunderschönen Augen sind von Angst ergriffen und er atmet hektisch. Ich möchte ihn so gerne berühren, ziehe meine zitternde Hand jedoch wieder zurück, aus Angst ihm wehzutun.

»Nein Mann, tu mir das nicht an, bleib bei mir Kumpel.« Cole lässt sich neben Mason auf die Erde fallen, sieht einmal zu mir und wendet sich dann wieder Mason zu. »Er wird ganz blau. Warum wird er so blau?« Hilfesuchend sieht er in die Runde von Menschen, die sich inzwischen versammelt hat, und schreit sie mit bebender Stimme an: »Wann kommt der verdammte Notarzt.«

Masons Venen am Hals treten hervor und Schweiß läuft ihm von der Stirn über die Schläfen.

»Mason, bitte. Ich will, dass du Teil meiner Zukunft bist.« Sein Atmen gleicht nur noch einem unnatürlichen Röcheln, während sein Körper unwillkürlich zuckt und ich ihm weinend über das Gesicht streichle.

»Weg da. Machen Sie Platz. Lassen Sie uns durch.« Innerhalb von Sekunden werden wir alle weggeschoben und ein Notarzt ruft etwas von einem Skalpell und einer Drainage. Überall um Mason herum laufen Ärzte, doch ihre sorgenvollen Gesichter beruhigen mich nicht im Geringsten. Cole nimmt mich in den Arm und wiederholt immer und immer wieder den gleichen Satz.

»Mason schafft das, er ist stark. Mason schafft das, er ist stark.« Ob er damit mich oder sich selbst beruhigen will, weiß ich nicht. Aus der Entfernung kann ich erkennen, wie der Notarzt einen Schnitt auf Höhe der Rippen macht und dieses schlauchähnliche Ding in die Öffnung schiebt. Ich schaffe es gerade noch, mich zur Seite zu beugen, und erbreche mich. Wieder und wieder zieht sich mein Magen zusammen und versucht, sich sinnlos zu entleeren, obwohl er eigentlich schon komplett leer ist. Cole steht hinter mir und hält meine Haare.

»Schatz, der Arzt möchte sich um deine Hände kümmern.« Mom streichelt mir über den Rücken und ich rappele mich auf.

»Ich bin Joe, der Assistenzarzt. Darf ich mir deine Hände ansehen?« Kraftlos nicke ich ihm zu, sehe noch einmal zu Mason, der gerade in den Rettungswagen geschoben wird, und dann … nichts mehr.

***

*Es ist heiß und ich spüre den Schweiß, der sich zwischen unserer Haut sammelt. Mason hat mich im Schlaf so fest in die Arme gezogen, dass meine nackte Haut auf seinem freien Oberkörper liegt. Eigentlich ein mehr als schönes Gefühl, wenn er nur nicht solch eine Hitze ausstrahlen würde.*

*Vorsichtig, um ihn nicht zu wecken, sehe ich zu ihm hoch und bewundere die dichten, schwarzen Wimpern. Wenn er schläft, sind all die harten Züge aus seinem Gesicht verschwunden und er sieht so friedlich aus.*

*Gelangweilt lecke ich einmal über seine kleine Brustwarze, doch es passiert nichts. Ich lecke noch mal und puste gleich darauf sachte darüber. Sofort zieht sie sich fest zusammen und eine Gänsehaut überzieht seine Brust.*

*»Warum kannst du es eigentlich nicht ertragen, wenn du wach bist und ich noch schlafe?«*

*Ertappt zucke ich zusammen und sehe wieder zu ihm hoch. Masons Augen sind noch geschlossen, doch um seinen Mund liegt ein kleines Lächeln.*

*Ich nehme die Brustwarze wieder in den Mund und umspiele sie mit der Zungenspitze, bevor ich mich langsam zur anderen Warze vorarbeite. Das Lächeln auf Masons Gesicht verschwindet, stattdessen sehe ich seine Kiefermuskulatur arbeiten. Er greift mir fordernd ins Haar, was mich anstachelt weiterzumachen. Ich richte mich über ihm auf und küsse langsam von der Brust in Richtung Bauchnabel herunter, wobei meine eigenen Brustwarzen über seine heiße Haut streifen. Allein diese Berührung reicht aus, um mir kleine Stromstöße zwischen die Beine zu senden. Als ich an der Decke angekommen bin und diese zur Seite schiebe, sehe ich noch einmal zu ihm hoch. Kurz verliere ich mich in seinem lustverhangenen Blick, bevor ich ihm die Frage beantworte.*

*»Du kannst ruhig weiterschlafen, ich weiß ja, wo alles ist.«*

Noch bevor ich die Augen öffne, weiß ich durch den Geruch nach Desinfektionsmitteln, dass ich in einem Krankenhaus bin. Schlagartig kommt mir Mason in den Sinn. Ich sehe wieder vor meinem inneren Auge, wie er um Luft ringend auf dem Boden liegt, und schrecke im Bett hoch.

»Schatz.« Meine Eltern sitzen links neben dem Bett und legen mir beruhigend ihre Hände auf den Arm.

»Wo ist Mason?« Noch während ich das frage, schiebe ich die Decke von meinen Beinen und stelle dabei fest, dass meine beiden Hände mit dicken Mullbinden verbunden sind.

»Mason geht es den Umständen entsprechend gut«, spricht meine Mom besänftigend auf mich ein. »Du hattest einen Nervenzusammenbruch und dir wurde etwas zur Beruhigung gegeben. Deine Hände sind stark aufgeschürft, als du dich auf der Straße abfangen wolltest.«

Den Umständen entsprechend? Was soll das heißen?

»Ich will zu ihm. Wo ist er?«

Meine Eltern wechseln einen Blick und scheinen übereinzukommen, dass ich mich jetzt sowieso nicht aufhalten lasse.

»Dann lass mich wenigstens einen Rollstuhl holen. Du wartest hier so lange.« Dad verschwindet kurz und kommt gleich darauf mit einem Rollstuhl zurück.

Als wir vor Masons Zimmer ankommen, habe ich aber doch Angst. Was, wenn David und Caroline mich nicht zu ihm lassen? Schließlich ist es meine Schuld, dass ihr Sohn angefahren wurde. Oder noch schlimmer, wenn er selbst mich nicht sehen will.

So ist es also … Das Gefühl, schuld am Unfall eines geliebten Menschen zu sein.

»Danke Dad, den Rest schaffe ich allein.«

»Wenn du uns brauchst, wir sind unten in der Cafeteria.« Damit gibt er mir einen Kuss auf die Wange und geht.

Bevor ich noch weiter nachdenke und womöglich kneife,

klopfe ich gegen die Tür, was durch meine Boxhandschuhe nur leider keinerlei Geräusch macht. Umständlich bollere ich noch einmal mit meinem Ellenbogen gegen die Tür und drücke die Klinke runter. Regungslos bleibe ich in der Tür stehen und starre auf Mason, der im Krankenbett liegt und zu schlafen scheint. Er schläft doch, oder? Oder liegt er im Koma? Sofort poltert mein Herz drauflos, als zwei Beine in meinem Blickfeld auftauchen.

»Schön, dass du da bist, wie geht es dir?« Ohne dass ich es steuern kann, laufen meine Tränen wie auf Kommando und ich kann mich kaum mehr beruhigen. Ihr Sohn liegt da in diesem Bett. Sein Oberkörper ist verbunden, noch immer steckt dieser Schlauch zwischen seinen Rippen und David fragt mich allen Ernstes, wie es mir geht.

»Es tut mir so leid. Ich habe das Auto nicht gesehen. Ich wollte nicht, dass das passiert.«

»Ist ja gut.« David geht langsam vor mir in die Hocke und streichelt mir über die Arme. »Es tut uns weh, ihn so da liegen zu sehen. Wir fühlen uns hilflos und doch sind wir nie stolzer auf ihn gewesen.«

Schniefend wische ich meine Nase im Mullverband ab. »Warum?«

»Weil er, ohne zu überlegen, gehandelt hat. Er hat für den Menschen, den er am meisten liebt, eine der selbstlosesten Entscheidungen überhaupt getroffen. Wie könnten wir da nicht stolz auf ihn sein.«

Wieder und wieder schluchze ich auf, habe aber zumindest aufgehört zu heulen. Ich weiß nicht, was ich dazu sagen soll, und so frage ich David, wie schlimm Masons Verletzungen sind.

»Durch den Aufprall sind drei seiner Rippen gebrochen, von denen eine seine Lunge verletzt hat, dadurch ist es zu einem Spannungspneumothorax gekommen. Die Ärzte haben es uns so erklärt, dass er nur noch einatmen, aber nicht mehr ausatmen konnte. Dadurch hat sich immer mehr Luft im Brustkorb gesammelt. Die Luft wiederum hat auf die Lungen und die Venen zum Herz gedrückt. Er schwebte in Lebensgefahr.« Davids Kinn zittert, und ich kann ihm ansehen, wie schwer es ihm fällt, darüber zu sprechen.

»Das schnelle Handeln des Notarztes hat ihm das Leben gerettet.« Er deutet auf den Schlauch, der zwischen Masons Rippen steckt. »Durch die Thoraxdrainage konnte die Luft wieder entweichen und der Druck wurde geringer. Er wird sie nur noch so lange brauchen, bis die Luft restlos entwichen ist, und dann wird er wieder ganz gesund.« David lächelt mich an.

Erst jetzt bemerke ich Caroline, die links neben dem Fenster sitzt. Sie sieht genauso müde aus wie David, dennoch lächelt sie und flüstert: »Komm doch näher.«

David schiebt mich an Masons Bett, setzt sich dann zu

ihr und sie beginnen, sich leise flüsternd zu unterhalten.

Unsicher beobachte ich sie einige Sekunden lang, bevor ich mich auf Mason konzentriere. Wären wir alleine, würde ich ihm gerne so viel sagen. Da wir das aber nicht sind, beobachte ich bewusst jeden einzelnen seiner Atemzüge. Ein. Aus. Ein. Aus. Es sieht so einfach aus, ist so selbstverständlich und doch hätte es mir alles nehmen können.

Ein dunkler Bartschatten liegt auf seinem Gesicht und ein Muskel an der Wange zuckt im Schlaf. Wie gerne möchte ich seine Hand nehmen und ihn spüren. Fühlen, dass er noch warm ist, dass das, was gestern passiert ist, uns nichts mehr anhaben kann.

Verstohlen linse ich zu David und Caroline herüber und lege meine Wange auf seine Hand. Um nichts anderes mehr wahrzunehmen als ihn, will ich die Augen schließen, als er plötzlich seine öffnet. Schnell springe ich aus diesem affigen Rollstuhl auf, beuge mich über ihn und flüstere, um ihn nicht zu erschrecken: »Hey.«

Doch es kommt keine Reaktion von ihm. Erst eine gefühlte Ewigkeit später taucht diese unliebsame Falte zwischen seinen Augenbrauen auf.

»Wer sind Sie?«

»Was?« Hilflos sehe ich zu Caroline und David auf und so stark ich mich auch sonst immer fühle, glaube ich jetzt, den

Boden unter meinen Füßen zu verlieren. Durch den Tränenschleier nehme ich nur noch schemenhaft wahr, dass die beiden zu uns ans Bett kommen.

»Ich bin's, Amber. Deine … deine Freundin.«

Sekundenlang kommt kein Reflex, bis ich seinen Mundwinkel zucken sehe. Das ist doch nicht …

Augenblicklich dränge ich die Tränen zurück und Wut steigt in mir hoch. Und oh ja, Wut ist so viel besser als dieser konstante Schmerz.

»Du Mistkerl.« Ich schlage ihm, so fest ich kann, auf den Oberschenkel, was uns beide aufstöhnen lässt. Mason, weil er sich zu stark bewegt hat, und mich, weil meine Hände unter dem Verband wohl lädierter sind, als ich dachte.

»Ich bin der Verletzte, das darfst du nicht.«

»Ich reiße dem Verletzten gleich seinen Arsch auf.«

Nur nebenbei bekomme ich mit, wie Masons Eltern lachend das Zimmer verlassen.

»Das war ein Witz.«

»Du hast aber nicht witzig geguckt.«

»Wie guckt man den witzig verdammt?«

Haben wir ein ähnliches Gespräch nicht schon einmal geführt? Und was mache ich stattdessen? Genau, ich setze mich auf das Bett, lege mich auf seine Beine und heule. Schon wieder. Keine Ahnung wie lange, Minuten, Stunden? Es ist nicht wichtig. Masons Hände fahren monoton durch meine Haare und ich lausche seinem Atem und ziehe alle paar Minuten undamenhaft die Nase hoch.

»Ich schwöre dir, das bekommst du zurück. Eines Tages, wenn du schon gar nicht mehr daran denkst.«

Irgendwann geht die Tür auf und unsere Eltern betreten mit Cole, Riley, Logan, Heather, Lilly und Marissa das Krankenzimmer. Und sie haben eine Packung Muffins dabei.

Cole kommt zu uns ans Bett, lehnt sich vorsichtig über Mason und flüstert ihm, für die anderen nicht zu hören, ein »Tu mir das nie wieder an« ins Ohr. Verstohlen wischt er sich eine Träne aus dem Augenwinkel und richtete sich auf. »Gib's zu, du wolltest dich nur wieder wichtig machen.«

Vermutlich ist er einfach so. Äußerlich ein harter Kerl, dem nichts und niemand etwas anhaben kann, aber er hat einen weichen Kern. Und als hätte er damit einen Bann gebrochen, werden wir von einem nach dem anderen umarmt.

Unsere Mütter verteilen Muffins und Kaffee. Mir reichen sie einen mit extra viel Creme drauf, den ich verträumt ansehe, bevor ich ihn hungrig in mich reinstopfe. Endlich scheint auch mein Appetit wieder zu erwachen und ich muss zugeben, dass er mir gefehlt hat. Ich esse einfach zu gerne.

Unsere Eltern sitzen wieder an dem kleinen Tisch. Riley, Logan, Marissa und Lilly lehnen an der Fensterbank und Cole und Heather sitzen am Fußende des Bettes. Würden wir uns nicht in einem Krankenhaus befinden, könnte man glauben, dass wir uns zu einem gemütlichen Nachmittag zusammengefunden haben. Alle unterhalten sich, es wird gelacht und niemand verschwendet einen weiteren Gedanken daran, was hätte passieren können.

Vorsichtig lege ich meinen Kopf auf Masons Schulter. Wir zusammen hier in diesem Zimmer, nach allem, was passiert ist, ist fast zu unwirklich, um wahr zu sein.

»Wie geht es deinen Händen?«

Ich sehe zu ihm hoch. »Gut … Warum hast du das gemacht?«

Auch ohne weitere Erklärung weiß er, was ich meine, und seine Augen untersuchen jeden Zentimeter in meinem Gesicht, bis er mir wieder in die Augen sieht.

»Was würdest du sagen, wenn ich sage, weil ich dich liebe?«

Nein Amber, keine Tränen mehr. Genug geflennt für die nächsten zehn Jahre und so strahle ich ihn einfach nur an.

»Ich würde sagen, ich liebe dich auch.«

# EPILOG

*Mason*

*Ein Jahr später.*

»Und, läuft alles wie geplant?« Cole tritt neben mich an den Waschtisch und klopft mir auf die Schulter, woraufhin ich unsicher nicke. Ich wage zu behaupten, dass ich schon viele schlimme Erlebnisse hinter mich gebracht habe. Der Unfall von meinem Dad, die Existenzängste, die wir danach ausgestanden haben, Situationen, in denen sich Freunde von mir abwandten, und schlussendlich mein eigener Unfall letztes Jahr, als ich auf der Straße lag und dachte: Das war es jetzt. Jede dieser Erfahrungen war prägend, aber ich glaube, dass ich noch nie so eine Wahnsinnsangst hatte wie heute.

»Das wird schon, ganz sicher. Auch wenn ich der Meinung bin, du solltest dir das noch mal überlegen.« Das Lachen in seiner Stimme lässt mich grinsen. Ich stecke die Schachtel wieder in meine Hosentasche und folge ihm mit wild klopfendem Herzen.

»Ich geh dann, bevor sie mich sieht. Bis später.« Damit verschwindet er und ich gehe durch die Hotellobby auf das Restaurant zu.

Obwohl ich sie noch nicht sehen kann, hallt ihr fröhliches Lachen zu mir herüber, und wie jedes Mal muss ich zwangsläufig mitlachen. Ich betrete das Restaurant und da sitzt sie … Auch nach einem Jahr halte ich sie noch manchmal für eine Erscheinung. Heute ist mir egal, wie schnulzig sich das auch anhört. Ohne es zu wollen frage ich mich gelegentlich, was gewesen wäre, wenn damals alles anders zu Ende gegangen wäre. Oder wenn sie mir nicht hätte verzeihen können. Schicksal? Karma? Egal was es war, ich bin jeden Tag dankbar, dass es so ausgegangen ist.

Noch vor einem Jahr hätte ich niemals gedacht, dass ich mich einmal jemandem so ausliefern würde, jemandem so viel Macht über mich einräumen würde. Manchmal macht mir der Gedanke Angst, dass alles mit ihr steht und fällt und dass ich mich so sehr an sie gebunden habe. Noch mehr Angst macht mir, dass ich es gar nicht gemerkt habe, es ist einfach irgendwie passiert.

Wir sind in Montauk und feiern mit unseren Eltern das sechsmonatige Bestehen von Dads Stiftung. Nachdem Miller letztes Jahr seine Tat gestanden hatte, ging alles recht schnell. Zwar war der Unfall verjährt und er konnte strafrechtlich nicht mehr belangt werden, aber Dad wurde ein mehr als großzügiges Schmerzensgeld zugesprochen. Natürlich kann das Geld auch nicht gut machen, was ihm – was uns – widerfahren ist, aber er konnte sich damit seinen größten Traum erfüllen. Inzwischen gibt es sogar einige Investoren, unter anderem Ambers Vater Paul. Paul …

Nach der Erinnerungstäuschung war ich noch ein paar Mal bei Coles Kollegin und einmal war auch er dabei. Ich habe versucht zu verstehen, was da passiert ist, richtig begreifen kann ich es aber bis heute nicht. Er hat es nicht einmal zugelassen, dass ich mich entschuldige. Stattdessen hat er mich in die Arme geschlossen und gesagt, dass er sich niemand besseren für seine Tochter wünschen kann.

Kurz bevor ich ihren Tisch erreiche, dreht sie ihren Kopf zu mir herum und sieht mich warm an. Sie lächelt mich an, so als würde sie dasselbe fühlen wie ich, und doch zittern meine Knie mit jeder verstrichenen Sekunde mehr.

Das nennt man wohl Ironie des Schicksals. Wenn ich eines nie war, dann unsicher. Dieses armselige Empfinden ruft sie in mir hervor. Amber hingegen hat alle je da gewesenen Selbstzweifel abgelegt. Sie hat immer noch ihren runden Hintern, den sie zwischenzeitlich fast stolz zur Schau trägt. Gott sei Dank hat sie nie wieder so ein grauenhaftes, hautfarbenes Zelt angezogen, das irgendwas zusammenhalten soll. Und sie hat noch immer ihr molliges Bäuchlein, was ich natürlich niemals laut aussprechen werde. Ich bin ja nicht lebensmüde. Zu meiner Verteidigung muss ich sagen, ich liebe ihre Molle.

Argwöhnisch zieht sie die Augenbrauen zusammen, vermutlich weil ich immer noch wie ein Idiot dastehe und mich weder hinsetze noch etwas sage.

»Gehen wir zum Strand?«

Amber sieht mich skeptisch an, steht jedoch auf und streichelt meine Wange. »Alles okay?«

Am liebsten möchte ich mit allem herausplatzen. Es war ohnehin schon schwer genug, es so lange für mich zu behalten. Ersatzweise lüge ich sie an. »Alles bestens.«

Ich lege meine Hand um ihre Taille und gehe mit ihr aus dem Hotel hinaus und über den Schotterparkplatz auf die Dünen zu. Im letzten Jahr sind wir schon dreimal zusammen hier gewesen und jedes Mal besteht sie darauf, dass ich mein Versprechen einhalte. Das, welches ich ihr bei unserer ersten Verabredung auf der Düne gegeben habe.

Wenn alles so läuft, wie ich hoffe, wird es heute soweit sein. Es war nicht ganz einfach, das Hotel zu überzeugen, einen Bereich des Strandes abzusperren und ein Himmelbett aus Korbgeflecht auf der Düne aufzustellen. Aber ich kann sehr überzeugend sein.

Wenn es nicht so läuft, wie ich hoffe … lieber nicht darüber nachdenken.

Amber hält mich zurück und stellt sich vor mich. »Ist wirklich alles in Ordnung? Du siehst irgendwie komisch aus.« Ihre Hand berührt die Hosentasche meiner Jeans, sodass ich sie schnell in meine nehme, damit sie die Schachtel nicht ertasten kann.

»Wirklich, es ist alles bestens.« Lass uns nur endlich an

den Strand gehen, schiebe ich gedanklich hinterher.

»Warum mache ich das überhaupt immer wieder? Ich weiß doch inzwischen, wie der Strand aussieht.« Fluchend steigt sie über den weichen Sand die Düne hinauf, was mich grinsen lässt. Manche Dinge werden sich hoffentlich nie ändern.

Oben angekommen wirbelt der Wind Ambers Haare in mein Gesicht und trotz ihres Gemeckers strahlt sie jedes Mal wieder, wenn sie das Wasser sieht.

Langsam gehen wir die Düne zum Strand hinunter, und bevor sie eine Richtung bestimmen kann, dirigiere ich sie nach rechts, wo *unsere* Düne steht. Ich kann schon die Absperrung und die Sandskulptur inmitten von kleinen Fackeln erahnen, und wie ich es gehofft hatte, zieht ebendies Ambers Neugier auf sich.

»Guck mal, was ist das denn? Gehen wir hin?« Eine rein rhetorische Frage, denn sie marschiert schon voran.

Mein Herz schlägt so heftig, wie ich es noch nie erlebt habe. Meine Handflächen schwitzen und es wird mit jedem Meter, den wir der Skulptur näher kommen, schlimmer. Innerlich gehe ich noch einmal die Worte durch, die ich sagen will, habe sie aber alle vergessen.

Wir sind jetzt so nah, dass Amber erkennen sollte, was die Skulptur darstellen soll. Und das ist anscheinend der Fall, da sie abrupt stehen bleibt. Ist das ein gutes Zeichen? Das ist ein gutes Zeichen, oder? Scheiße, oder ist das ein beschissenes schlechtes Zeichen?

Sie fährt sich mit der Hand durch die Haare und hält sie am Hinterkopf zusammen, damit sie ihr nicht vor die Augen wehen. An den Strand gespülte Wellen, Wind und ein weit entferntes Hundegebell hallen überlaut in meinen Ohren. Warum sagt sie denn nichts?

»Darf ich?« Sie zeigt auf das Absperrseil und ich nicke ihr zu. Mein Mund ist mit einem Schlag staubtrocken und ich fürchte, kein Wort herauszubekommen. Sie bückt sich unter dem Seil hindurch und ich folge ihr wie ein Trottel.

Zärtlich, fast ehrfürchtig fahren ihre Finger über die Skulptur aus Sand und auch ich muss sagen, dass ich niemals damit gerechnet habe, dass sie so unglaublich werden würde.

Der überdimensionale Hamster steht auf seinen Hinterpfoten und ist noch ein ganzes Stück größer als Amber. Typisch für einen Hamster sind die Backen dick, so als hätte er etwas gehamstert. Sogar die kleinen Knopfaugen und die Zähne sind penibel ausgearbeitet. Die Vorderpfoten stecken in Boxhandschuhen und auf seiner Brust steht *Kampfhamster*.

Und in sein Podest aus Sand sind die Worte eingearbeitet, die mich nervös machen. *Willst du mich heiraten?*

Ich wage es kaum zu atmen, als sie sich zu mir umdreht und ihre dunklen Augen ungläubig funkeln. Irgendjemand sollte jetzt wirklich was sagen. Somit gehe ich zu ihr und nehme ihre Hände, die genauso zittern wie meine.

»Amber … Endlich haben wir beide jemanden gefunden, der weiß, dass wir nicht perfekt sind, aber so tut als ob. Für dich will ich jemand sein, den man lieben kann. Ich will für dich da sein, wenn du an dir zweifelst, wenn du glücklich oder traurig bist. Und merkwürdigerweise auch, wenn du einen deiner Wutanfälle bekommst.«

Sie lächelt und schnappt nach Luft, als ich vor ihr auf die Knie gehe. Zittrig hole ich die Schachtel hervor und halte sie geöffnet zu ihr hoch. »Willst du meine Mrs. McLean sein? Willst du mich heiraten, Amber?«

Ihre Augen füllen sich mit Tränen, wobei ihr Blick zwischen mir und dem filigranen Diamantring wechselt. »Ich kann nicht.«

Was? Ungläubig sehe ich zu ihr hoch und merke, wie sämtliche Farbe aus meinem Gesicht weicht. Was hat sie da gerade gesagt? Unter mir dreht sich alles und mein Hals schnürt sich zu, sie will mich nicht …

Kreischend stürzt sie sich auf mich, sodass ich rücklings in den Sand falle. »Ja! Ja! Natürlich will ich dich heiraten.«

Hä? Blinzelnd sehe ich verwirrt zu ihr auf.

»Ich habe dir versprochen, dass du es irgendwann zurückbekommst. Dann, wenn du schon nicht mehr daran denkst.« Sie grinst mich dreckig an, während Tränen über ihre Wangen laufen. Sanft legt sie ihre Hände um mein Gesicht.

»Das war ein Witz Mason. Wie könnte ich dich nicht heiraten wollen?«

Ich brauche noch einen Moment, bis ich verstehe, und schüttle lachend den Kopf. »Du hast aber nicht witzig geguckt, du verdammtes Miststück.«

»Wie guckt man denn witzig?«, äfft sie mich nach und legt endlich ihre weichen Lippen auf meine. Sie schmeckt nach Tränen, Meersalz und mehr. So viel mehr.

Nur Minuten später höre ich das Gejohle der Spinner, die sich unsere Freunde nennen. Unsere Eltern haben Körbe mit Champagner und Gläsern dabei, während Amber überwältigt davon ist, dass auch die Jungs, Heather, Marissa und Lilly hier sind.

»Wo ist denn der Ring?« Heather sieht mich fragend an.

»Ihr seid zu früh, soweit waren wir noch nicht.« Mit diesen Worten schiebe ich Amber den Ring über ihren zarten Finger. Wie eine verdammte Pussy muss ich gegen meine Tränen anschlucken, als Cole mir unsanft auf die Schulter haut und mich umarmt. Jetzt geht diese Umarmerei wieder los, aber auch daran habe ich mich in der Zwischenzeit gewöhnt.

Was sie wohl sagt, wenn sie das Bett auf der Düne sieht? Doch zuerst will ich den Moment einfach genießen. Die anderen quasseln ausgelassen durcheinander und gelegentlich zerrt jemand an Ambers Hand, um sich den Ring anzusehen.

Sie schmiegt ihren Kopf in meine Halsbeuge und ich denke: Wenn es so etwas wie vollkommenes Glück gibt, dann empfinde ich es gerade.

»Mason?«

»Hmm?«

»Was würdest du sagen, wenn ich sage, ich liebe dich?«

Lächelnd küsse ich ihren Scheitel. »Ich würde sagen, ich liebe dich auch.«

**ENDE**

# DANKE

An jeden Einzelnen von euch. Dafür, dass ihr meine Bücher lest und mir damit ermöglicht, meinen Traum zu leben.
Vielen Dank auch an Tina und Steffi für ihre mutmachenden Worte. Ohne euch hätte ich kurz vorher vielleicht doch noch gekniffen.
Danke an die vielen lieben Menschen, die ich über Facebook kennenlernen durfte. Ja Facebook, unglaublich oder? Noch vor wenigen Monaten hätte ich es selbst kaum geglaubt. Eure lieben Worte, eure Nachrichten, einfach *ihr* seid mir sehr ans Herz gewachsen.
Und all denjenigen, die sich (hoffentlich) fragen, ob Cole, Logan und Riley ihre eigene Geschichte bekommen werden, verspreche ich: Das werden sie.
Ich weiß noch nicht wann, aber ihre Schicksale sind bereits in meinem Kopf und irgendwann werde ich sie für euch zu Papier bringen.

Herzlichst eure Mia

# WEITERER DANK

Ein weiterer Dank, dass ich ihren Namen für dieses Buch nutzen durfte, geht an das Unternehmen Weight Watchers.
Ich möchte hier noch einmal ausdrücklich darauf hinweisen, dass die in der Geschichte beschriebenen Szenen keine persönliche Meinung oder Erfahrungen mit Weight Watchers wiedergeben.
Der Erfolg des Unternehmens spricht für sich und sollte man sich im Gegenzug zu Amber und Heather an das Konzept halten, ist es sicher auch erfolgversprechend.

19396276R00190

Printed in Poland
by Amazon Fulfillment
Poland Sp. z o.o., Wrocław